John Ward

Das Schicksal des Kristalls
Band II
Der Kristall des Kummers

N
W
E
S
Glasgow
Schottland
England
London
Nordsee
Dänemark
Baltische See
Litauen
Berlin
Warschau
Russland
Deutschland
Polen
Prag
Wien
Paris
Der Warlock-Turm
Ukraine
Frankreich
Atlantik
Genf
Schweiz
Rumänien
Ferrara
Balkan
Bulgarien
Forcalquier
Italien
Adria
Istanbul
Schwarzes Meer
Spanien
Griechenland
Ägäis
Türkei
Mittelmeer
Palermo
Sizilien
Athen
Verfolge durch die Jahrhunderte
den Kristall des Kummers
und das Schicksal derer,
die ihn suchen

John Ward

Das Schicksal des Kristalls

Band II

BAUMHAUS
VERLAG

FSC
Mix
Produktgruppe aus vorbildlich
bewirtschafteten Wäldern und
anderen kontrollierten Herkünften

Zert.-Nr. SGS-COC-1940
www.fsc.org
© 1996 Forest Stewardship Council

ISBN 978-3-8339-3666-1

Originaltitel: »The Stone of Sorrow«,
Copyright © 2004 by John Ward,
edited by Robert Davies.
First published 2004 by Studio 9 Book and Music Inc.

Die Übersetzung des Romans wurde unterstützt
durch das Scottish Arts council.

Scottish
Arts Council

Cover und Illustrationen: Joachim Knappe
Gestaltung und Herstellung: FredManStudio
Printed in Germany

Gesamtverzeichnis schickt gern: Baumhaus Verlag GmbH,
Juliusstraße 12, D-60487 Frankfurt am Main
http://www.baumhaus-verlag.de

5 4 3 2 1 07 08 09 10 2011

John Ward
Der Kristall des Kummers

Die Offenbarung von Wundern

aus dem Englischen
von Klaus Weimann

Meiner Frau

Zwei Szenen aus der Vergangenheit

I – Ferrara, Dezember 1515

Das Gerüst steht dort, wo sich der Platz öffnet. Es ist kein Galgen, denn der, der dort sterben soll, ist kein gewöhnlicher Verbrecher. Es ist nur eine Plattform, eine Stufe zum eigentlichen Hinrichtungsgerät, einem hoch aufgetürmten Scheiterhaufen: Wie ein riesiger mahnender Finger reckt sich der Baumstamm zum Himmel empor aus einem gewaltigen Haufen Reisig, der um ihn herum aufgeschichtet ist.

Es ist kurz nach Mittag, aber das Licht wird bereits fahl an diesem kurzen Wintertag. Der Himmel ist schwer und lässt den drohenden Schneefall ahnen. Von den Balkonen der Häuser, die den Platz an drei Seiten einrahmen, hängen schlaffe Banner, trostlose Versuche, aus dem bevorstehenden Spektakel ein Fest zu machen. Auf den Balkonen selber drängen sich die Wohlhabenden, die Adligen und die Magnaten mit ihren Ehefrauen und Kindern – der Anblick eines Mannes, der bei lebendigem Leibe verbrannt wird, gilt als höchst erzieherisch; alle sind festlich in feinsten Gewändern herausgeputzt.

Ihre erhöhte Position weit oberhalb der Menge spiegelt auch ihren Rang in der Stadt wider; der Platz unten ist dem Gesindel überlassen, das sich dort zu Tausenden drängt.

Einige junge Männer aus besserem Hause haben – erfüllt von jugendlichem Draufgängertum – die Sicherheit ihrer Häuser aufgegeben, um sich unters gemeine Volk zu mischen. Etliche Dukaten, an die richtigen Stellen verteilt, haben ihnen einen erstklassigen Platz direkt am Fuße des Scheiterhaufens gesichert. Dort stehen sie jetzt auffällig in ihrem reichen Putz. Keiner wirkt entspannt, aber vier von ihnen machen das Beste aus der Situation und wechseln Spottworte in einer Lautstärke, die gerade ein wenig zu laut sind, mit Gelächter, das einen Hauch zu herzhaft klingt. Nur der Fünfte zeigt sein Unbehagen offen in seinem hübschen, sensiblen Gesicht. Ist es die Nähe der stinkenden Menge, die ihn stört, oder die Aussicht auf das, was gleich passieren soll? Zweifellos haben der Baumpfahl und der Scheiterhaufen eine entsetzliche Faszination auf ihn.

Er ist ein großer Jüngling, trägt ein prachtvolles Barett in leuchtendem Blau, das eine Silberreiherfeder schmückt, die ihn wie einen Leuchtturm aus der Menschenmenge herausragen lässt. Alle um ihn herum, ein Meer aus murmelnden Stimmen, reden über den Mann, zu dessen Hinrichtung sie als Zuschauer gekommen sind.

»Der Magier Albanus«, sagt einer. »Der größte Zauberer aller Zeiten!«

»Es heißt, dass in ihm der Geist von Michael Scotus weiterlebt!«

Mehrere Leute bekreuzigen sich bei der Erwähnung dieses schrecklichen Namens; Michael Scotus, der Zauberer, seit dreihundert Jahren tot, aber im Volksglauben ist er noch lebendig.

»Der größte Zauberer aller Zeiten?«, höhnt ein anderer. »Dann erklär mir mal, warum ist er überhaupt hier? Der Mann, der ihn jetzt bezwungen hat, der ist meiner Meinung nach der größere Zauberer!«

»Das war Ruggiero«, quiekt ein Mann aufgeregt, »Ruggiero

da Montefeltro – aus der Gegend wo ich herkomme«, fügt er mit übertriebenem Stolz hinzu.

»Was das angeht«, widerspricht der erste Mann heftig, »ist er überhaupt nicht bezwungen worden, sondern verraten von einem, dem er als Gehilfen vertraut hat, von eben diesem Ruggiero, einem hochstapelnden Quacksalber, einem Hausierer mit Zaubertränken und Tropfen für liebeskranke Mädchen und impotente alte Männer, einem angeberischen Tölpel, der nicht einmal Italiener ist, sondern ein heuchlerischer, betrügerischer Engländer!«

»Die Engländer sind alle Verräter«, kreischt der kleine Mann jetzt, begierig, sich von sich selbst zu distanzieren und von seinem Heimatort und solchem Verrat.

»Also muss der weise Mann auf den Scheiterhaufen, weil er einem Narren vertraut hat«, überlegt ein anderer. »In der Tat eine Lehrstunde.«

Auf der gegenüberliegenden Seite des Platzes nahe der Einmündung der Straße setzt Schweigen ein und verbreitet sich von dort wie eine Welle. Bald lauschen alle angestrengt. In der Ferne läutet eine Glocke; dann ertönt Hufgetrappel auf Kopfsteinpflaster und nähert sich. Unter dem Stillschweigen der gespannten Menge holpert der Karren auf den Platz. Vor ihm teilt sich die Menge. Normalerweise wäre dies das Signal für Sticheleien und Buhrufe, hier aber bleiben sie aus; stattdessen sind aller Augen fest auf die hoch aufragende Gestalt gerichtet, die in schweren Handschellen zwischen zwei Bewachern steht, beides große, kräftige Männer, die ihm aber kaum bis zur Schulter reichen. Das lange Haar fällt ihm wie eine Löwenmähne über den

Rücken. Sein ernstes Gesicht trägt edle Züge. Als er seinen Blick über die Menge schweifen lässt, weichen die Menschen zurück, sie fürchten, ihm ins Auge zu sehen.

Der offene Karren knarrt und ächzt auf seinem Weg zum hohen Scheiterhaufen. Langsam fallen die ersten Schneeflocken vom trüben Himmel herab. Albanus scheint gedankenverloren nur mit sich selbst beschäftigt.

Ich darf weder an Rache denken noch an das, was gleich kommt: Meine Gedanken müssen klar sein, ungetrübt. Wo liegt meine Rettung? Nahebei – wenn ich nur den Blick eines Menschen einfangen kann. Wer wird mir behilflich sein? Der Große dort.

Hingegebungsvoll betrachtet der junge Mann mit dem blauen Barett den Scheiterhaufen; plötzlich dreht er den Kopf herum, als hätte ihn jemand beim Namen gerufen, und merkt, dass er dem Verurteilten direkt ins Gesicht schaut. Ihre Blicke treffen sich.

Und können sich nicht mehr voneinander lösen.

»Vielleicht kommt der Teufel und holt ihn«, murmelt jemand und spricht den Gedanken – oder ist es die Hoffnung? – aus, der so viele herbeigetrieben hat und der sie hier jetzt in angespannter Erwartung stehen lässt.

Die Wachen helfen Albanus vom Karren. Durch die Handschellen behindert, klettert er unbeholfen die Leiter hinauf. Sie lehnt wie eine Treppe in einem bequemen Winkel an dem Reisighaufen. Während er langsam emporsteigt, schaut ihm der Jüngling mit dem blauen Barett nach wie ein Hund seinem Herrn, darauf wartend, dass seine Aufmerksamkeit erwidert werde. Schließlich erreicht der Verurteilte die Plattform, die

Kettenglieder seiner Fesseln klirren bei dem gespenstischen Schweigen umso lauter. Nun befindet er sich auf gleicher Höhe wie die umliegenden Balkone. Die Wachen binden ihn an den Baumstamm, legen das Seil in großen Schlingen kreuzweise um seinen Körper und die Beine. Erst als er gut gefesselt ist, steigen sie wieder hinab und machen sich am Fuße des Scheiterhaufens zu schaffen. Der Schnee fällt jetzt dichter.

Ja, schaut nur weg, ihr Hunde … ich bin gefesselt und hilflos, aber trotzdem fürchtet ihr meinen Blick! Doch da ist einer …

Der große Jüngling mit dem federgeschmückten Barett starrt ihn mit weit aufgerissenen Augen an.

Der sehnsüchtige Blick, das Mitleid in seinen Augen – eine tödliche Sympathie.

Die Fackeln werden an den Fuß des Scheiterhaufens gelegt.

Jetzt hab ich dich – halt fest, halte ein Leben lang!

Grauer Rauch züngelt um die Plattform.

In die Seele eines anderen eindringen: wie die ersten zarten Augenblicke der Liebe.

Die Flammen schießen knisternd empor.

Ich fliege!

Als die Gestalt am Pfahl nach vorn sackt, stößt die Menge wie ein Mann einen einzigen zitternden Seufzer aus.

Der Sekretär des Herzogs, dessen Aufgabe es war, einen getreuen Bericht der Ereignisse aufzuschreiben, hielt später fest, mit welcher Ruhe der Verurteilte seinen Blick über die Menge unter sich schweifen ließ, wie jemand, der dort einen Bekannten suchte; als er anscheinend den Gesuchten gefunden hatte, richtete er sodann seinen Blick auf ihn und ignorierte alles andere, sodass er weder den Soldaten, die ihre Fackeln an den Scheiterhaufen legten, noch dem Priester, der für sein Seelenheil betete, Beachtung schenkte. Selbst als die Flammen um sich griffen, änderte er sein Verhalten nicht. Trotzdem waren sich alle einig, dass lange bevor das Feuer seinen Körper erreicht hatte – denn der Scheiterhaufen war hoch und fing wegen der feuchten Jahreszeit nur langsam Feuer –, seine Seele bereits entflohen war. Ein edler Jüngling, der in der Menge zusah, war so von Mitleid überwältigt, dass er in Ohnmacht fiel und erst viele Tage später wieder zu Bewusstsein kam.

II – Forcalquier, Frankreich, in der Villa von Ruggiero da Montefeltro, im Herbst 1516

Sie wacht in der Dunkelheit auf mit der Erinnerung an einen Schrei, der wie ein helles Licht in ihrem Kopf nachklingt; ihr Herz dröhnt: ein Albtraum. Wie lange sie mit ans Kinn hochgezogenen Betttüchern im Bett sitzt, bevor es klopft, weiß sie nicht, aber bei dem Klopfgeräusch ist sie freudig und zugleich ängstlich erregt. Es ist Massimo! Er ist zu ihr gekommen! Aber wie kann er das wagen, wenn ihr Vater und der alte Mann so nahe sind? Wie kann er ein solches Risiko eingehen? Wenn sie ihn bei ihr finden, werden sie ihn erschlagen! Von Angst getrieben, steigt sie aus dem Bett, um ihn zu warnen – und um ihn zu sehen. Der geflieste Boden ist kalt unter ihren bloßen Füßen; fröstelnd zieht sie die Bettdecke aus Pelz enger um sich. Es klopft weiter, leise und eindringlich.

»Massimo, bist du das?«

»Mach auf, schnell!«

Sie öffnet den Riegel und sieht, dass er vollständig angekleidet ist und in der Hand eine Laterne trägt.

»Massimo, was ist los? Warum bist du hier? Sie werden dich mit Sicherheit umbringen!«

»Zieh dich an, pack deine Sachen zusammen – wir müssen sofort weg.«

Er entzieht sich aus ihrer Umarmung, drängt sie zurück ins Zimmer.

»Aber mein Vater, der alte Mann ...«

»Werden uns nicht hindern.«

Sie tauschen einen Blick. Forschend betrachtet er im Schein der Laterne ihr Gesicht, sieht eine Frage darin, dann eine aufkeimende Angst.

»Keine Angst! Ich bin kein Mörder. Ihre eigene Torheit hat sie ins Verderben geführt.«

Immer noch zögert sie; in seinem Gesicht spiegelt sich Ungeduld. »Was ist jetzt?«

Sie deutet errötend auf ihre Kleider, die über den Stuhl gelegt sind. Aufgebracht wirft er die Hände hoch.

»*Beata Vergine*! Dies ist kein Augenblick für Prüderie!«

Trotzdem dreht er sich um, während sie sich anzieht.

Jetzt eilen sie den Korridor entlang. Massimo spricht in dringlichen, gedämpften Tönen.

»Ich habe gehört, wie sie sagten, dass sie planten, es heute Nacht zu benutzen. Ich habe lange wach gelegen, aber nichts ist passiert. Ich muss eingedämmert sein. Dann hatte ich das Gefühl, ich hätte einen Schrei gehört ...«

»Den habe ich auch gehört!«

»Und da gab es anscheinend ein so helles Licht, dass ich es sogar durch die Wand wahrnehmen konnte, aber das muss ein Traum gewesen sein ...«

»Dann hab ich den auch geträumt!«

Nun sind sie an der Zimmertür. Sie sieht ihn ängstlich an.

»Es ist in Ordnung. Ich bin schon drin gewesen. Da ist nichts.«

Er stößt die Tür auf. Ein starker Schwefelgeruch sticht ihnen in die Nase. Als sie eintreten, hätte sie schwören können, dass sie ein hohles Lachen hört; aber vielleicht ist es auch nur der Wind. Das Licht von Massimos Laterne erhellt einen leeren Raum mit einem kahlen Tisch in der Mitte. Etwas Glitzerndes ist auf dem Boden verstreut.

»Die Maschine der Weisen!« Sorgfältig spricht sie die Worte aus, mit Ehrfurcht, aber ohne Verständnis. »Sie ist kaputt!«

Noch etwas glitzert da, leuchtet in der Dunkelheit.

»Oh, der Kristall!«

Furchtsam geht sie auf ihn zu. Massimo hält sie am Arm zurück.

»Sei vorsichtig! Fass ihn nicht an! Hier, nimm das!«

Sie faltet den Samtstoff zu einem Nest und hebt den Kristall liebevoll darin auf – wie ein wertvolles Ei. Er lächelt über ihre Sorgfalt. Der Schein der Laterne enthüllt, dass ein großer Splitter aus dem Fußboden geschlagen wurde, genau dort, wo der Kristall hingefallen ist. Aber er selbst ist unversehrt. Sie hält ihn hoch, und seine zahlreichen Facetten fangen das Licht ein und werfen es zurück.

»Wie er funkelt! Wie schön er ist!«

Auch darüber lächelt er, eine andere Art Lächeln als über einen Rivalen. Er bückt sich, um die verstreuten Teile der Maschine aufzusammeln. Sorgfältig untersucht er sie; sie scheinen unversehrt. Es sieht so aus, als ob die Maschine sich selbst auseinandergeschüttelt hätte.

Jetzt befinden sie sich in seinem Atelier. Immer noch den Kristall umklammernd, sieht sie ihm zu, wie er eifrig sein Handwerkszeug einsammelt. Seine Bewegungen sind schnell, sicher, entschieden. Das ist es, was sie an ihm liebt, seine Zuversicht in allem, was er tut. Einen Augenblick steht er vor dem unvollendeten Porträt auf der Staffelei. Unter einem scharlachroten Turban blickt ihn das verschlagene Gesicht des alten Mannes vor einem dunklen Hintergrund an, mit dunklen, unergründlichen Augen.

»Müssen wir ihn denn wirklich mitnehmen?«, fleht sie.

Er lacht.

»Was? Willst du kein Erinnerungsstück an deinen Verlobten?«

Der Ausdruck eines solchen Entsetzens huscht über ihr Gesicht, dass er entschuldigend die Hand hebt und dann ausstreckt, um ihre Wange zu streicheln.

»Es ist alles in Ordnung, er ist jetzt weg. Du wirst ihn niemals wiedersehen. Oder deinen Vater.«

»Armer Papa! Aber müssen wir das Bild mitnehmen? Mir wäre lieber, du würdest es verbrennen!«

»Es ist ein Beweis meines Könnens. Wenn ich einen neuen Meister finden will, muss ich in der Lage sein zu zeigen, was ich kann.«

Auch das liebt sie: dass er so praktisch ist.

»Und was ist mit der Maschine der Weisen?«

Er schüttelt den Kopf.

»Aber sie ist doch gewiss sehr wertvoll?«

»Sie ist zu gefährlich. Ich wäre mir selbst nicht sicher damit. Lieber lassen wir sie hier.«

Sie umklammert den Kristall, plötzlich hat sie Angst.

»Aber nicht den Kristall? Er hat ihn mir versprochen – als meine Morgengabe!«

Er sieht sie an, so jung ist sie, so schön. Man kann nicht immer klug sein.

»In Ordnung – wenn ich den Bräutigam behalten darf, kannst du genauso gut seine Bestechung behalten.«

Er packt das Porträt zum Rest seiner Ausrüstung, dann wickelt er die Stücke der Maschine der Weisen in ein Öltuch und verstaut das Päckchen in einem Versteck in einem der Pfeiler der großen Halle.

Der Morgen dämmert, als sie eine steinige Straße hinabziehen, ein junger Mann, ein Mädchen und ein beladener Esel. An der Kreuzung gestikuliert er: Das ist der Weg nach Italien, nach Hause – aber da gibt es schon viele Künstler. Und das ist der Weg nach Norden; er hat gehört, dass dort ein großer Bedarf an Malern herrscht, besonders an italienischen.

Sie lächelt und überlässt ihm die Entscheidung, zufrieden damit, ihm bis ans Ende der Welt zu folgen.

Die Sonne geht auf.

Er zieht den Esel nach links.

Sie ziehen nach Norden.

Der Schule verwiesen

»Eine verdammt gute Faustkämpferin.« Die Direktorin blickte auf ihre Notizen und fragte sich, warum sie das aufgeschrieben hatte. Es war einer von nur zwei Einträgen in der Spalte »positiv«. Der andere lautete »hervorragend in Sprachen«. Beide stammten aus der gleichen Quelle, von dieser verrückten alten Frau Pruitt, die das Mädchen in den klassischen und, wie es schien, in jeder modernen Sprache unter der Sonne unterrichtete. Die Spalte »negativ« war viel voller. Sie seufzte und schaute hoch auf den Gegenstand ihrer Notizen.

Helen De Havilland erwiderte ihren Blick fest und unerschrocken.

Die Direktorin war sich bewusst, dass sie in einen Willenskampf hineingezogen wurde, und lenkte ihre Aufmerksamkeit zurück auf die Rubrik »negativ«:

»Zurückgezogen, abweisend, eine Einzelgängerin. KEINE MANNSCHAFTSSPIELERIN«, das stammte von der Sportlehrerin, die das für den ultimativen Charakterfehler hielt. »Ich spüre, dass Helen ein zutiefst unglückliches Kind ist«, das war die überschwängliche Miss Bunting, für die schon ein abgebrochener Fingernagel ein Anlass für psychologische Betreuung war. Mmh ... unglücklich zu sein war nach Erfahrung der Direktorin nicht ungewöhnlich unter den Kindern der Superreichen; dass der Besuch ihrer Schule dazu beitragen könnte, kam ihr nicht in den Sinn.

Was gab es noch? »Akademisch sehr fähig« – das war schon weniger normal –, »will sich aber nicht anstrengen – gänzlich ohne Enthusiasmus für IRGENDETWAS!«

Tatsächlich, die Empörung, die dieses Mädchen im Kollegium auslöste, sprang einen geradezu vom Papier an. Die Direktorin musterte Helen verstohlen; die schaute jetzt zum Fenster hinaus. Groß und mit dunklem Haar stand sie in der klassischen Pose einer Balletttänzerin da, die Arme auf dem Rücken und den Kopf geneigt, auf elegante Weise aufrecht. So ein gut aussehendes Mädchen – wenn sie nur diesen mürrischen Ausdruck aus ihrem Gesicht verbannen würde, dachte die Direktorin und war selbst überrascht von diesem nebensächlichen Gedanken.

Durch das offene Fenster drang plötzlich helles Vogelgezwitscher in das Schweigen des Zimmers. In einiger Entfernung schob ein Gärtner seine holpernde Schubkarre über den gepflegten Rasen.

Helen fragte sich, an welchem Punkt sie sich hätte anders entscheiden und so vermeiden können, dass sie jetzt hier war. Vor dem Betreten des Aufenthaltsraums vielleicht? Sicher hätte sie doch noch umkehren können, als sie, schon die Hand auf der Türklinke, kurz innehielt? Aber nein – dieses Zögern war nicht mehr als ein Atemholen gewesen, ein Kräftesammeln, bevor sie die Bühne betrat –, ihre Entscheidung hatte sie da schon gefällt.

Vorher vielleicht, noch in ihrem Zimmer, als sie bemerkte, dass ihre Kommodenschublade nicht richtig geschlossen war? Sie hätte das ignorieren und sich sagen können, dass sie selbst sie ja so zurückgelassen hatte, sie hätte sich nicht die Mühe machen müssen nachzusehen – aber schon bevor sie nachsah, hatte sie gewusst, was sie finden würde. Nein, selbst wenn man nicht ganz bis zum Anfang zurückging und die Hauslehrerin Sophie Petrescu jemand anderem als Zimmergenossin zuteilen ließe – selbst dann wäre es wohl nicht anders gekommen: Helen war schließlich die Einzige mit einem freien Raum, den man zuteilen konnte, nachdem die arme Armina gegangen war, zusammen mit den Blechdosen voller Schokoladenplätzchen, durch die sie sich gefressen hatte, während sie sich nach ihrer fernen Heimat sehnte.

Also schien es angesichts von Sophie Petrescu unvermeidlich, dass Helen hier enden würde. Die Ironie war, dass sie das Mädchen tatsächlich mochte, in ihr zum ersten Mal eine verwandte Seele gefunden hatte, eine, die ihren beißenden Witz teilte und ihre grausam zutreffenden Parodien ihrer Klassenkameradinnen und Lehrerinnen zu schätzen wusste. Sophie, das Energiebündel, mit ihrer außergewöhnlich weichen, zuckerbraunen Haut, dem unheimlich rotbraunen Haar, einem grünen und einem blauen Auge – Sophie, das menschliche Feuerwerk.

Sophie, die Verräterin.

Sophie, die Diebin.

Im Aufenthaltsraum hatte Helen – wie in einem Traum – die Szene, die sie da sah, sofort verstanden. Sie hätten Modell stehen können für ein Gemälde: die Tochter des Gesandten auf dem großen grünen Sofa, umgeben von ihren katzbuckelnden Jüngerinnen. Rechts von ihr, auf dem Ehrenplatz, unter ihren besitzergreifenden Arm geschmiegt, Sophie, grinsend.

Selbst die Tochter des Gesandten erlaubte sich ein kleines Lächeln, als Helen hereinkam: Wie lange hatte sie auf diesen Augenblick gewartet! Ihre freie Hand lag in ihrem Schoß, und als Helen den Raum betrat, erhob sie diese; sie hielt, wie ein Priester eine Ikone halten würde, einen deutlich länglichen Gegenstand aus ultramarinblauer Seide hoch.

Helens Tagebuch.

Der Preis, den Sophie hatte zahlen müssen, um in den magischen Kreis aufgenommen zu werden.

Die Tochter des Gesandten erhob sich langsam; sie genoss den Augenblick, genoss ihre Macht – alle Augen im Raum ruhten auf ihr und warteten gespannt, was sie jetzt tun würde. Sie hielt das Tagebuch hoch wie die Fackel der Freiheitsstatue. Ja, dachte sie, ich habe lange darauf gewartet, und ich werde bekommen, was mir zusteht – ich werde Tränen sehen.

Helen schritt schnell und mit einem merkwürdigen, sprunghaften Gang auf sie zu, und erst als sie fast auf Tuchfühlung war, kam der Tochter des Gesandten mit einem plötzlichen Kälteschauer der Gedanke, dass sie vielleicht einen schweren Fehler gemacht haben könnte. In Helens Gesicht war auch nicht der kleinste Hinweis auf Angst oder Bitten zu sehen, wie sie das erwartet hatte; da war nur ein wilder, unversöhnlicher Wille, den sie ausstrahlte wie eine magische Kraft. Als Sophie sah, wie Helen ihre rechte Hand ausstreckte, als wolle sie das Tagebuch an sich reißen, lehnte sie sich zurück, hielt es außer Reichweite und streckte ihr Kinn trotzig vor – und präsentierte so das ideale

Ziel für den flinken linken Haken, der an ihrem Kiefer landete und sie wie einen geschlachteten Ochsen fällte.

Die robuste Mademoiselle Souterelle, auf dem Spielfeld eine Befürworterin körperlicher Auseinandersetzungen, schrie erschrocken auf, als sie den Vorgang im Aufenthaltsraum beobachtete, aber die klapprig wirkende Miss Pruitt, die eine Schwäche für Helen empfand und die Tochter des Gesandten nie gemocht hatte, stieß ein spontanes »Bravo!« aus, das sie später als Niesen entschuldigte, und bemerkte mit der Miene einer Person, die in ihrer guten Zeit einige linke Haken gesehen hatte, dass es wirklich ein sehr schöner Schlag gewesen sei.

Und nun war die Direktorin, Helen vor sich, dabei, die Angelegenheit abzuwägen: Auf der einen Seite die Tochter des Gesandten – es war ein Glück, dass der Kiefer nicht gebrochen war, sonst hätte es vielleicht ein rechtliches Problem gegeben – mit ihrer Fähigkeit, wütende Bataillone diplomatischer Verbindungen auf den Plan zu rufen; auf der anderen Seite – nun, das De Havilland-Mädchen war sicherlich reich, hatte zweifellos auch gute Beziehungen, auch eine alte Familie, diese würde aber genau aus diesem Grund wohl kaum gegen ihre Entscheidung Einspruch erheben; denn sie würde dem Mädchen Vorwürfe machen, nicht der Schule. Die Eltern waren sowieso nicht in der Nähe, die Mutter in Amerika, der Vater … war er nicht so etwas wie ein Tunichtgut? Es waren nur Tanten, mit denen sie zu tun haben würde, und aus Erfahrung wusste sie, dass im Allgemeinen Tanten in derartigen Angelegenheiten weniger Ärger machten als Eltern.

Sie verzog die Lippen und blickte Helen in die Augen.

»Nun, hast du selbst etwas dazu zu sagen?«

Ein langes Schweigen. Anscheinend hatte Helen selbst nichts dazu zu sagen. Sie hielt dem Blick der Direktorin stand, kein bisschen eingeschüchtert, voller Selbstbewusstsein. Die Direktorin ärgerte sich über diese kühle Aufsässigkeit, es brodelte in ihr.

»Ich habe keine Zeit zu verschwenden in einer Angelegenheit, die so klar ist wie diese. Du wirst mit sofortiger Wirkung von der Schule verwiesen. Ich werde deine Vormünder gleich von meiner Entscheidung unterrichten. Ich schlage vor, du gehst und packst.«

Helen verzog keine Miene, ihr Mund blieb regungslos verschlossen, ihr Lippen aufeinandergepresst. Doch bevor sie sich abwandte, glaubte die Direktorin in ihren Augen das leise Zwinkern eines Lächelns zu erkennen.

Als Helen in ihr Zimmer zurückkehrte, war sie überrascht, auf ihrem Bett ein schlecht eingewickeltes Päckchen zu finden. Daran war ein ausgerissenes Stück Papier mit Klebeband befestigt, auf dem in Sophies unverkennbarem Linkshänder-Gekrakel nur drei Wörter standen: TUT MIR LEID.

Mit zwei Fingern hob Helen das Päckchen hoch, als wäre es etwas Widerwärtiges, und warf es in den Papierkorb. Dann schob sie, um sicherzugehen, den Papierkorb in die Mitte des Raums, wo Sophie ihn sehen musste, sowie sie das Zimmer betrat, und begann mit dem Packen. Dabei horchte sie die ganze Zeit auf näher kommende Schritte.

Als sie fertig und Sophie nicht aufgetaucht war, bewertete Helen die Situation noch einmal leidenschaftslos. Sie hatte eine lange Zugfahrt vor sich, und es war durchaus möglich, dass das Päckchen etwas zu essen enthielt, vielleicht Schokolade. Wenn nicht, konnte sie es immer noch aus dem Zugfenster werfen. Nach kurzer Überlegung holte sie es wieder aus dem Papierkorb und steckte es in die Außentasche ihres Koffers. Sophie mochte eine Verräterin sein und eine Diebin, aber Schokolade ist Schokolade.

2

Kunstkritik

Erst als die Straßenlaternen mit ihrem dem gelben blendenden Neonlicht vorausgehenden rosa Aufwärm-Glühen angingen, wurde Jake klar, wie spät es schon war. Augenblicklich begann er zu rennen, und das war seine Rettung. Als er um die Ecke bog, sah er, dass seine Mutter vor das Haus getreten war und auf dem Bürgersteig auf und ab ging, um – vergeblich allerdings – ihre ängstliche Ausschau nach ihm als gemütlichen Abendspaziergang zu tarnen. Als er sie erreichte, atemlos und schweißgebadet, zeigte er seine Reue bereits deutlich; er musste nur noch den Kopf hängen lassen angesichts der Vorwürfe, die gleich auf ihn niederprasseln würden.

Wo er nur die ganze Zeit gewesen sei? Was stellte er sich vor, zu dieser Stunde erst nach Hause zu kommen? Was hatte er gemacht? Wusste er nicht, wie besorgt sie gewesen waren? War ihm klar, dass sein Abendessen kalt geworden war? Diese Fragen wurden mit solcher Geschwindigkeit auf ihn abgefeuert, dass kaum Zeit blieb, zwischen ihnen ein unterwürfig gemurmeltes »Tut mir leid, Mum« einzuschieben, bevor ihn die nächste traf. Offensichtlich hatte seine Mutter ihre Munition eine ganze Weile angespart, und es dauerte lange, bis sie alle denkbaren Möglichkeiten ausgeschöpft hatte, ihrem sündigen Sohn das Ausmaß seiner Verderbtheit klarzumachen.

Das hatte auch seinen Vorteil, denn bis sie fertig war, hatte Jake sich seine Entschuldigung zurechtgelegt.

»Es tut mir leid, Mum, aber ich musste zu Mr. Macintosh, und danach habe ich mit diesem Mädchen gesprochen, und ich habe wirklich nicht gemerkt, wie spät es war.«

»Mit diesem Mädchen? Mit welchem Mädchen?«

Jake merkte sofort, dass es ein Fehler gewesen war, keinen Namen zu nennen. Aber selbst das war mit Gefahren verbunden – denn das Netzwerk von Bekannten, das seine Mutter hatte, war riesig, und ihre Fähigkeit, den Familienstammbaum eines jeden seiner Klassenkameraden bis in die dritte Generation zu kennen, war ziemlich entnervend.

»Sara … ich weiß ihren Familiennamen nicht. Sie ist neu«, fügte er hinzu, um sicherzugehen.

Jake log nicht gern, besonders nicht seiner Mutter gegenüber, obwohl er es von Zeit zu Zeit für nötig hielt. Daher bemühte er sich immer, seine Notlügen auf ein gewisses Fundament Wahrheit zu bauen. Als seine Mutter ihn nun missmutig den Gartenweg vor sich herschob, als könne er einen plötzlichen Fluchtversuch unternehmen, bevor sie das Haus erreichten, überlegte er, dass mindestens fünf Sechstel seiner Erklärung stimmten. Er war tatsächlich zu Mr. Macintosh, seinem Englischlehrer, gerufen worden, und danach hatte er auch mit einem Mädchen gesprochen (na ja, so ähnlich), und er hatte tatsächlich nicht auf die Zeit geachtet; und sie hieß auch Sara, und in gewisser Weise war sie neu.

Die einzige Lüge betraf ihren Nachnamen. Den kannte er gut genug.

Wilbright.

Genau genommen Miss Wilbright.

Sie war seine Kunstlehrerin.

Miss Wilbright war neu an der Schule, wie Jake es gesagt hatte. Sie war im Herbst in einer Zeit stürmischer Aufregung gekommen, die bis heute andauerte. Ihr Vorgänger, der sanfte, mittelalterliche Mr. Finch, ein verheirateter Mann mit erwachsenen Kindern, hatte aus irgendeinem Grund am Vorabend der Herbstferien sein Auto in den Fluss Clyde gesteuert, nachdem er kurz zuvor in der Gesellschaft einer geheimnisvollen Rothaarigen gesehen worden war, die nur halb so alt war wie er. Die offizielle Version lautete Unfalltod, hinter vorgehaltener Hand aber wurde über die pikante Sache anders gesprochen.

In der Schule lautete das allgemeine Urteil über Miss Wilbright: »Ernsthaft verrückt, selbst für eine Kunstlehrerin.« Der Eindruck, den sie machte, wurde durch eine Bemerkung des stellvertretenden Direktors zu einem Kollegen ganz passend beschrieben: »Wenn ein Mädchen in die Schule käme und so aussähe, würde man sie nach Hause schicken.« Als Kleidung bevorzugte sie mehrere Lagen von etwas, das einst Unterwäsche oder Nachthemden gewesen sein mussten und das nun in unglaublichen Kombinationen von Lila, Schwarz, Karmesinrot, Giftgrün und Pfauenblau gefärbt war. Das längste dieser Kleidungsstücke reichte nicht einmal bis zu den Knien und ließ zwischen dem Spitzensaum und den Rändern der violetten Achtzehn-Loch-Doc-Marten-Stiefel ein ordentliches Stück athletischen, muskulösen Beins erkennen, das in Strumpfhosen gehüllt war, die entweder ein Spinnen- oder grobes Fischnetzmuster in grellen Farben trugen oder streng schwarz-weiß gemustert waren oder bei besonderen Gelegenheiten mit Pailletten besetzt.

Ihre lange Mähne aus blauschwarzen Haaren bildete einen ausgesprochenen Kontrast zu ihrem kreideweißen Gesicht und den Augen in unmöglich hellem Grün. Violetter Lippenstift und Nagellack, verschiedene Piercings einschließlich eines juwelenbesetzten Nasensteckers und eine Schultertätowierung (ein kompassähnliches Symbol) komplettierten ihre Erscheinung. Ein Gerücht, dass sie eine praktizierende Heidin sei, erhöhte – an einer katholischen Schule – ihre Faszination. Sie hatte eine ungewöhnlich tiefe, heisere Stimme, die ein einfaches »Guten Morgen« wie einen unanständigen Antrag klingen ließ. Ein Teil der Schule hielt sie für extrem cool, der andere für verrückt, wenngleich es eine kleinere Gruppe gab, die beide Ansichten teilte.

Jake gehörte zu dieser kleineren Gruppe. Miss Wilbright faszinierte ihn, ängstigte ihn aber auch ein wenig, besonders seit sie ein ausgesprochen persönliches Interesse ihm gegenüber an den Tag legte. Angefangen hatte es eher beiläufig – sie fragte ihn mehrfach nach seiner Meinung zu einem Bild oder einer Plastik und behandelte seine Antwort immer mit ernsthaftem Interesse, was ihm schmeichelte. Dann lobte sie sein Zeichnen und Malen und gab sich oft erstaunliche Mühe, ihm zu zeigen, wie er diesen oder jenen Aspekt noch verbessern könne. Zweifellos war sie trotz ihres bizarren Äußeren eine hervorragende Lehrerin – sie beherrschte ihr Gebiet vollkommen und konnte selbst in den gelangweiltesten Gemütern Begeisterung dafür entfachen. Jemand, der sich wie sie kleidete, hätte leicht als Clown abgetan werden können, aber sie war eine beeindruckende Persönlichkeit, und in ihrer Klasse gab es keine Disziplinarprobleme, nicht einmal bei den notorisch härtesten Fällen.

Zu Neujahr hatte sie angefangen, nach dem Unterricht Kurse in Kunstkritik für einige Auserwählte zu geben, überwiegend für solche aus ihrer Kunstklasse im sechsten Schuljahr. Jake war der Einzige aus einer niederen Klasse, und er war ziemlich überrascht und erfreut gewesen, dazugebeten zu werden, nicht zuletzt weil die Mädchen im Kunstkurs der Sechsten zu den größten Begabungen der Schule gerechnet wurden und die Bekanntschaft mit ihnen sowie die Tatsache, von ihnen angelächelt und auf dem Gang gegrüßt zu werden, ihm den Neid seiner Klassenkameraden eintrug.

Allmählich wurde Jake bewusst, dass er mehr Zeit in »Kunstkritik« verbrachte als sonst jemand – er neigte dazu, als Erster da zu sein, und er war stets der Letzte, der ging, weil Miss Wilbright fast immer seine Hilfe beim Aufräumen in Anspruch nahm. Und oft bat sie ihn, wenn er gerade gehen wollte, »schnell einen Blick auf das hier« zu werfen, oder fragte ihn: »Was hältst du davon?« Und dann holte sie etwas zu seiner Begutachtung hervor: die Abbildung eines berühmten Kunstwerks etwa oder ein Stück, an dem sie selbst gerade arbeitete. Diese improvisierten Sitzungen konnten ihn eine halbe Stunde oder länger aufhalten.

Meistens war das kein Problem, denn seine Eltern waren durchaus einverstanden, vorausgesetzt sie wussten, wo er war oder angeblich war, und sie freuten sich, dass Jake an so vielfältigen Aktivitäten außerhalb des Unterrichts teilnahm: Fußballtraining am Montag, Badminton am Dienstag, Theatergruppe am Mittwoch, Kunstkritik am Donnerstag.

Heute jedoch war Freitag und eine Sitzung in Kunstkritik war nicht vorgesehen, es war Einzelunterricht gewesen.

Jake war nach dem letzten Klingelton in Mr. Macintoshs Zimmer gegangen, wo sie ein ziemlich gespenstisches Gespräch geführt hatten. Mr. Macintosh war ebenfalls neu in diesem Schuljahr, er war Mitte November gekommen. Vor ihm auf dem Schreibtisch ausgebreitet lagen alle Aufsätze von Jake. Mr. Macintosh sagte, er wäre besonders an einer Figur interessiert, die Jake in seinen Geschichten als Held benutzte: ein Mann namens Stephen Bishop, ein Millionär und Kunstsammler – der käme ihm bekannt vor, meinte Mr. Macintosh. Jake glaubte, er wolle ihm Plagiat vorwerfen, und verteidigte sich tapfer – Bishop sei einer realen Person nachgebildet, seinem Freund Stephen Langton (Bishop sei eine scherzhafte Anspielung auf die Tatsache, dass es einmal einen Erzbischof von Canterbury mit diesem Namen gegeben habe), der zufälligerweise ein Millionär und Kunstsammler sei. Vielleicht lag es daran, meinte Mr. Macintosh und fragte, ob er diesen Mr. Langton vielleicht einmal treffen könne? Lebte er in Glasgow? Nein, erwiderte Jake, er lebe in der Nähe von Cambridge, nahe beim Dorf Manorhampton, wo er ein tolles Haus hätte, *Silk House*, und …

Und haargenau in diesem Augenblick war ihnen beiden bewusst geworden, dass sich Miss Wilbright in der Tür herumdrückte. Die Sonne stand direkt hinter ihr, sodass ihr Gesicht dunkel, aber von einem Schein aus lichtdurchflutetem Haar umgeben war. Die Sonne schien auch durch ihre durchlässige Kleidung. Jake konnte die geschwungenen Umrisse ihres Körpers deutlich erkennen.

»Ich hätte nur gern kurz mit Jake gesprochen, wenn Sie mit ihm fertig sind.«

Ich bin beliebt heute, dachte Jake.

»Oh ja – geh nur, Giacometti. Danke, dass du diese meine Frage geklärt hast.«

Jake folgte Miss Wilbright durch die Tür, immer noch leicht irritiert wegen seines Gesprächs mit Macintosh. War er wirklich auf den Punkt gekommen oder hatte Miss Wilbright ihn vorher unterbrochen? Sie war jetzt stehen geblieben, damit er sie einholen konnte. Er spürte dieses vertraute prickelnde Gefühl irgendwo in der Magengegend. Sie benutzte ein Parfüm mit einem herben, weihrauchähnlichen Duft. Sie fixierte ihn mit ihren unglaublichen smaragdgrünen Augen und lächelte ihn geradezu verschwörerisch an.

»Ich habe gedacht, ich müsste dich vielleicht retten.« Sie nickte in die Richtung von Macintoshs Zimmer.

»Oh ja … vielen Dank. Er hat mich nur etwas über meine Geschichten gefragt.«

»Zeigt er … ein besonderes Interesse an deiner Arbeit?«

Alarmglocken schrillten in Jakes Kopf: eine Lehrerin, die in einer bestimmten Sache geheimnisvoll tat! Wollte sie ihn vor Macintosh warnen?

»Nicht wirklich, Miss – genau genommen überhaupt nicht bis eben.«

»Du kannst mich Sara nennen; die Schulstunden sind jetzt vorbei.«

Wenn sie angenommen hatte, Jake damit besänftigen und sein

Vertrauen gewinnen zu können, dann erreichte sie genau das Gegenteil. Plötzlich fühlte er sich unbehaglich, denn er war sich lebhaft bewusst, wie nahe sie sich waren.

»Du musst nicht, wenn du nicht willst«, sagte sie lächelnd. »Ich finde nur diese ganze Geschichte mit ›Miss‹ und ›Sir‹ so verstaubt und altmodisch.«

»Das ist es wohl tatsächlich.«

Er entspannte sich wieder.

»Da ist etwas, das ich dir zeigen wollte. Ich bin ganz begeistert davon.«

Sie befanden sich jetzt im Kunstsaal, einem von Jakes Lieblingsorten in der Schule; hier war alles so unaufgeräumt und freizügig. Alle möglichen faszinierenden Dinge lagen herum, Sachen, die man für den Kunstunterricht brauchte, Teile alter Maschinen, ein Fischernetz und einige hellgelbe Schwimmer, ein ausgestopfter Fuchs; sogar ein kleines Krokodil baumelte von der Decke. Das Ganze verlieh dem Raum das Flair einer Apotheke. An der Wand hingen Zeichnungen, die in der Schule angefertigt worden waren, einige davon waren wirklich gut, und große Plakate verschiedener Kunstausstellungen.

Miss Wilbright fummelte an den Jalousien herum.

»Mach bitte die Tür zu, Jake. Wir brauchen es dunkel dafür.«

Jake schloss die Tür und stand zögernd beim Lichtschalter. Jetzt hantierte Miss Wilbright – Sara! – mit etwas, das sie auf einen freien Platz auf dem Arbeitstisch gelegt hatte. Ihr dunkles Haar fiel nach vorn über ihr bleiches Gesicht, die Arme schimmerten wie Elfenbein unter dem Spitzenschal.

»Mach bitte das Licht aus.«

Jake tat, wie ihm gesagt wurde. Es schnürte ihm leicht die Kehle zu. Was würden sie tun?

»Jetzt komm hierher.«

Jake wollte gerade protestieren, dass er nichts sehen könne, als in der Mitte des Raums ein sanftes Leuchten zu sehen war. Etwas Fluoreszierendes, dachte Jake, das ist es. Anscheinend ging es von diesem Gegenstand aus, der auf dem Tisch lag, was immer das war: Es sah aus wie eine undurchsichtige goldene Halbkugel. Miss Wilbright stand dahinter und wurde von unten angestrahlt, wodurch an der Wand ein gespenstisches Muster aus goldenen Flecken und dunklen Schatten entstand. Vorsichtig bewegte sich Jake auf die Kugel zu, er orientierte sich dabei tastend an den Ecken der Tische.

»Setz dich.«

Jake setzte sich, und auch Miss Wilbright tat dies, vermutlich auf einen hohen Hocker, denn sie saß leicht oberhalb. Sie beugte sich zu ihm vor, ihr Gesicht sah aus wie eine goldene, in der Luft schwebende Maske. Ihre Hände lagen auf etwas Rechteckigem, das mit einem Tuch bedeckt war. Davor befand sich die Lichtquelle, eine helle Wolke aus leuchtendem Nebel, der unter einer umgedrehten Glasschüssel eingeschlossen war. Hell genug, um den Blick zu fesseln, ohne zu blenden.

»Also hier ist das, was du dir anschauen sollst.«

Sie zog das Tuch beiseite.

»Man braucht das gedämpfte Licht, um es richtig zu sehen.«

»Es ist schön.«

Es war das Bild eines Kindes, eines Mädchens im Alter von etwa sieben Jahren, gemalt mit außergewöhnlicher Lebendigkeit und Unmittelbarkeit. Das Kind wandte sich dem Betrachter zu, als warte es auf den Schnappschuss einer Kamera. Es trug ein nobles Kleid aus blauer Seide – eine Miniaturausgabe dessen, was eine erwachsene Frau tragen könnte – und um ihren Hals hing eine schwere, glitzernde Perlenkette, darunter ein riesiger Rubinanhänger an einem Silberkettchen. Die Augen des Mädchens blickten den Betrachter in einer Art humorvoller Herausforderung an, der Mund schien gerade in Gelächter ausbrechen zu wollen.

Es stand auf einem Balkon vor einer Marmorbrüstung, und dahinter lag eine fantastische Landschaft mit spitzen grünen Hügeln unter einem blaugrünen Himmel. An seiner Seite befand sich ein kleiner Tisch, halb verborgen hinter einem schweren Damastvorhang in sattem Orange-Braun, der von einer Kordel aus rotgoldener Seide zusammengerafft wurde. Die vielen kleinen Details in Verbindung mit dem weichen, diffusen Licht machten das Bild wunderbar lebendig und ließen es überhaupt nicht gemalt erscheinen, sondern eher wie den Blick aus einem Fenster. Ja, es war, als ob man sich im dunklen Inneren des Hauses befand und auf das Mädchen im Sonnenlicht hinausblickte.

Dann erkannte Jake, dass auf dem Tisch eine Hand ruhte, in einen Handschuh aus dunkelgrüner Seide gehüllt, die Finger mit schweren, juwelenbesetzten Ringen geschmückt. Die Anwesenheit der Hand verlieh dem Bild eine geheimnisvolle Note, sie deutete männliche Kraft an und ließ vermuten, dass jemand Mächtiges hinter dem Vorhang saß. Jake fühlte sich zu der Balkonszene hingezogen, als ob das Mädchen ihn rufen würde ...

Er spürte, dass eine sanfte Stimme zu ihm sprach, konnte aber dessen Worte nicht hören: Das Bild zog ihn in seinen Bann, er tauchte förmlich darin ein.

Und es stimmte, was er seiner Mutter gesagt hatte – er hatte wirklich nicht bemerkt, wie die Zeit vergangen war. Erst jetzt, als er in seinem Bett lag, wurde ihm klar, dass es zwei ganze Stunden seines Lebens gab, über die er keine Rechenschaft ablegen konnte.

Wo war er gewesen?

Genau. Wo nur?

3

Der Kristall des Kummers

Mit einem Abschiedsfunkeln seiner Heckscheiben fuhr der Bus über die Kuppe der schnurgeraden Straße und ließ das einundzwanzigste Jahrhundert hinter sich. Im Wald stieß ein Vogel einen keckernden Laut aus, der so abrupt endete, wie er eingesetzt hatte, zurück blieb eine umso tiefere Stille. Gerald De Havilland betrachtete die dunklen Baumreihen beidseitig der Straße, die unter klarem Himmel mit schnell dahinziehenden vereinzelten Wolken in der Sonne brüteten.

Jetzt also Litauen, dachte er. Oder eben danach.

Hier draußen, in einer Landschaft, die auf ihre wesentlichen traditionellen Elemente reduziert war – Straße, Bäume, Himmel –, verschwamm der Unterschied zwischen Vergangenheit und Gegenwart. Man zweifelte nicht daran, dass irgendwo in diesem Wald ein Auerochse sein könnte, einer dieser riesigen wilden Ochsen, die hier dank eines königlichen Dekrets überlebt hatten, tausend Jahre nachdem sie im übrigen Europa ausgestorben waren. Einstmals hatte diese kleine obskure baltische Republik zusammen mit Polen eine Doppelnation gebildet, ein riesiges Reich, das für Jahrhunderte das mächtigste der westlichen Welt gewesen war; es war auch die letzte Bastion des Heidentums gewesen im alten Sarmatien, bis gut ins 15. Jahrhundert.

Wahrscheinlich waren diese Bäume damals schon da gewesen und dieser Himmel und wohl auch diese Straße. Der Mann kniff die Augen zusammen, blinzelte gegen das blendende Licht und stellte sich die kleine Gruppe vor: vielleicht ein Karren, der von einem Maultier gezogen wurde, oder, wahrscheinlicher, nur ein Maultier, der Mann führte es, die junge Frau saß auf seinem Rücken; oder vielleicht beide zu Fuß, das Maultier mit dem Gepäck beladen … und in diesem Gepäck … – er musste über sich selbst grinsen, weil er die Vergangenheit heraufbeschwor, um seine gegenwärtigen Wünsche wahr werden zu lassen. Egal, es war mit Sicherheit genau diese Straße, auf der sie gereist waren, Massimo Mancino, der junge italienische Maler, und die junge Frau, die er entführt hatte – kaum vierzehn musste sie gewesen sein, jünger als Helen. Tausend Meilen und mehr hatten sie gemeinsam von der Villa Ruggiero in Südfrankreich bis hierher zurückgelegt. Aber was hatten sie mit sich geführt?

Er wusste nur zu gut, was sie zurückgelassen hatten: die Maschine des Alchemisten, auseinandergenommen, die Teile in Ölpapier eingewickelt und in einem hohlen Pfeiler in der großen Halle der Villa versteckt. Und etwas anderes hatten sie mitgenommen: das unvollendete Porträt von Ruggiero da Montefeltro, das Mancino später als »Das Geheimnis des Alchemisten« zu Ende gemalt hatte und das den Hinweis auf den Verbleib der Maschine enthalten hatte. Aber was sonst noch? Das war die Frage.

Damals, als sich ihm und Stephen Langton in der Eingangshalle von *Silk House* zum ersten Mal die Antwort auf diese Frage angeboten hatte, war sie ihnen viel überzeugender vorgekommen als jetzt ihm.

»Pläne«, hatte Stephen gesagt, »sie müssen Konstruktionspläne gehabt haben.«

»Es ist schwer vorstellbar, wie sie sie sonst gebaut haben könnten«, hatte De Havilland zugestimmt.

Die Maschine des Alchemisten, die sie in vielen mühevollen Monaten zusammengesetzt hatten, stand da zwischen ihnen auf dem Tisch, offensichtlich vollständig, ohne jedoch zu funktionieren. Das Gebilde sah eher aus wie das Skelett eines merkwürdigen Lebewesens, wenngleich schwer zu sagen war, was für ein Lebewesen dies sein könnte; es hatte etwas Vogelartiges an sich. Lediglich eine eiförmige Lücke in seinem Zentrum nährte noch etwas Hoffnung.

»Also diese Stelle«, meinte Stephen, »irgendetwas muss doch da hineingehören!«

»Diese Zinken sehen aus, als ob sie irgendetwas halten sollen.«

»Aber was?«

»Vielleicht eine Batterie«, schlug De Havilland im Scherz vor.

»Könnte sein … könnte gut sein! Etwas, das verschleißt oder das verbraucht wird, wenn die Maschine in Betrieb geht – das würde erklären, warum es nicht bei den restlichen Teilen war.«

»Aber wie finden wir das raus?«

Womit sie wieder bei den Plänen waren.

Während De Havilland jetzt darüber nachdachte, bemerkte er, dass das, was damals streng logisch erschienen war, sich nun eher als Wunschdenken erwies: Wenn etwas fehlte, dann würden die Pläne das zeigen. Es musste Pläne geben, und Mancino musste sie mitgenommen haben, da er sie nicht zurückgelassen hatte. Natürlich. Und nach derselben Logik mussten sie auch fast fünf Jahrhunderte Auseinandersetzungen mit dauernden Grenzverschiebungen und wechselnden Herrschern, häufige Kriege und all das Durcheinander und die Zerstörungen, die damit einhergehen, überlebt haben; nur um bei erstbester Gelegenheit von ihrem ergebenen Gerald De Havilland entdeckt zu werden, der sich als Kunstprofessor eines der weniger bekannten Colleges in Cambridge ausgab. Ja sicher!

Seine düsteren Gedanken wurden durch ein entferntes Geräusch unterbrochen. Er wandte sich um und erblickte ein Gefährt, das sich näherte. Erst als es schon fast in seiner Nähe war, konnte er den verwirrenden Anblick in seine Bestandteile auflösen: Unterhalb einer zweigeteilten Windschutzscheibe flankierten zwei riesige einzelne Frontscheinwerfer wie zwei Monde einen Kühler mit senkrechten Schlitzen; auf beiden Seiten davon wölbten sich Schwingen gleich Kotflügeln. Die auffällige Form, mit welcher der Kühlergrill oben abschloss – in einer Biegung mit zwei flachen Schultern –, wies das Fahrzeug als einen Packard aus, wohl aus der Zeit unmittelbar vor dem Zweiten Weltkrieg, vermutete De Havilland.

Neben ihm kam der Wagen sanft zum Stehen, sein Motor surrte ruhig weiter. Die Lackierung war in sehr dunklem Blau gehalten, die Farbe mit dem Alter stumpf geworden. Die hintere Tür zierte ein Wappen. Der Fahrer stieg aus, ein kleiner, adretter Mann in einer altmodischen lavendelgrauen Chauffeursuniform, mit einer spitzen Mütze, sauber polierten kniehohen Stiefeln und einer Jacke, die durch eine doppelte Knopfreihe verziert war. Trotz des Glanzes seiner Stiefel bot der Mann einen leicht abgenutzten, heruntergekommenen Anblick – wie jemand, der einmal bessere Tage erlebt hat und sich nun bemüht, die Erinnerung daran wachzuhalten.

»Professor De Havilland?«, fragte er mit einem deutlich französischen Akzent.

»Derselbe«, erwiderte De Havilland.

Er hob seine Aktentasche mit einem darübergeworfenen Regenmantel leicht hoch, eine Geste, von der er hoffte, dass sie angemessen professoral und leicht amtlich wirkte. Der Chauffeur hielt die sich öffnende Coupétür auf, und De Havilland stieg auf das Trittbrett und in das höhlengleiche Wageninnere. Es bot den gleichen heruntergekommenen Anblick wie der Chauffeur; einstmals war es luxuriös gewesen, aber jetzt war das Leder gesprungen, und das Furnier blätterte ab. Ein übler modriger Geruch verstärkte den Eindruck, dass man das Auto erst kürzlich aus langer Vernachlässigung gerettet haben musste. Trotz alledem war der Wagen ziemlich bequem und sein Inneres durch die schwere Trennscheibe zum Fahrer erstaunlich ruhig.

De Havilland hatte zu dösen begonnen, sich hoffnungsvollen Tagträumen hingegeben; er träumte, dass er die Konstruktionspläne zusammengefaltet in einer großen Mappe fände, als der Packard von der Straße abbog und zwischen den Bäumen auf etwas fuhr, das ein Waldweg sein musste. Völlig mit Gras bewachsen, war er aber doch ungewöhnlich glatt – es hätte Schotter sein können, der jetzt überwuchert war, oder vielleicht hatte der Packard auch nur eine sehr gute Federung.

Etwa eine Meile hatten sie in dem sich verstärkenden Dickicht zurückgelegt, ehe sie anhielten. Der Chauffeur stieg aus, und im Schein einer Taschenlampe schloss er die um ein riesiges Paar verfallener Torflügel gelegte Kette auf und öffnete das Tor. Von den Pfeilern auf beiden Seiten starrten drohend in Stein gemeißelte heraldische Tiere auf sie herab. Sie passierten die Einfahrt und der Chauffeur schloss dann das Tor wieder hinter ihnen. Es schien wie eine unnötige Vorsichtsmaßnahme.

Das Tageslicht dämmerte jetzt schnell, und die großen Strahlenkegel der Scheinwerfer glitten über den Weg vor ihnen, beleuchteten auf beiden Seiten die wie Pfeiler wirkenden Baumstämme. Dann trafen sie auf eine efeuüberwucherte Mauer, die De Havilland zunächst für die Vorderfront des Hauses hielt – er sah Fenster zwischen dem zottigen Bewuchs –, ehe das Auto unter einem breiten Bogen hindurchfuhr und auf einen weiten Hof kam. Als sie über das Kopfsteinpflaster rumpelten, entdeckte er in der Mitte einen riesigen dekorativen Springbrunnen, dann beleuchtete das Scheinwerferlicht das untere Stockwerk einer Gebäudefront auf der gegenüberliegenden Seite. Zu sehen waren große Fenster mit geschlossenen Läden zu beiden Seiten eines pompösen Eingangs mit einer riesigen nietenbeschlagenen Tür; die davor stehende Gestalt mit einer schwach gelb scheinenden Lampe wirkte zwergenhaft.

Geschwind sprang der Chauffeur aus dem Auto, um De Havilland die Tür zu öffnen, während die Gestalt mit der Lampe die Stufen herabschritt und auf sie zukam. Es stellte sich heraus, dass es eine kleine ältere Frau im etwa gleichen Alter wie der Chauffeur war, vielleicht war es sogar seine Frau – in ihrer Begrüßung lag jedenfalls etwas, das eine lange währende Vertraulichkeit nahelegte. Sie sprachen Französisch. Die Lampe, welche die Frau trug, war eine altmodische Sturmlaterne, und in der Art, wie sie die hochhielt und in die Dunkelheit stierte, ähnelte die Frau einer allegorischen Figur auf einem Gemälde. Sie führte die beiden die Stufen hinauf zur nietenbesetzten Tür; der Chauffeur folgte mit De Havillands Reisetasche als Letzter.

Als der Gast die Eingangshalle betrat, konnte er wie im Zwielicht schwebend in einiger Entfernung drei Kinder sehen – sie schienen in der Luft zu hängen. Dieser Umstand und auch ihr flachsfarbenes Haar ließen ihn an Engel denken. Es war schwer, ihr Geschlecht zu bestimmen; sie hatten alle drei lange Haare, und es war zu dunkel, um ihre Kleidung auszumachen. Das größte von ihnen hatte eher männliche Gesichtszüge.

Für einen Augenblick blieb er stehen, hielt mitten im Schritt inne und erwartete fast, dass eins der Kinder zu sprechen beginnen würde.

Allmählich gewöhnten sich seine Augen an die Dunkelheit, und er sah, dass die Eingangshalle die ganze Höhe des Gebäudes hatte und dass auf der gegenüberliegenden Seite eine große Treppe emporführte, auf deren Absatz ein Gemälde mit drei Kindern in mehrfacher Lebensgröße vom Mondlicht durch ein hoch gelegenes Fenster beleuchtet wurde. In De Havillands unmittelbarer Nähe warf die schwache Laterne einen Lichtkreis, jenseits dessen er große geschnitzte Möbel und schwere vergoldete großformatige Bilderrahmen vermutete. Hier und da konnte er auch Augen und Zähne von ausgestopften Tieren ausmachen.

Auf halbem Weg, immer an der holzverkleideten Wand entlang, öffnete die Frau eine verborgene Tür und führte ihn in einen Raum, der nur mit Kerzen erleuchtet war.

Seine erlauchte Hoheit, Fürst Steponas Algirdas Vytautas-Geminidas, war ein ungewöhnlich großer und magerer Mann, dessen eckige Statur an einen großen Stelzvogel erinnerte. Er hatte schönes weißes Haar und war offenbar irgendwo zwischen sechzig und achtzig Jahre alt – das war nicht genau zu sagen.

»Professor De Havilland, wie erfreulich, Sie zu sehen! Willkommen in meinem alten Haus.« Seine Stimme klang angenehm und musikalisch und verriet lediglich minimal einen fremden Akzent. Er deutete mit seiner schmalen Hand in den Raum und sagte: »Sie müssen die Kerzen entschuldigen, sie sind mehr als nur die Vortäuschung einer alten Welt. In unseren Stromgenerator hat sich ein Fehler eingeschlichen, der bislang die Fähigkeiten von Maurice im Reparieren überfordert. Immerhin, es ist ein freundliches Licht. Wollen Sie Platz nehmen?«

Als De Havilland sich genauer umblickte, konnte er erkennen, dass er sich in einem Raum befand, der ein freundlicheres Aussehen tatsächlich nötig hatte. Die Wände hatten Risse, der Putz blätterte ab, und an mehr als einer Stelle war er sogar völlig weggebrochen und ließ bereits die Leisten darunter erkennen.

Der Fürst folgte offenbar seinem Gedankengang.

»Da muss viel getan werden, fürchte ich, um den alten Ort hier in die Lage zu versetzen, wieder Besucher zu empfangen. Es wird Sie aber freuen, dass es uns gelungen ist, Ihnen ein wasserdichtes Zimmer zu sichern. Und Sylvie hat Feuer gemacht, um die Feuchtigkeit zu vertreiben. Den ganzen Tag hat sie wie wild Vorbereitungen getroffen. Sie sind der erste Gast, den das Haus seit Jahren zu sehen bekommt.«

»Ich fühle mich geehrt.«

»Sie sind zu freundlich. Ein Glas Tokajer?«

»Danke, gern.«

»Ja, es ist eine langwierige Sache, Reparationen als Wiedergutmachung zu bekommen, nur die Rechtsanwälte werden dabei fett. Erst die Sowjets, dann die Nazis, dann wieder die Sowjets, jetzt die Demokraten. Es gibt viele Dinge, die wir nie zurückerhalten werden. Wir haben Glück, dass wir wenigstens dieses Anwesen intakt erhalten konnten. Aber wir haben Geduld, selbst in der dunkelsten Stunde gibt es Hoffnung. Siebzig Jahre mag als lange Zeit scheinen, aber unsere Familie hat hier siebenhundert Jahre gelebt. Wir haben auch früher harte Zeiten gekannt, doch unsere Zeit wird wiederkommen – das ist einfach so. Das Tausendjährige Reich hat kaum zwölf Jahre gedauert; der Kommunismus ist nach einem knappen Menschenalter zusammengebrochen. Die Demokratie wird tagtäglich als korrupter Betrug entlarvt, als Werkzeug von *Big Business* und globalen Mächten. Wie lange wird es dauern, bis auch das dahin ist? Dann werden sich die Menschen wieder dem zuwenden, worauf sie schon in der Vergangenheit vertraut haben: der Familientradition.«

Für einen Augenblick schien De Havilland die Illusion perfekt: diese große Gestalt im Licht des Kaminfeuers, eine Hand auf dem Stuhlrücken, sein kräftiges, aristokratisch dreinschauendes Gesicht, das stolz in die Zukunft blickte und den Ruf des Volkes erwartete. Aber nur für einen Augenblick, dann drängte sich wieder die Realität vor, der abblätternde Putz, die flackernden Kerzen, der uralte muffige Packard, das riesige verfallende Haus mit seinen beiden abgehalfterten Dienern. Dieser Mann ist verrückt, dachte De Havilland.

»Aber Sie müssen mir vergeben. Politik ist kaum der Grund, weswegen Sie gekommen sind. ›Der Einfluss Italiens auf die Kunst der baltischen Staaten‹ – das ist doch das Thema, richtig?«

»Ja, genau«, entgegnete De Havilland. Als Beweis seiner ernsthaften Absichten holte er ein anderes akademisches Requisit hervor, eine Goldrandbrille mit halbmondförmigen Gläsern, und setzte sie auf. »Die ganze Welt kennt natürlich Bacciarelli und dessen Werkstatt«, sagte er in ruhigem Vortragston, »aber das war im achtzehnten Jahrhundert, und ich bin entschlossen, weiter zurückzugehen, bis in die Regierungszeit von Bona Sforza.«

»Bewegte Zeiten«, warf der Fürst ein.

»Bartolomeo Berecci ist da natürlich von besonderem Interesse, ebenso Francesco Fiorentino und auch Santi Gucci …«

De Havilland beobachtete den Fürsten aufmerksam, während er diese Namen nannte, und kam zu dem Schluss, dass er sie wiedererkannte, aber wohl nicht besonders interessant fand. Er nahm seine Brille wieder ab, putzte sie und überlegte. Dann setzte er seine Rede fort: »Aber oft sind es die weniger wichtigen Figuren, die sich als interessant erweisen – wenn wir nur mehr von ihnen wüssten! Dieser farbenfrohe Charakter Flavio Portinari zum Beispiel … ich bin mir fast sicher, dass er auf seinen weiten Wanderungen auch hierhergekommen ist. Dann gibt es solche Figuren wie Ambrosio del Foscolo, ein ziemlich finsterer Charakter, oder Massimo Mancino, über den wir nicht mehr wissen, als dass er vermutlich, dies deutet sein Name an, Linkshänder war …«

»Massimo Mancino? Ich denke, wir können Ihnen ein wenig mehr über ihn erzählen als …«

»Ach wirklich?«, meinte De Havilland, ohne allzu offensichtlich Interesse zu zeigen. »Auch Bramante ... wenn wir klarstellen könnten, dass der hierhergekommen ist, also das wäre wirklich etwas!«

Mit einiger Befriedigung registrierte er eine wachsende Erregung beim Fürsten und hakte unschuldig nach: »Sie haben etwas über Bramante, glauben Sie?«

»Über Bramante, nein ... das glaube ich wirklich nicht. Aber Mancino ...«

»Man weiß so wenig über ihn. Es ist keineswegs sicher, dass er überhaupt hier gewesen ist.«

»Oh, er ist tatsächlich hier gewesen, das kann ich Ihnen versichern!«

»Wirklich?« De Havilland gestattete sich einen Anflug von Interesse. »Das mit Sicherheit festzustellen wäre eine wichtige Erkenntnis – ein kleiner Beitrag, aber durchaus bedeutend.«

»Ich kann mit einiger Befugnis behaupten, dass er hier gewesen ist. Mein Vorfahr, der Erzherzog Vilkas, hat ihn beschäftigt.«

»Tatsächlich? Aber ich vermute, es gibt da kaum Unterlagen oder dergleichen ...«

»Im Gegenteil, wir haben ein umfangreiches Archiv. Sehen Sie, es gibt noch andere Gründe, warum man sich an Mancino in unserer Familie erinnert, neben seinen Fähigkeiten als Maler, meine ich.«

De Havilland hob erwartungsvoll die Augenbrauen, aber jetzt war es der Fürst, der geneigt schien, ein wenig Spannung zu erzeugen, indem er sagte: »Aber ich vergesse meine guten

Manieren. Sie haben eine lange Reise hinter sich und werden wünschen, sich vor dem Dinner frisch zu machen. Ich habe mir gestattet, Sylvie anzuweisen, Ihnen ein Bad einzulassen, sobald Sie angekommen sind. Unsere Wasserleitungen sind ziemlich veraltet, aber ich nehme an, das Bad ist inzwischen bereitet.«

Er zupfte an einem kunstvollen Glockenband aus Seide neben dem Kamin, und nach kurzer Zeit erschien als Antwort auf das Läuten der treue Maurice.

Das Badezimmer bot ein geradezu romantisch-unheimliches Bild; die Wanne ragte wie der Rumpf eines großen Schiffes aus dem von Kerzen erleuchteten Wasserdampfnebel heraus.

Eine Dreiviertelstunde später tauchte De Havilland erheblich entspannt und erfrischt wieder auf, und es gelang ihm, den Speisesaal bereits beim dritten Türversuch zu finden. Überrascht stellte er fest, dass sein Gastgeber nicht allein war, am Tisch saß noch eine Frau unbestimmten Alters, die eine deutliche Ähnlichkeit mit dem Fürsten hatte. Man hätte sie auf eine unterkühlte Art schön nennen können, aber ihr Gesicht wies ein merkwürdiges Fehlen an Lebendigkeit auf.

»Meine Tochter Alexandra.«

Sie neigte ihren Kopf kurz und schenkte De Havilland ein befremdliches, kühles Lächeln. Während der ganzen Mahlzeit, die köstlich war, bezog der Fürst sie in das Gespräch mit ein, richtete Fragen an sie, aber sie gab keine Antworten und starrte bloß die meiste Zeit ins Leere. Sie aß und trank auf eine eher mechanische Weise, anscheinend ohne Genuss, und zeigte keinerlei Interesse an dem fremden Tischgast.

Der Gastgeber selbst schien an diesem Benehmen nichts Außergewöhnliches zu finden. Er war ein hervorragender Gesprächspartner, und seine Themen reichten von seinen politischen Ambitionen, die etwas idealistisch klangen, bis zu litauischer Geschichte und der Rolle seiner Familie in ihr, ein Thema, das er erstaunlich interessant vermitteln konnte. Erst als seine Tochter sie verlassen hatte – sie stand unversehens auf und ging ohne ein Wort, als Maurice Kognak und Zigarren brachte –, kam der Fürst wieder auf Mancino zu sprechen.

»Sie haben doch sicher das Porträt in der Halle gesehen, die drei Kinder?«

»Ja, sicher, sehr eindrucksvoll! Ist das von Mancino?«

»Nein, aber es ist ein guter Ausgangspunkt, um seine Verbindung mit unserer Familie zu erklären. Hatten Sie schon Gelegenheit, es näher zu betrachten?«

De Havilland zog an seiner Zigarre und schickte eine sich kringelnde blaue Rauchwolke zur Decke. Seine Gedanken rasten: War dies eine Überprüfung seiner Qualifikation? Vielleicht gab es in dem Gemälde etwas Besonderes, das er hätte bemerken müssen. Er war tatsächlich auf dem Weg zum Speisezimmer stehen geblieben, um es zu genauer betrachten.

»Das Licht war nicht sehr gut, fürchte ich, aber ich konnte erkennen, dass es einzigartig schöne Kinder waren – ein Bruder und zwei Schwestern, nehme ich an?«

Ein wenig Schmeichelei kann niemals schaden, dachte er. Außerdem stimmte es, die Kinder waren sehr eindrucksvoll. Der Fürst lächelte.

»In der Tat. Sie sind schön, nicht wahr? Engelsgleich wäre keine Übertreibung.«

Er blies eine lange Rauchschwade aus und schenkte De Havilland nur einen sonderbaren Blick von der Seite.

»Es sind die Kinder meines direkten Vorfahren Algirdas. Der Junge, Stanislaus, hat mit ziemlicher Sicherheit seinen Vater ermordet und mit seiner Schwester Marisa, der jüngeren, bei der Ermordung ihres Onkels, Erzherzog Vilkas, gemeinsame Sache gemacht. Marisa ist später verrückt geworden und für die letzten zwanzig Jahre ihres Lebens in einen Turm gesperrt worden, was damit endete, dass sie über die Brüstung fiel, obwohl es mehr als wahrscheinlich ist, dass ihr Bruder sie hinabstürzte. Während seines ganzen Lebens wurde er von Anfällen mörderischer Wut heimgesucht, und es ist wahrscheinlich, dass seine eigenen Kinder ihn vergiftet haben, unter Mithilfe seiner Frau. Die andere Schwester, Anna, war einfältig, sie blieb ihr Leben lang ein Kind, nun ja, sie war wenigstens harmlos. Und ihre Mutter Amelia hat sich selbst umgebracht.«

»Gütiger Gott! Was für eine schreckliche Aufzählung! Wie ist all das passiert?«

Der Fürst warf ihm einen hinterlistigen Blick zu und zog an seiner Zigarre, bis die Asche rot glühte.

»Ein Fluch.«

De Havilland erwiderte seinen Blick, zwang sich jedoch, nichts zu sagen. Nach einer Weile fuhr der Fürst fort.

»Die Familie hatte, ohne es zu wissen, einen Gegenstand erworben, der seine Besitzer zu Wahnsinn und Mord trieb.«

Er kniff ein Auge zu und betrachtete De Havilland, um zu sehen, wie ernst er das Gesagte nahm.

»Jedenfalls war das die offizielle Geschichte, eine, die meine Vorfahren aktiv weitererzählt haben; genau genommen haben sie sie mit ziemlicher Sicherheit selbst erfunden. Es ist immer um Vieles leichter, äußeren Mächten die Schuld zuzuschieben. Wie sagt doch Shakespeare: ›Unsre lüsterne Natur den Sternen anzulasten‹ …«

De Havilland, die Zigarre in der Hand, kniff die Augenbrauen zusammen und hoffte, dass das wie ein professorales Stirnrunzeln wirkte.

»Kann ich daraus schließen, dass hier gilt: ›Nicht durch die Schuld der Sterne, lieber Brutus, durch eigne Schuld nur sind wir Schwächlinge‹?«

Der Fürst strahlte. Ich mache gute Fortschritte, dachte De Havilland. Gott sei gedankt für ein Elefantengedächtnis und eine gute Gefängnisbibliothek.

»Mein Vorfahr Erzherzog Vilkas – der Name bedeutet übrigens ›Wolf‹ – war ein Mann mit gewaltiger Energie, ein richtiger Renaissance-Mensch. Er hat dieses Haus gebaut und die Güter aus mittelalterlichem Feudalismus in etwas für seine Tage außergewöhnlich Fortschrittliches verwandelt – das war im sechzehnten Jahrhundert zur Zeit von Bona Sforza. Er war begierig auf all die neuen Ideen, die diesen Teil der Welt langsam aus Südeuropa, besonders aus Italien, erreichten, und sein Hof war wie der von König Sigismund in Warschau voller Ausländer, Künstler, Ingenieure, Wissenschaftler, Philosophen. Sein großer Kummer aber war, dass er keine Kinder hatte, daher adoptierte er als Erben Algirdas, den Sohn seines jüngeren Bruders. Nun, dieser Algirdas war ein wilder Bursche, ein schrecklicher Herzensbrecher, der immer mit jungen Frauen schäkerte und sie wieder fallen ließ, wenn sie ihn zu langweilen begannen. Eines seiner Opfer war ein italienisches Mädchen, Elena, die Tochter eines Malers an Vilkas' Hof. Sie war noch sehr jung, nur zwölf oder dreizehn, und es muss ihr auf den Verstand geschlagen sein: Kurz nachdem er sie im Stich gelassen hatte, rannte sie weg und ward nicht wieder gesehen. Ihre Mutter war zu der Zeit schwanger, sie wurde schier irre vor Kummer. Sie durchstreifte das Land auf der Suche nach ihrer Tochter, dann verschwand auch sie spurlos. Alle waren überzeugt, dass sie sich umgebracht hätte, aber über ein Jahr später tauchte sie wieder auf, und sie hatte Zwillinge geboren, einen Jungen und ein Mädchen.

Mit den Jahren, begannen Vilkas' allzu großzügige Ausgaben Spuren zu hinterlassen: Der Besitz war beinahe bankrott. Vilkas hoffte verzweifelt, dass sein Neffe eine gute Partie machen würde, nicht nur, um die weitere Erbfolge sicherzustellen, sondern auch, um eine höchst notwendige Finanzspritze einzubringen. Leider gab es nicht viele geeignete Kandidatinnen. Dann trat die Mutter von Elena, jenem Mädchens, das sein Neffe zugrunde gerichtet hatte, mit einem außergewöhnlichen Vorschlag an ihn heran. Wenn Algirdas ihre zweite Tochter heiraten würde, Amelia, das Zwillingsmädchen, so würde diese von ihr eine Mitgift von unschätzbarem Wert erhalten.

Zunächst neigte Vilkas dazu, die Frau mit Verachtung zu strafen, sie war verrückt, hatte den Tod der ersten Tochter nie verwunden, und was sie vorschlug, schien nur ein weiterer Beweis dafür zu sein. Außerdem: Woher sollte sie, die Frau eines Malers, eine Mitgift von unschätzbarem Wert haben? Aber dann nahm sie Vilkas beiseite und zeigte ihm etwas, und er erkannte darin die Rettung seines Besitztums. Also heirateten Algirdas und Amelia, und ihre Mitgift ging in den Besitz unserer Familie über.«

Der Fürst zog an seiner Zigarre und schickte eine weitere Wolke blauen Rauchs zur Decke. De Havilland beugte sich vor in seinem Stuhl.

»Die Mitgift, nehme ich an, war Überbringer des Fluchs.«

»Ganz recht. In gewisser Weise war sie das tatsächlich. Malen Sie sich die Szene aus: Die Familie hat sich Jahre später zum Bankett versammelt, um die Taufe des dritten Kindes von Algirdas und Amelia, Marisa, zu feiern. Es gibt die üblichen Trinksprüche und Reden. Dann erhebt sich Amelias Mutter, die Italienerin. Alle sind überrascht, denn jahrelang hat sie ja kaum ein Wort gesprochen. Sie beginnt ihre Rede ganz normal und sagt, dass sie ihr Leben lang nur *eines* herbeigesehnt habe und nun, da sie es erreicht habe, glücklich sterben könne. Natürlich glauben alle, dass sie die Heirat ihrer Tochter meint, die jetzt mit einem weiteren Kind gesegnet ist.«

Wieder eine dramatische Pause, erneut duftender Rauch, der eingesogen und dann mit Genuss ausgeatmet wird.

»Dann erklärt sie allen, was dieses *eine* ist: Rache.«

»Rache?«

»Rache für ihre Tochter Elena, Rache an dem Mann, der diese zugrunde gerichtet hat – gemeint war Algirdas natürlich, wie jeder Anwesende verstand. Die Menge ist in Bestürzung und Aufruhr: Was hat sie vor? Den Kindern auf irgendeine Weise Schaden zufügen? Ihre nächsten Worte treffen alle unvorbereitet, so unerwartet sind sie: ›Ich habe immer nur zwei Kinder gehabt‹, erzählt sie ihnen. ›Meinen Sohn, der jetzt tot ist, und meine geliebte Elena.‹ Sie deutet auf Algirdas. ›Elena, die in der Wildnis gestorben ist, als sie das Kind dieses Mannes zur Welt brachte.‹«

Der Fürst machte eine Pause, um zu beobachten, wie sich die ungläubige Erkenntnis in De Havillands Gesicht stahl.

»Nein«, hauchte der, indem er das Wort eher lautlos bildete als aussprach.

»Doch«, entgegnete der Fürst. »Dieses Kind von Elena hat überlebt und sie hat es als ihr eigenes aufgezogen – aufgezogen als späteres Werkzeug ihrer Rache.«

»Mein Gott! Sie hat ihn und seinen Vater überlistet, seine eigene Tochter zu heiraten? Das ist ja die reinste griechische Tragödie!«

»Die Folgen waren katastrophal. Die arme Amelia, als sie erfuhr, wie sie von der Frau, die sie für ihre Mutter gehalten hatte, jahrelang benutzt worden war, nahm sich das Leben. Algirdas erholte sich nie von diesem Schock, er hatte das Gefühl, verflucht zu sein. Wie alle anderen auch war er davon überzeugt, dass die Früchte seiner Vereinigung mit Amelia Ungeheuer sein müssten, mit dem Ergebnis, dass zwei von ihnen tatsächlich Ungeheuer wurden durch die Art und Weise, wie er sie behandelte. Ironischerweise war es wahrscheinlich nur das mittlere Kind, Anna, die Einfältige, die den genetischen Defekt hatte, der sich in solchen Fällen einstellen kann.«

Er bemerkte das Entsetzen in De Havillands Gesicht.

»Ja, es ist ein genetischer Defekt, die Krankheit ist sehr selten, sie ist nach unserer Familie benannt. Sie kann immer wieder mal in einer Generation zurückkehren. Es ist das, was auch meine Tochter Alexandra hat.«

»Das tut mir leid.«

Der Fürst machte eine vielsagende Handbewegung, die hoffnungslose Machtlosigkeit ausdrückte.

»Es ist nun mal, wie es so schön heißt, wie es ist. Aber zweifellos fragen Sie sich, was all dies mit Massimo Mancino zu tun hat.«

»Er war der Vater von Elena, des Mädchens, das Algirdas zugrunde richtete, der Mann der Italienerin?«

»Sie sagen es.«

Die Italienierin also, ihr Name war nicht überliefert in der Geschichte. De Havilland hatte plötzlich eine Vision, wie sie sich entschlossen aufmachte von der Villa Ruggiero, um ihrem Geliebten zu folgen, ein schlankes Mädchen, jünger noch als seine eigene Tochter; wenn sie hätte vorhersehen können, wohin sie das führen würde, wäre sie mitgegangen?

»Und die fluchbeladene Mitgift?«

Der Fürst erhob sich, ging zur Anrichte und kam mit einem viereckigen Gegenstand zurück, der mit einem dunklen Tuch bedeckt war. Er entfernte es, und eine unscheinbare Metallschachtel kam zum Vorschein. Sie war von einem verblichenen Rot, die Farbe blätterte hier und da ab, sodass darunter blankes Metall hervorschimmerte. Der Fürst stellte den Behälter vor De Havilland auf den Tisch.

»Es trifft sich gut für die Geschichte, dass Sie genau jetzt gekommen sind; noch eine Woche, und dies hier wäre auf dem Weg nach Paris. Ich habe mit einem Auktionshaus vereinbart, dass es für mich nächsten Monat versteigert wird. Wenn ich Glanz und Größe dieses Anwesens wiederherstellen möchte, fürchte ich, muss ich eins von meinen Besitztümern zu Geld machen. Bitte, öffnen Sie es doch. Es ist nicht verschlossen.«

De Havilland öffnete die Verschlüsse und hob den Deckel hoch. Auf einer Unterlage aus zerknittertem schwarzem Samt lag ein prächtiger Kristall in der Größe und Form eines kleinen Eis; seine Oberfläche war in unzähligen Ebenen geschliffen, von denen wurde das Licht der Kerzen und des Kaminfeuers funkelnd und in allen Regenbogenfarben schillernd zurückgeworfen. Der Kristall ruhte in zwei fein in Gold gefassten Händen, die ihn dem Betrachter anzubieten schienen. Der Fürst freute sich über De Havillands Bewunderung.

»Sieh da«, sagte der, »der Kristall des Kummers.«

4

Der Turm des Zauberers

Das kleine grüne Auto schaltete in den ersten Gang, um die Haarnadelkurve zu nehmen, arbeitete sich dann mühsam die gegenläufige Steigung hinauf und kletterte immer höher die Berge der Karpaten empor. Der Fahrer, ein kleiner Mann mit einem struppigen braunen Bart, hockte auf der Kante seines Sitzes, hielt das fast seine Brust berührende Lenkrad fest und streckte den Kopf angestrengt nach vorn, so als führe er durch dichten Nebel und nicht durch diesen hellen, angenehmen Morgen mit einer Prise Raureif. Auf dem Beifahrersitz lag ein großer altmodischer Arztkoffer. Gerade führte die Straße über eine uralte schmale, gewölbte Brücke, eigentlich ungeeignet für moderne Autos. Der kleine Wagen fuhr stöhnend und im Schritttempo hinüber und quälte sich dann den kurzen Hang zum Dorf hinauf.

Die Dorfbewohner würden schon da sein, ahnte der Mann, gleich hinter der Anhöhe würden sie stehen, eng beieinander auf dem gepflasterten Platz vor dem Gasthaus, beunruhigt vom Geräusch des nahenden Autos. Er konnte sich vorstellen, wie sie sich vorwärtsschoben, begierig, den Fremden anzuhalten, um ihn zu warnen, dass die Straße weiter vorn unpassierbar sei, blockiert durch herabgestürzte Bäume oder Felsen oder eine eingestürzte Brücke oder dadurch, dass sie sich gesenkt hatte – irgendetwas davon musste es sein, jedenfalls waren sie scharf darauf, den Fremden am Weiterfahren zu hindern, er sollte ihre Gastfreundschaft genießen, und dann würden sie ihn sofort ins Tal zurückzuschicken – beladen mit ihren wohlgemeinten Gaben einschließlich der Plastikflaschen mit dem scharfen Schnaps ihres Ortes. Er würde verwirrt, aber entzückt sein über die Wärme ihres Willkommensgrußes und ihre Sorge um sein Wohlergehen.

Als das grüne Auto die Steigung überwunden hatte, sah er die Menge auf die Straße drängen und dann innehalten, als sie zuerst das Auto, dann dessen Fahrer erkannten; er sah sie erschrocken zurückweichen, wobei der Ausdruck ihrer Mienen von eifriger Sorge zu Furcht wechselte. Einige bekreuzigten sich, andere streckten die Hände nach unten, die beiden mittleren Finger in die Handfläche gekrümmt und die äußeren zum Boden weisend, es war diese uralte Geste, die den Blick des Bösen abwehren sollte. Der kleine Mann aber grinste nur verächtlich, als er an ihnen vorbeiratterte, ohne seine bereits gemäßigte Geschwindigkeit weiter zu drosseln. Abergläubische Narren!

Als das Auto jedoch aus dem tiefen Tal in die steinigen Höhen emporkletterte, spürte er, wie in seiner Magengegend die Angst wuchs und sich wie ein Krebsgeschwür in seinem ganzen Körper ausbreitete. Ein gewaltiges Gefühl von Niedergeschlagenheit lastete plötzlich auf ihm, drückte ihn fast mit physischer Kraft zu Boden – sogar das kleine Auto schien diese Kraft zu spüren und hielt schnaufend direkt vor dem Gipfel der letzten

Anhöhe an, hier blieb es eine Weile stehen und sammelte anscheinend seine ganze geringe Kraft für den letzten Anstieg. Schweißgebadet saß der Mann einige Minuten starr da, ehe er sich fähig fühlte weiterzufahren.

Das Auto gelangte auf ein flaches, steiniges Plateau, das von kluftigen Gipfeln umringt war. Die Straße, die jetzt wenig mehr als ein Pfad war, führte geradeaus bis zu einem Felsvorsprung, der sich aus dem Berghang erhob und von einem gedrungenen Turm überragt wurde, wo sie endete. Soweit er auf Landkarten überhaupt verzeichnet war, hieß er »Turm des Zauberers«, die Einheimischen hatten allerdings bildhaft obszönere Namen für ihn. Der kleine Mann hockte mit zusammengebissenen Zähnen hinter dem Steuer und trieb das Auto die letzten paar Meilen voran. Als er den Motor abgestellt hatte, beschlich ihn sofort ein unermessliches Gefühl von Einsamkeit; kein Leben schien hier, kein Vogel rief, nicht einmal ein Grashalm schien in dieser steinigen Wildnis zu wachsen. Er ergriff sein Köfferchen und stieg zögernd aus dem Auto, schloss die Tür mit übertriebener Vorsicht, ängstlich darauf bedacht, die windige Stille nicht zu stören.

In den Felssporn hatte man sich vor langer Zeit hineingegraben, hatte ihn ausgehöhlt, um eine Art Wohnung zu bauen. In den Fuß des Felsens war eine schwere Holztür gesetzt, vor welcher der kleine Doktor jetzt stand; den Koffer schützend vor die Brust gedrückt, hielt er sich bewusst aufrecht. Die Tür sprang auf. Der Doktor trat ein, und die Tür schloss sich hinter ihm ohne menschliches Zutun. Die Halle dahinter hatte eine gewölbte Decke, die Wände bestanden aus nacktem Stein, alles war schmucklos, der Boden war aus Steinfliesen. Die Temperatur hier drinnen schien um einige Grade niedriger zu sein als draußen.

Dem Mann schauderte, aber nicht wegen der Kälte. Obwohl er hier in letzter Zeit des Öfteren Besucher gewesen war, konnte er sich beim Eintreten nicht von dem Gefühl frei machen, hier von mitleidlos forschenden Blicken nackt ausgezogen zu werden. Er spürte seine eigene Bedeutungslosigkeit; wusste er doch, dass er ein unwichtiger Mensch war, nicht sehr klug, keineswegs mutig, durch seine klägliche Angst vor dem Verdacht des Verrats geschützt, genau genommen bloß ein Insekt, wenn auch eine Zeit lang nützlich und daher wahrscheinlich geduldet. Er riss sich zusammen, um die gewaltige Anstrengung zu meistern, die Treppen hochzusteigen, die sich vor ihm erhoben und die in den natürlichen Fels gehauen waren.

Das Turmzimmer lag im Dunkeln, ein leichter Duft konnte den unangenehmen stickigen Geruch der Verwesung kaum übertönen. Die Atmosphäre war gespenstisch, fast erstickend.

»Schließ die Tür«, hauchte eine Stimme.

»Ich brauche Licht«, sagte der Mann um Verständnis bittend. »Ich kann nicht …«

»Bleib so lange stehen, bis deine Augen sich angepasst haben. Es ist nicht völlig dunkel.«

Der Mann blieb stehen, es kam ihm wie eine Ewigkeit vor. Das einzige Geräusch in dem Raum, abgesehen vom Pochen seines eigenen Herzens, das ihm sehr laut vorkam, war ein heiseres, langsames Atmen, untermalt von einem Knistern und Zischen, das von einem Weihrauchfeuer stammen konnte. Allmählich wich die totale Schwärze einer diffusen Düsternis, in der er die Umrisse der Gegenstände im Raum ausmachen konnte. Schließlich sah er gut genug, um die massige Gestalt eines Mannes zu erkennen, die mitten auf dem Fußboden zwischen Kissen aufgestützt saß. Er näherte sich dem Mann, kniete sich neben ihn und öffnete sein Köfferchen.

»Ich muss verreisen«, hauchte die Stimme.

»Weit?«

»Nach Bukarest, vielleicht Istanbul.«

»Dazu würde ich nicht raten.«

»Ich habe dich nicht um Rat gebeten. Du kannst es möglich machen?«

»Zu welchem Preis …«

Das Grollen des vor ihm sitzenden Mannes veranlasste ihn, sich sofort zu korrigieren.

»Für Ihre Gesundheit, wollte ich sagen. Alles, was ich jetzt tue, um den … äh, den Prozess aufzuhalten, wird ihn später beschleunigen.«

»Wie lange gibst du mir noch?«

»Das kommt darauf an. Je größer die körperlichen Anstrengungen sind, die Sie auf sich nehmen, desto kürzer wird die Zeit und desto heftiger die Reaktion. Wenn Sie einen Rollstuhl nähmen, dann könnte ich vierzehn Tage garantieren, vielleicht einen Monat. Die Anstrengung des Reisens ist schwer abzuschätzen.«

»Eine so kurze Zeit«, sagte der Sitzende, aber da er mit sich selbst zu sprechen schien, gab der andere keine Antwort.

»Diese Reaktion … wie wird die sein?«

»Das kommt darauf an. Man hat die Wahl zwischen den Sinnen und dem Körper. Der Körper kann vielleicht für eine unbegrenzte Zeit erhalten werden, allerdings auf Kosten mentaler Funktionen. Wenn Sie Ihre Sinne unversehrt erhalten wollen, dann wird der Körper schneller verfallen, und also wird auch der Geist sich am Ende verflüchtigen, oder wenigstens werden Ihre Fähigkeiten schwinden – zuerst die Sprache, dann das Sehen. Ihr Hörsinn sollte der letzte sein, der sich verabschiedet.«

»Könnte ich schreiben?«

»Das bezweifle ich; eine fortschreitende Lähmung dürfte zu den ersten Symptomen der Reaktion gehören – einhergehend mit dem Gefühlsverlust in den Gliedern.«

»Aber mein Verstand würde bis zuletzt klar bleiben?«

Der Mann zuckte die Achseln.

»Ich glaube schon. Aber das überschreitet meine Kenntnisse. Alles, was ich tun kann, ist, Zeit zu gewinnen auf Kosten von irgendetwas anderem.«

Der sitzende Mann gab merkwürdig krächzende Laute von sich, wohl so etwas wie Gelächter.

»Sprich mir nicht von Zeit gewinnen. Ich muss verreisen, und mein Verstand muss klar bleiben. Tu, was immer nötig dafür ist, und du wirst gut entlohnt werden.«

Eine Weile beschäftigte sich der Doktor mit dem Inhalt seines Koffers; dabei benutzte er eine kleine Taschenlampe. Er zog eine Anzahl Spritzen auf und verabreichte verschiedene Injektionen. Sein Patient saß die ganze Zeit teilnahmslos wie eine Statue da. Der Arzt zwang sich, sich ganz auf sein Tun zu konzentrieren, nicht aus Angst, einen Fehler zu machen, sondern um mit seinen Gedanken nicht abzuschweifen – früher war ihm bei dieser Tätigkeit schon mal der Gedanke gekommen, dass ihm dieses Ungeheuer ausgeliefert sei, dass er diesen grauenvollen Patienten durch eine einfache Vertauschung von Spritzen loswerden könnte. Aber kaum hatte er so etwas gedacht, da war er auch schon gelähmt und wurde von einem schmerzhaften Krampf heimgesucht, der seinen Körper zu einem S krümmte. Während er sich auf dem Boden wand, flüsterte eine Stimme in seinem Kopf: *Ich kann hören, was du denkst!* Seitdem hatte er sich bemüht, sich mit seinen Gedanken ganz auf die Aufgabe zu konzentrieren, die er gerade ausführte.

Als er die Serie von Injektionen beendet hatte, verstaute der Arzt die Gerätschaften in seinem Köfferchen, er tat dies so langsam, wie er konnte, obwohl jeder Nerv in seinem Körper danach gierte, ihn aus dem Zimmer zu bringen, weg von diesem verfluchten Turm. Es kam ihm vor wie eine Ewigkeit, bis er aufstand, um zu gehen, und unbeholfen rückwärts zur Tür schritt. Sein Magen war in Aufruhr. Nur mit Mühe konnte er sich daran hindern, Hals über Kopf davonzulaufen. Im Türrahmen musste er feststellen, dass er sich nicht weiter bewegen konnte.

»Warte«, flüsterte die Stimme. »Ich habe nicht gesagt, dass du gehen kannst. Ein weiterer Dienst wird von dir erwartet.«

Er öffnete den Mund, um um Gnade zu bitten, aber er brachte kein Wort heraus. Sein Körper gehorchte seinem Willen nicht mehr. Er spürte, wie er sich ohne eigenes Zutun wie von selbst umdrehte und schweren Schrittes zurück ins Zimmer schlurfte.

In der Abenddämmerung glitt eine riesige alte Limousine durch das Dorf weiter unten im Tal und ließ eine Fahne aus blaugrauen Abgasen hinter sich. Die dunkle Farbe des Autos und der mit Vorhängen an den Scheiben verdeckte Fahrgastraum verliehen dem Gefährt eine mehr als flüchtige Ähnlichkeit mit einem Leichenwagen. Durch den Strahl seiner gewaltigen Scheinwerfer wurde seine Ankunft schon von Weitem signalisiert. Und als der Wagen schließlich das Dorf erreicht hatte, waren alle Häuser abgedunkelt und hatten geschlossene Fensterläden; niemand hielt sich draußen auf, als das Auto mit merkwürdig rhythmischem Fauchen die Straße entlangfuhr. Es bewegte sich mit einem scharrenden Geräusch über die kleine Brücke, sein langes Chassis schleifte kurz über die Kuppe des Brückenbogens und versrprühte dadurch einen Funkenschweif; dann fuhr es weiter ins Tal hinab, ein einziges Rücklicht glühte wie ein bösartiges Auge.

5

Was soll man mit Stephen machen?

Gerald De Havilland stand oben an der mondbeschienenen Treppe. Einen Absatz weiter unten starrten ihn die engelsgleichen Kinder vom Bild an der Wand mit mörderischem Blick an, neugierig, was er als Nächstes tun würde. Er zog den geliehenen Morgenmantel enger um sich – es war sehr kalt hier draußen, so fern von seinem stickigen, überheizten Schlafzimmer – und stieg langsam hinab. Auf dem Treppenabsatz vor dem Porträt blieb er stehen; er hatte das Gefühl, als schulde er den Ahnen und Beschützern des Familienschatzes, welchen er gleich stehlen würde, irgendwie Dank. Dann wandte er dem Gemälde entschlossen den Rücken zu und setzte vorsichtig seinen Weg hinunter in die Halle fort. Am Fuße der Treppe bäumte sich ein riesiger ausgestopfter Bär auf seinen Hinterbeinen auf, die Glasaugen funkelten im Mondschein. De Havilland klopfte ihm liebevoll auf die Flanke und glitt vorbei, dankbar, dass es hier einen gefliesten Boden gab, auf dem seine Pantoffeln nicht das geringste Geräusch machten.

Die Tür im Holzrahmen war nicht verschlossen; er öffnete sie vorsichtig, konnte aber ein leises Quietschen nicht verhindern.

Einen Moment blieb er mit angehaltenem Atem und gespitzten Ohren still stehen: nichts. Dann betrat er den Raum, verharrte dort eine volle Minute und versuchte, seine Augen an die Dunkelheit zu gewöhnen, aber die Fensterläden waren geschlossen, und er konnte die Hand vor den Augen nicht sehen. Er suchte seine kleine Taschenlampe und knipste sie an. Ihr schlanker Lichtstrahl durchschnitt die Dunkelheit und suchte eine Stelle auf der Anrichte aus Walnussholz. Absichtlich langsam ließ er den Strahl und somit den Lichtfleck hoch über die Tür der Anrichte gleiten, bis der den Schmuckfries oben erreichte, dann bewegte er ihn ruckartig zur Seite – und da war es.

Der Fürst hatte das Samttuch nicht wieder darüber ausgebreitet, ordentlich zusammengefaltet lag es neben dem schäbigen roten Kästchen. De Havilland erinnerte sich mit trockenem Mund daran, dass es vorhin nicht verschlossen gewesen war – verlangte er also zu viel, wenn er hoffte, dass das auch so geblieben sei?

Mit den Augen maß er die Entfernung zwischen ihm und dem roten Kästchen – fünfzehn, vielleicht zwanzig Schritte? So nahe war er dran! Ihm kam mit aller Deutlichkeit der Moment in den Sinn, als der Fürst sich über den Kristall gebeugt und mit zwei geschickten Drehungen die zarten goldenen Hände von beiden Enden entfernt hatte. Es waren zwei exquisit gearbeitete Stücke, die, wie der Fürst erklärte, von einem Juwelier angefertigt worden waren, der im Dienste des Zaren zu Ruhm gelangt war. De Havilland hatte jetzt jedoch keinen Blick für ihre Schönheit übrig, stattdessen war seine ganze Aufmerksamkeit auf die beiden Fehler in dem Stein gerichtet, die zu verbergen den Händen in Auftrag gegeben worden war. Jene zwei Einkerbungen nämlich, von denen er wusste, dass sie genau zu den beiden Metallkegeln in der Maschine des Alchemisten passen würden.

Die ganze Strecke hierher hatte er zurückgelegt in der Hoffnung, hier Konstruktionspläne aufzustöbern, und nun stolperte er über den Gegenstand selbst – den Kristall des Kummers, das fehlende Stück im Herzen der Maschine des Alchemisten.

Rasch durchquerte er den Raum zur Anrichte, klappte die Verschlüsse auf und öffnete das Kästchen. Der dünne Strahl seiner Taschenlampe fiel auf den Stein, weckte Feuerfunken unter dessen kristallener Oberfläche. Nach einem kurzen Moment der Bewunderung nahm er den Kristall heraus und ließ ihn in die Tasche seines Morgenmantels gleiten. Dann drehte er sich um – und sah im Eingang Maurice und den Fürsten stehen …

De Havilland zuckte zusammen und erwachte mit klopfendem Herzen in der ihm vertrauten Umgebung von *Silk House*. Sein Reisegepäck stand ungeöffnet neben dem Sessel, in dem er eingeschlafen war. Draußen war noch Tageslicht. Er stand auf, streckte sich und dachte mit Bedauern daran, dass er für solche Reisen langsam zu alt wurde. Der Schreck, den sein Traum ausgelöst hatte, wich der Erleichterung – in Wirklichkeit war er nicht weiter als bis zum obersten Treppenabsatz gekommen, wo er lange in stummer Zwiesprache mit den bösen Engeln stehen geblieben und seine Wahlmöglichkeiten bedacht hatte, bevor er in sein Schlafzimmer zurückgekehrt war. Dort hatte er ewig auf seinem Bett gelegen, unfähig einzuschlafen, wie er meinte.

Der Traum, der ihn dann doch einholte, war eine Warnung: Ganz sicher wäre er erwischt worden, wenn er so voreilig den Versuch gewagt hätte. Trotzdem schmerzte ihn der Gedanke, umkehren zu müssen, nachdem der Kristall schon in seiner Reichweite war.

Nun würde er sich brav bei Stephen zurückmelden; der würde zu gegebener Zeit sein Scheckbuch nehmen, nach Paris reisen (vielleicht gnädigerweise ihm, Gerald De Havilland, gestatten mitzukommen) und den Kristall kaufen – und mit diesem Kauf würde, soweit De Havilland das sah, jede Hoffnung auf eine unabhängige Zukunft für ihn entschwinden.

So romantisch hoffnungsvoll Gerald De Havilland auch in vielen Dingen war, so konnte er doch der Vorstellung wenig Glauben schenken, dass die Maschine des Alchemisten jener sagenhafte Stein der Weisen sein könnte oder irgendein anderes geheimnisvolles Gerät, dem eine große Macht innewohnte. Für ihn lag ihr Wert einzig in dem Preis, den die Maschine erbringen würde, von dem ihm, wie er meinte, ein Viertel zustünde, und sogar auf die Hälfte konnte er hoffen, da Helen mehr als genug Geld erben würde und klargestellt hatte, dass sie mit der Maschine, die sie verabscheute, nichts zu tun haben wollte.

Das hauptsächliche Hindernis für einen Verkauf war Stephen Langton. Dass der unermesslich reiche Langton kein Interesse daran hatte zu verkaufen, hatte De Havilland immer gewusst; aber er hatte doch gehofft, dass er sich mit seiner jüngsten Erwerbung irgendwann langweilen und sich dann überreden lassen würde, sie zu veräußern. Erst kürzlich war De Havilland klar geworden, dass Langtons Gründe dafür, die Maschine zu behalten, viel mehr als nur bloße Neugier waren.

Eines Abends nach dem Dinner hatte Langton angefangen, ihm einen Vortrag »über die wahren Geheimnisse der Alchemie« zu halten, und zwar mit einer Ernsthaftigkeit, über die er schmunzeln musste. Es ging nicht nur darum, Gold aus Blei herzustellen, nein, es war viel interessanter – so redet ein Reicher, dachte De Havilland. Denn das Grundmaterial, das verwandelt werden sollte, so sprach Langton, waren wir selbst, war unsere niedere menschliche Natur, die mithilfe der Alchemie in etwas beinahe Göttliches erhoben werden konnte. »Das ist die wahre Bedeutung der alten Geschichte vom Garten Eden – die hatte nichts zu tun mit dem Diebstahl von Äpfeln. Die verbotene Frucht stammt vom Baum der Erkenntnis. Sobald sie einmal davon gegessen haben, fürchtete Gott, dass sie auch vom Baum des Lebens essen und dann für immer leben würden, daher verbannte er sie aus dem Garten. Die Alchemie nun sieht in dem Stein der Weisen den Baum der Erkenntnis und das *Elixir Vitae*, das Lebenselixier, als den Baum des Lebens.«

Selbst da hatte De Havilland noch nicht kapiert, erst allmählich dämmerte ihm der wahre Grund für Stephen Langtons Interesse, als er nämlich aus verschiedenen Quellen dessen Lebenslauf nachzuzeichnen begann. Er hatte längst vermutet, dass Stephen älter war, als er aussah, wahrscheinlich eher siebzig als sechzig, für die er ohne weiteres durchgehen mochte. Aber es war ein Schock herauszufinden, dass er in Wirklichkeit neunzig sein musste. Dann passte natürlich alles zusammen: Stephen wollte die Maschine des Alchemisten als Sprungbrett für das Einzige haben, was er sich für all sein Geld nicht kaufen konnte: die Möglichkeit, den Tod unbegrenzt aufzuschieben, er wollte das *Elixir Vitae*.

Und praktisch bedeutete das, dass er sie wahrscheinlich niemals hergeben würde. Stephen würde den Kristall kaufen, und wenn das nicht funktionierte, dann würde er weiter suchen; bis zu seinem Tod würde er immer auf der Suche nach dem entscheidenden fehlenden Element sein, und solange das andauerte, wäre De Havilland gezwungen, ihm hinterherzutrotten, ohne Hoffnung, seinen Anteil an der Maschine des Alchemisten jemals in Bargeld umzuwandeln.

Wenn er jedoch den Kristall besäße, dann könnte er ihn Stephen verkaufen – natürlich durch einen Mittelsmann –, sogar für ein Vielfaches dessen, was der ihn bei der Auktion kosten würde, wo er für einen Außenstehenden nur wie ein merkwürdiger Kristall mit einer interessanten Familiengeschichte aussehen würde. Er hatte herausgefunden, dass die goldenen Hände, deren Wert viel leichter zu bestimmen war, getrennt von dem Kristall verkauft werden sollten. Das einzige Problem jedoch war, nun da er die Gelegenheit verpasst hatte, den Kristall umsonst in seine Hände zu bringen, das Geld für den ersten Kauf aufzutreiben …

Das klangvolle Läuten der Türklingel riss ihn aus seinen Gedanken.

Der Mann auf der Türschwelle war klein und hatte einen struppigen Bart. Etwas an seiner Kleidung legte die Vermutung nahe, dass er ein Ausländer war. Ein Missionar irgendeiner obskuren religiösen Sekte vielleicht? Aber er hatte keinen verräterischen Packen Traktate in der Hand, und er schien auch keine Tasche zu tragen, in der er welche mitführte. Er legte das kriecherische, unterwürfige Gehabe eines Bettlers an den Tag, ohne jedoch dabei verwahrlost oder arm auszusehen. Aus Erfahrung vermutete De Havilland, dass er ein Mittelsmann sein könnte – und ein unfreiwilliger zudem. Er hatte eine merkwürdige Art, den Kopf zur Seite zu neigen, so als horchte er jemandem zu, der auf seiner Schulter saß. Dabei hatten seine Augen einen ängstlichen, gejagten Ausdruck.

»Nun? Was kann ich für Sie tun?«

»Ich habe einen Vorschlag zu machen, Mr. Langton.«

Gerald De Havilland hatte sich längst dazu erzogen, keine Überraschung zu zeigen und sich außerdem jede Gelegenheit, die sich ihm bot, zunutze zu machen. Er neigte den Kopf, überdachte die Angelegenheit kurz und sagte dann:

»Am besten kommen Sie rein.«

Er führte den kleinen Mann ins Wohnzimmer, wo dieser sich auf die äußerste Kante des Sofas setzte.

»Darf ich Ihnen etwas anbieten? Tee, Kaffee?«

Der kleine Mann schüttelte den Kopf.

»Welcher Art ist Ihr Vorschlag, Mr. … ähh?«

»Doktor. Ich bin Dr. Sarden Negulescu.« Offensichtlich versuchte er, selbstsicher zu wirken, nicht sehr erfolgreich allerdings.

»Mein Vorschlag ist finanzieller Natur.«

»Sie wollen, dass ich Ihnen Geld für irgendeine gute Sache gebe?«

»Nein, nein!« Der kleine Doktor winkte ab. »Sie haben einen Gegenstand, den ich gerne kaufen würde – das heißt für jemand anderen –, denn ich bin nur ein Mittelsmann in dieser Angelegenheit.«

»Und der Name Ihres Prinzipals?«

Der Doktor reagierte verwirrt, offenbar verstand er diesen Ausdruck nicht.

»Ihr Prinzipal: die Person, in deren Auftrag Sie handeln.«

»Ah ja – mein Prinzipal …«

Wieder neigte er den Kopf zur Seite, als horche er auf irgendeine Stimme.

Muss verkabelt sein, dachte De Havilland.

»Ich kann seinen Namen jetzt nicht nennen. Wenn Sie den Vorschlag zunächst anhören würden? Dann vielleicht …«

»In Ordnung. Sagen Sie mir, was Sie haben wollen.«

»Vor einiger Zeit, letzten Sommer glaube ich, Mr. Langton, haben Sie einen Gegenstand von beträchtlichem Alter in der Ruine eines Hauses in Frankreich entdeckt.«

»Hab ich das? Und welcher Art war dieser Gegenstand, den ich da angeblich entdeckt habe?«

»Ich glaube, ich brauche ihn Ihnen nicht zu beschreiben.«

Weil du ihn nicht kennst, nicht wahr, mein kleiner Doktor, dachte De Havilland. Das hat man dir nämlich nicht gesagt.

»Und für diesen Gegenstand, von dem Sie behaupten, dass ich ihn habe, und den Sie nicht beschreiben wollen – was sind Sie bereit dafür zu bieten?«

»Eine Viertel Million Dollar.«

De Havilland nahm dieses Angebot völlig ungerührt auf, er war gut geschult in dieser Art Handel; aber seine Gedanken rasten und kalkulierten sämtliche Möglichkeiten, die sich ihm gerade eröffneten.

»Pfund«, sagte er dann »Pfund«.

Der Doktor blickte ihn verständnislos an.

»Ich bin ein altmodischer Mann, Dr. Negulescu. Ich rechne gerne in Pfund Sterling. Wir sind schließlich in Großbritannien.«

»Eine Viertel Million Dollar in Pfund? Wie viel ist das?«

»Sollen wir sagen: fünfhunderttausend?«

»Fünfhunderttausend Dollar?«, fragte der kleine Mann total perplex.

»Sagen wir: fünfhunderttausend Pfund und der Handel gilt.«

Kann nichts schaden, es zu versuchen, dachte De Havilland. Wie weit seine Befugnisse wohl gehen?, fragte er sich.

Die Augen des Doktors waren glasig, so konzentrierte er sich, während er die Summe auszurechnen versuchte. Schließlich sagte er mit großer Entschiedenheit: »Sie wären also bereit, für fünfhunderttausend britische Pfund Sterling zu verkaufen?«

Verdammt, ich hätte eine Million verlangen sollen, dachte De Havilland.

»Sie haben noch nicht gesagt, *was* Sie kaufen wollen, und ich habe nicht gesagt, dass ich *es* habe, aber fünfhunderttausend scheint mir ein fairer Preis.«

»Bitte«, flehte der kleine Mann, »verkaufen Sie oder nicht? Ich denke, Sie wissen, worüber wir sprechen.«

De Havilland schaute ihn mit ernstem Blick an. Er hätte gerne Zeit gewonnen, um nachzudenken, aber er hatte Angst, die Gelegenheit verstreichen zu lassen.

»Wann können Sie das Geld haben? Denn wenn das jetzt gleich wäre, könnten Sie die Ware gleich mitnehmen!«

Der Doktor seinerseits hörte wieder Stimmen.

»Ich muss es erst holen. Es könnte einen oder zwei Tage dauern. Ich werde wiederkommen.«

Verdammt, dachte De Havilland. Trotzdem, ich werde mir etwas einfallen lassen.

»In Ordnung, Dr. Negulescu. Sind Sie sicher, dass ich Ihnen nicht doch etwas zu trinken anbieten darf, bevor Sie gehen?«

»Vielen Dank, nein. Hier ist eine Nummer, unter der Sie mich erreichen können.«

Der kleine Mann gab ihm eine Karte. De Havilland führte ihn zur Tür. Als er sie wieder geschlossen hatte, musste er sich an sie lehnen; ihm war, als hätte er im Boxring zwölf lange Runden mit einem zähen Gegner absolviert. Aus seinen sich überschlagenden Gedanken tauchte eine einzige Frage auf: Wenn jemand eine halbe Million für die Maschine zu zahlen bereit war, was würde er für den Kristall geben?

Und als ob die Antwort darauf nicht schwer genug war, gab es da noch eine weitere: Was sollte er mit Stephen machen?

6

Kriegsgericht

Helen stieg die große Treppe im Haus ihrer Tanten hinab. Mit Sorgfalt hatte sie ein Kleid ausgewählt, das sie älter erscheinen ließ. Sogar Diamanten glitzerten an ihren Ohren, und ein Opal – ihr Monatsstein – hing an einer edlen Kette um ihren Hals. Vor der Doppeltür zum Esszimmer hielt sie inne, um Luft zu schnappen, dann trat sie ein. Ein erster Blick verriet ihr alles, was sie wissen musste: Die Direktorin hatte sich tatsächlich in Verbindung gesetzt.

Helens Platz war auf der einen Seite des riesigen Tisches gedeckt; aufgereiht auf der anderen saßen – wie die Offiziere bei einer Kriegsgerichtsverhandlung – ihre fünf Tanten.

Wilhelmine, Augusta, Sidonie, Christina, Ludmilla oder auch Bill, Gus, Sid, Kit, Lud – das waren die Namen, die sie untereinander benutzten, jedoch niemals Helen gegenüber und natürlich auch nicht vor ihr. Innerlich betete sie diese Spitznamen jetzt herunter, um sie zurechtzustutzen und sich selber Mut einzuflößen. Bill, Gus, Sid, Kit, Lud und Dull – ja, so nannten sie sich hinter ihrem Rücken – sie war ja etwas schwer von Kapee.

»Guten Abend, Tanten«, sagte sie feierlich und nahm den ihr bestimmten Platz ein.

Die Tanten nickten und murmelten etwas. Der erste Gang wurde gebracht und schweigend verzehrt, desgleichen der zweite. Helen war nicht beunruhigt, es war die Gewohnheit ihrer Tanten, so zu dinieren. Ob es daran lag, dass sie der Meinung waren, Konversation bei Tisch sei frivol, oder ob ihnen einfach die Gesprächsthemen abhanden gekommen waren, wusste Helen nicht. Sie hatte eine Zeit lang geglaubt, sie schwiegen absichtlich, um sie einzuschüchtern, aber eines Tages, als man sie wegen irgendeines Vergehens auf ihr Zimmer verbannt hatte, war sie unbemerkt auf die Galerie gekrochen, um die Tanten von dort zu beobachten, und da saßen sie, alle fünf, und aßen still vor sich hin, so schweigsam, wie sie es kannte.

Das Essen zog sich im Schneckentempo hin, und Helen wurde immer nervöser, da sie vorhersah, was kommen würde. Mechanisch aß sie ihre Teller leer, ohne etwas zu schmecken. Ich muss ruhig sein, ich muss ruhig sein, sagte sie sich. Bill, Gus, Sid, Kit, Lud, wiederholte sie in absteigender Folge nach deren Alter, dann wieder zurück wie eine Tonleiter: Lud, Kit, Sid, Gus, Bill. Diese männlichen Spitznamen mussten einmal komisch geklungen haben. Unpassend waren sie sowieso. Außer Lud, die dick und klein war, waren die Tanten große, hochgewachsene Frauen und hatten in ihrer Jugend auf eindrucksvolle Weise gut ausgesehen; nun waren sie immer noch ansehnlich, aber ihre Gesichtszüge waren mit der Zeit hart geworden und hatten eine männliche Strenge angenommen, wodurch die Spitznamen nun eher passend als komisch wirkten.

Erst als auch der letzte Gang abgeräumt war, begann das eigentliche Verfahren.

»Nun, Helen, ich höre von deiner Schule, dass du rausgeworfen worden bist.«

Das war Tante Wilhelmine, die Älteste, die damit den feindseligen Angriff offiziell eröffnete. Die anderen blickten sich an und taten so wie »Na-na-na-na«. Helen fragte sich, ob sie jetzt zum ersten Mal davon hörten. Es würde zu Wilhelmine passen, so etwas für sich zu behalten; sie ließ selten eine Gelegenheit aus, ihre Stellung als Familienoberhaupt auszuspielen.

»Wie ich höre, ist das wegen Gewalttätigkeit geschehen«, fuhr Tante Wilhelmine missbilligend fort.

»Gewalttätigkeit?«, fragten die anderen schockiert im Chor.

»Ja, Tante«, antwortete Helen. »Ich habe einem anderen Mädchen einen Kinnhaken verpasst und es k. o. geschlagen.«

»Einem Mädchen einen Kinnhaken verpasst«, wiederholte Tante Augusta flüsternd. »Hast du das gehört, Sidonie?«

»Sie k. o. geschlagen«, wiederholte Sidonie.

Tante Augusta schien ernsthaft in Betracht zu ziehen, auf der Stelle in Ohnmacht zu fallen.

»Nun, sie ist größer als ich«, erklärte Helen vernünftig. »Ich wollte nicht riskieren, dass sie zurückschlägt.«

Tante Wilhelmine stöhnte auf. Die anderen schüttelten im Gleichtakt die Köpfe und starrten auf die Tischplatte. Tante Sidonie, der stellvertretende Kommandeur, entschloss sich, die Angriffsrichtung zu wechseln.

»Wie ich sehe, hast du nur einen Koffer mitgebracht. Du lässt dir den Rest hoffentlich nachschicken?«

Mit anderen Worten: Wir erwarten, dass du hierbleibst.

»Den Rest?«, fragte Helen unschuldig.

»Deine Schuluniform, deine Schulsachen?«

»Ich fürchte, meine Uniform habe ich aus dem Zugfenster geworfen.«

Der Satz hatte genau die Wirkung, auf die Helen gehofft hatte: Pikiertes Schweigen lag im Raum, starre Augen sahen sich fragend an, Blicke wurden hin und her gewechselt.

»Du … bist … ein … verschwenderischer … Mensch«, zischte Tante Christina mit zusammengebissenen Zähnen.

»Das geht schon in Ordnung, Tante Kit. Ich habe die Namensschildchen drangelassen, daher gehe ich davon aus, dass die Sachen schließlich zu mir zurückkommen.«

Weitere entsetzte Blicke. Sie konnte spüren, wie jetzt schwere Artillerie in Stellung gebracht wurde.

»Es versteht sich von selbst, dass wir sehr von dir enttäuscht sind, Helen«, sagte Tante Wilhelmine. Dabei tupfte sie ihre Mundwinkel mit der Serviette ab, um ihren Kummer anzudeuten.

»Und es tut mir wirklich leid, das sagen zu müssen …«

Jetzt kommt's, dachte Helen.

»… aber du benimmst dich genauso wie deine Mutter.«

»Genauso wie deine Mutter«, bestätigten die anderen im Chor.

»Und ich hatte immer gedacht, wir wären so verschieden. Sie ist blond, ich bin dunkel …«

»Ich denke, wir sprechen über Charakter, nicht über Aussehen«, meldete sich Tante Christina.

Helen blickte hoch und inspizierte die Blicke ihrer Tanten mit übertriebener Sorgfalt.

»Charakter? Aber sicher sind wir darin doch sehr verschieden! Schließlich bin ich ein Einzelkind – sie hatte sich mit fünf gehässigen Schwestern rumzuschlagen. Die haben sie so lange drangsaliert und ihr das Leben zur Hölle gemacht, bis sie vor ihnen weggelaufen ist.«

Auf der gegenüberliegenden Seite des Tisches nahm sie ein kollektives, lautes Einatmen wahr; wieder starrten sie die Augen der Tanten entsetzt an, wieder arbeiteten deren Münder. Am entfernten Ende des Tisches rührte sich Tante Ludmilla und wollte aufstehen.

»Aber ich bin nicht weggelaufen«, fuhr Helen fort, »und ihr werdet mich auch nicht drangsalieren.«

»Helen, du ... du gehst sofort auf dein Zimmer«, stotterte Tante Wilhelmine. »Sofort, hörst du?«

»Nein, Tante; ich gehe auf mein Zimmer, wenn es mir passt.«

Tante Ludmilla stand jetzt, ihre stämmige Gestalt bebte. Sie war entschlossen, auf Helens Seite zu kommen, aber der Tisch war so absurd groß, dass sie das nicht so schnell tun konnte, wie sie es sich gewünscht hätte. Helen blieb ruhig sitzen und sah zu, wie sich Tante Ludmilla näherte. Die verfügte nicht über den Verstand und die scharfe Zunge ihrer Schwestern, war mehr für physische Methoden der Erziehung. Das letzte Mal hatte sie eine solche an Helen ausprobiert, als diese acht Jahre alt gewesen war; da hatte Helen sie so arg in die Hand gebissen, dass sie medizinische Hilfe in Anspruch nehmen musste. Natürlich hatte das Konsequenzen gehabt, und Helen war mit strengen Befehlen in einen leeren Raum verbannt worden, »bis sie sich geeignet zeigt, in zivilisierte Gesellschaft zurückzukehren«, wie Tante Wilhelmine es formuliert hatte. Aber Ludmilla ist danach niemals wieder die Aufsicht über Helen überlassen worden.

Helen hatte seither oft einen Ausdruck im Gesicht dieser Tante entdeckt, der ihr klarmachte, dass die darauf brannte, diese alte Rechnung zu begleichen.

Als Ludmilla nur noch wenige Schritte von Helen entfernt war und schon die Hand erhoben hatte, während sie einen weiteren, den wohl letzten Schritt auf sie zuging, stand Helen auf und machte ebenfalls einen Schritt auf sie zu. Eine einfache Geste nur, aber von enormer Wirkung. Tante Ludmilla zögerte, war unsicher; sie war in einer Situation, in der sie plötzlich zu ihrer Nichte aufblicken musste und sie mit neuen Augen sah: eine hochgewachsene junge Frau, die sie um einen Kopf überragte, eine Person, die von der Schule verwiesen worden war, weil sie jemanden k. o. geschlagen hatte.

»Komm gar nicht erst auf die Idee, Tante Lud. Ich bin nicht mehr acht Jahre alt. Geh und setz dich wieder hin.«

Helen hielt dem Blick ihrer Tante stand, ohne mit der Wimper zu zucken. Aus Tante Ludmilla schien die Luft zu entweichen, sie ließ die Hand sinken. Es war klar, dass sie nicht nachgeben und ihrer Nichte gehorchen wollte, doch war sie sich unschlüssig, was sie nun tun sollte.

»Sei kein Esel, Ludmilla«, mischte sich Tante Sidonie ein. »Komm hierher zurück. Es gibt bessere Mittel und Wege, damit umzugehen. Junge Dame, ich sehe, wir werden für eine Weile dein Taschengeld einbehalten müssen.«

Ah, Geld! Eine so viel subtilere Waffe als jene, über die Tante Ludmilla verfügte. Obwohl Wilhelmine die Älteste war, kontrollierte Sidonie die Kasse. Die betrachtete jetzt Helen über ihre Brillengläser hinweg, ihre Lippen triumphierend gespitzt, als wenn sie am Bridgetisch eine Karte ausspielen würde, die den

Stich machte. Die vier älteren Schwestern spielten regelmäßig Bridge, Ludmilla jedoch hatte das Spiel nie begriffen, daher war es immer Helen, die einspringen musste, wenn eine der Schwestern abwesend war. Ihre Tanten waren geschickte Spieler, aber Helen war ihnen ebenbürtig. Sie blickte Tante Sidonie direkt in die Augen und sprach Klartext: »Wenn ihr versucht, die Bedingungen der Vermögensverwaltung als Treuhänder zu ändern, bringe ich euch vor Gericht.«

»Das würdest du nicht wagen!«, stotterte Tante Christina.

»Lasst es drauf ankommen«, erwiderte Helen kühl. »Ich habe schon einen Rechtsanwalt kontaktiert.«

Das war gelogen, eine spontane Eingebung, würdig ihres Vaters und, nach der Wirkung zu urteilen, eine ausgezeichnete Erfindung. Wilhelmine und Sidonie tauschten vielsagende Blicke aus; sie waren die Vordenker der Schwestern. Helen wusste, was sie dachten, es war, als könnte sie ihre Gedanken lesen. Ein Gerichtsverfahren würde Öffentlichkeit bedeuten; die Nachricht, dass die Erbin eines der größten Familienvermögen in Europa ihre Vormünder verklagte, würde einen weltweiten Riesenmedienrummel hervorrufen. Wenn es etwas gab, das die Tanten mehr als alles andere verabscheuten – und die Liste der Dinge, die sie abscheulich fanden, war lang –, dann war es die ordinäre Aufmerksamkeit der Öffentlichkeit. Tante Wilhelmine und Tante Sidonie schauten Helen nun direkt ins Gesicht, und der Ausdruck in ihren Augen sagte alles. Sie hatte den entscheidenden Stich gewonnen, die Tanten hatten ihr keine Karten mehr entgegenzusetzen. Die Unterordnung aus Kindertagen war vorbei, von jetzt an würde sie ihnen als Gleichberechtigte gegenübertreten.

»Ich gehe jetzt auf mein Zimmer«, sagte Helen. »Und morgen früh werde ich mit dir meine Pläne für die Zukunft besprechen, Tante Wilhelmine.«

Es war eine spontane Idee gewesen, Tante Sidonie zu übergehen – bevor die Worte auch nur aus ihrem Mund kamen, hätte sie sie lieber wieder eingefangen. Aber sie erkannte sofort, dass ihre Entscheidung richtig war; sie würde nicht zulassen, dass sie hier die Unterlegene war, und es war klug, Tante Wilhelmines Position als Familienoberhaupt zu akzeptieren, sie gleichzeitig zu stärken und zu isolieren.

Als sie die Tür erreicht hatte, drehte sie sich noch einmal um. Die Tanten saßen betreten da, aufgereiht auf ihrer Seite des Tisches, so unbeweglich wie Exponate in einem Museum.

»Gute Nacht, Tanten.«

Sie ging die Treppe hinauf und nahm dabei immer drei Stufen auf einmal.

7

Das blaue Buch

In ihrem Zimmer fühlte sich Helen zu aufgedreht, um zu schlafen. Sie stieg ins Bett, dann verließ sie es wieder und setzte sich auf das Fensterbrett; aber einen Augenblick später stand sie wieder auf und ging im Zimmer hin und her. Ich brauche etwas zu lesen, dachte sie, etwas, das mich ablenkt. Neben ihrem Bett hing ein wohlbestücktes Bücherregal, aber irgendwie hatte sie auf keines der Bücher Lust. Stattdessen ging sie zum Schrank und holte ihren Koffer heraus. Dabei hatte sie ein merkwürdig distanziertes Gefühl, als stünde sie ganz neben sich und beobachtete sich.

Wonach suche ich eigentlich da drin?, fragte sie sich. Da ist nichts außer diesen Zeitschriften, die ich für die Zugfahrt gekauft habe …

Aber da war ja noch etwas anderes: etwas Festes, etwas Flaches in der Außentasche – was war das? Natürlich – Sophies Abschiedsgeschenk. Das hatte sie ganz vergessen. Auf Schokolade hatte sie im Zug wirklich keinen Appetit gehabt; genau genommen hatte sie den auch jetzt nicht – aber vielleicht war es ja etwas ganz anderes.

Sie holte das Paket hervor, stieg wieder ins Bett, schob sich ein Kissen in den Rücken, sodass sie ans Kopfende des Bettes angelehnt saß; das Geschenk lag in ihrem Schoß. Unentschlossen starrte sie es eine Weile an und fragte sich, was es sein könnte. Eine merkwürdige Schläfrigkeit überkam sie – vielleicht die Reaktion auf die Aufregungen vorhin mit den Tanten –, und sie spürte, wie ihr die Augenlider zufallen wollten.

Also, werde ich es nun auspacken oder nicht?, fragte sie sich. Täte sie weiter so verschlafen, würde sie einduseln, bevor sie dazu kam. Sie zwang ihre Finger, das Einwickelpapier aufzureißen; und während sie das tat, schaute sie ganz bewusst nicht hin. Was ihre Hände ertasteten, war ein Gegenstand mit einer Oberfläche, die sich weich, aber widerstandsfähig und angenehm anfühlte. Sie meinte zu erkennen, was es war, war sich jedoch nicht sicher. Als sie draufblickte, sah sie, dass es ein Buch war, gebunden in feines dunkelblaues Leder. Sie war entzückt und gerührt. Die Liebe ihres Vaters zu alten Dingen hatte sie von ihm geerbt, besonders die zu alten Büchern. Sowohl am Aussehen als auch daran, wie es sich anfühlte, konnte sie erkennen, dass dies mit Sicherheit ein sehr altes Buch war, vermutlich auch sehr wertvoll. Sie fragte sich, ob Sophie es irgendwo gestohlen hatte – einen Diebstahl durch einen anderen ausgleichen zu wollen, das wäre die Art von Verrücktheit, die sie ihr zutraute.

Das Buch hatte keinen Titel, weder auf dem Umschlag noch auf dem Rücken. Die Seitenränder waren ungleichmäßig und wirkten handbeschnitten. Helen öffnete den Deckel und war überrascht, dass der Text hier sofort begann, ohne ein Vorsatzblatt oder etwas Derartiges. Die Drucktype war keine, die sie kannte – sie wirkte altmodisch, war aber erstaunlich klar und gut lesbar, abgesehen davon, dass sie die Sprache überhaupt nicht identifizieren konnte.

Die Seiten wirkten irgendwie merkwürdig; obwohl Helen überzeugt war, dass das Buch sehr alt sein musste, schienen sie frisch gedruckt zu sein. Leicht ließ sie ihre Hand über das Papier gleiten und spürte das weiche, samtige Papier unter den Fingerspitzen. Als sie die Schrift berührte, bemerkte sie einen sanften, aber deutlichen Schlag, nicht unangenehm, ein kaum wahrnehmbares Kribbeln. Es war merkwürdig, aber Helen schenkte dem weiter keine Beachtung, denn zur gleichen Zeit erschien ihr mit bemerkenswerter Lebendigkeit und Klarheit dieses Bild vor Augen: ein großer, spartanisch eingerichteter Raum mit Bodenfliesen, in dessen Mitte an einem großen Holztisch ein Junge zwischen Stapeln von Büchern saß und las. Dieses Bild kam urplötzlich und überraschend, sodass Helen instinktiv ihre Finger von der Schrift wegzog, worauf die Eingebung verschwand.

Zum Test legte sie ihre Finger noch einmal auf die Seite, diesmal gab es keinen Schlag, aber das Bild kehrte zurück. Als Gegenprobe hob sie die Finger, da wurden die Wörter scharf sichtbar vor ihren Augen, das Bild aber verschwand; und wenn sie die Seite wieder an der selben Stelle berührte, holte sie damit die Szene zurück. Obwohl sie wusste, dass das sehr merkwürdig war, überwog ein Gefühl des Entzückens. Wäre sie total wach gewesen, sie wäre vielleicht neugieriger geworden. Da sie aber doch sehr müde war und irgendwie direkt an der Schwelle zum Schlaf, kam es ihr fast so vor, als ob sie in einen Traum hinüberglitt.

Sie ließ ihre Finger langsam die Seite hinabgleiten und war nicht überrascht, dass sich die Szenerie vor ihrem Auge währenddessen veränderte. Sie war sich sicher, dass das, was sie sah, genau das war, was die Wörter auf der Seite beschrieben.

Der Junge an dem Tisch sah aus wie neun oder zehn – er war sehr zart gebaut –, aber Helen spürte, dass er älter war. Wie es in Träumen manchmal passiert, gelang es ihr, zugleich der Betrachter zu sein, der den Jungen in dem Raum beobachtete, und irgendwie auch der Junge selbst. Sie ahnte, dass er außerordentlich schlau war und dass sich dieser Raum, in dem er studierte, nicht in seinem Zuhause befand, sondern im Haus von jemand anderem, einem reichen Mann, wo er sich wegen seiner Klugheit aufhalten durfte. Was sie aber von dem Jungen am meisten wahrnahm, war dessen innere Stärke, auf die seine äußere Erscheinung keinen Hinweis gab. Hinter seiner hageren Gestalt schien sich eine enorme Kraft zu verbergen, ein gewaltiger Wille. Als er von den Buchseiten aufblickte, sah sie, dass seine Augen eine ungewöhnlich helle Farbe hatten, so hell und so klar wie Diamanten.

Dann erkannte sie noch etwas ganz anderes – eine wunderschöne Stadt auf einer Landspitze, glänzend weiß und golden in der Sonne liegend, sowie viele Boote, die auf dem glitzernden Wasser hin und her segelten. Sie wusste, an diese Stadt dachte der Junge gerade, über sie hatte er eben gelesen, und sie hörte sich selbst deren Namen sagen: *Byzanz*.

Jetzt befand sie sich im Freien am Rande eines grasbewachsenen Tals in einer hügeligen, sonnenbeschienenen Landschaft, die sie stark an Schottland erinnerte, wo Jake lebte. Irgendwo in der Nähe hörte sie Schafe blöken, die Luft war mild und würzig. Ein Mädchen überquerte die Wiese, ging zu der Stelle, wo der Junge stand. Er sah jetzt älter aus und größer, aber immer noch bemerkenswert mager. Sein hageres Gesicht glänzte, als wäre es von innen erleuchtet; aber das lag nicht an dem Mädchen – Helen erkannte an deren Gesicht, dass sie das wusste und wohl wünschte, es wäre anders. Sie war einfach gekleidet, hatte langes, dunkles Haar und ernste, traurige Augen.

»Du gehst also fort, Michael? Nach Paris?«

Sie war sich nicht sicher, ob sie die Worte nur hörte oder gar selbst sprach, es war ein fremdartiger, schwerer Akzent, zweifellos schottisch. Das Mädchen streckte die Hände aus, der Junge nahm sie in seine. Für einen Augenblick kam es Helen so vor, als wären es ihre Hände, die er hielt. Sie hörte auch die Frage in sich, die das Mädchen unausgesprochen gelassen hatte, weil es die Antwort schon kannte: »Und wann kommst du zurück?«

Plötzlich befand sie sich an einem anderen Ort zu einer anderen Zeit: im September in einer Stadt, die wie ein großes Schiff inmitten eines schnell fließenden Flusses auf einer Insel lag und an beiden Seiten durch zahlreiche Brücken, einige davon trugen Häuser wie die *Ponte Vecchio* in Florenz, mit dem Festland verbunden war. Die Straßen waren eng und von schiefen, kopflastigen Häusern gesäumt, sodass die Gassen unten wie Tunnel wirkten. Es wimmelte von Menschen, die sich auf den offenen Platz vor der Kathedrale schoben – es war *Notre Dame de Paris*. In der Menge bewegte sich auch ein junger Mann im Lederwams, er trug einen Rucksack über der Schulter und in der

Hand einen langen Stab, der sein Bruder hätte sein können, so dünn waren sie beide. Helen folgte ihm durch die belebten Straßen, bis er schließlich in einer schmutzigen Gasse zu einem Eingang kam, dort hineinging und eine dunkle und enge, gewundene Treppe hinaufstieg.

In einem Zimmer im obersten Stock des Hauses arbeitete ein alter Mann an einer langen Bank, er zerkleinerte etwas mit Mörser und Stößel. In seiner Gesellschaft befand sich ein Junge von zehn oder zwölf Jahren mit ernstem Gesicht, der für seinen Meister Dinge erledigte und herbeitrug und ansonsten neben ihm stand und ihn mit großen, dunklen Augen ehrfürchtig ansah. Der Raum war vom Boden bis zur Decke mit Büchern vollgestopft, und viele weitere lagen in Stapeln auf dem unebenen Fußboden. In der Ecke stand ein niedriges Rollbett; Helen nahm an, dass der junge Gehilfe darin schlief. Ein Feuer brannte unter einem rußgeschwärzten, an Ketten in einem Kamin über dem Rost hängenden Topf.

Auf der anderen Seite des Zimmers stand ein Fenster mit aufgeklappten Läden offen, trotzdem brannte hier gegenüber, wo der Mann arbeitete, eine Kerze. Sie beleuchtete sein Gesicht von der Seite, ließ es im Halbschatten und verlieh der anderen Hälfte einen goldenen Schimmer. Es war ein listig dreinblickendes Gesicht, nicht unfreundlich und uralte Weisheit ausstrahlend. Mit ehrlicher, unvermuteter Wärme lächelte er dem jungen Mann zu.

Schon ist er von ihm bezaubert, dachte Helen. Es war klar, dass dies der Meister war und der junge Mann sein Schüler – aber da schien noch etwas mehr in ihrer Beziehung zu sein, eine Art Komplizenschaft, so als ob beide ein Geheimnis teilten.

Warum war der Junge hierhergekommen, was wollte er hier lernen?

Der junge Mann kam oft in diesen hoch gelegenen Raum, um mit dem Alten zu arbeiten, mal werkelten sie gemeinsam an seinem Arbeitstisch, mal las er unter seiner Anweisung. Helen spürte, dass das Band zwischen den beiden Männern wuchs, Dankbarkeit und Wertschätzung gab es aufseiten des Jungen, Zuneigung und wachsenden Respekt vor den Fähigkeiten seines Schülers aufseiten des Alten. Trotz allem aber lag auch eine Anmutung von Täuschung in der Luft; jeder schien etwas vor dem anderen zu verbergen. Während der junge Mann mit seinen Aufgaben beschäftigt war, beobachtete ihn der Alte mit berechnendem Blick. Sobald die Aufmerksamkeit des Alten auf etwas anderes gerichtet war, suchte die Hand des Jungen andere Bücher als die, die ihm zu lesen gegeben waren, und überflog deren Seiten heimlich. Die Spannung schien zu wachsen wie vor einer herannahenden Krise. Und immer im Hintergrund anwesend, anscheinend unbeachtet von den beiden, lief der Diener mit dem ernsten Gesicht hin und her, sprach jedoch niemals auch nur ein Wort.

Nun sah es so aus, als ob der junge Mann den hoch gelegenen Raum heimlich aufsuchen wollte, verstohlen stieg er die dunkle Treppe hinauf, während der Alte abwesend war und der junge Gehilfe schlafend auf seinem niedrigen Bett lag. Beim Eintreten beugte sich der gleichfalls junge Mann dann jedes Mal über die ruhende Gestalt, murmelte leise etwas und bestäubte sein Gesicht mit einem feinen, rauchartigen Puder. Dann saß er für lange Stunden da, beim Licht einer Kerze versunken in bestimmte Bücher, Bücher, die er jeweils ganz sorgfältig genauso zurückstellte, wie sie vorher gestanden hatten, bemüht also, jede Spur von Veränderung zu vermeiden. Während der ganzen Zeit rührte sich der Mann nicht, aber ab und zu pflegte der Lesende seine Lektüre zu unterbrechen und den Gehilfen zu betrachten, gleichzeitig aufmerksam und mitleidig.

Wenn dann Meister und Schüler wieder beisammen waren, sprach der alte Mann davon, dass ein großer Versuch bevorstünde, es sei der letzte Schritt, mit dem sein Schüler Zugang zur Weisheit der Vergangenheit gewinnen könne, ein feierliches Ritual, das sorgfältig vorbereitet werden müsse. Der Diener beobachtete dies mit weit geöffneten Augen und voller Ehrfurcht.

An einem düsteren Nachmittag voller Schneeregen kam der magere junge Mann wieder zum Eingang in der schmutzigen Gasse; wegen der Kälte war er in einen Mantel gehüllt, wieder trug er seinen Rucksack und den Stab – das sind seine einzigen weltlichen Habseligkeiten, dachte Helen. Beim Hinaufsteigen der Treppe verhielt er sich so ganz anders als all die vorherigen Male: Er vermittelte den Eindruck eines Menschen, der zu einer entscheidenden Tat bereit war.

In dem Zimmer im oberen Stockwerk war die Luft schwer von stechenden Düften. Das Feuer loderte mit ungewöhnlich blaugrünen und roten Flammen. Alle Bücher vom Fußboden waren weggeräumt, nur eines stand noch zwischen zwei Kerzen auf einem Lesepult in der Mitte des Raumes. Auf den Boden war ein großer Kreis gemalt, in den ein merkwürdiges Muster von Linien und Symbolen gezeichnet war.

»Die Fensterläden, Michael, und dann komm her zu mir.«

Der alte Mann stellte sich in die Mitte des Kreises und zog dessen Linien mit einem langen Stab, den er in der einen Hand hielt, nach, während er mit der anderen die Seiten des Buches umblätterte – dadurch bemerkte Helen, dass sein Diener, der das normalerweise getan hätte, nicht anwesend war. Auch fiel ihr auf, dass der Alte irgendwie anders war – vielleicht lag es nur an der gespenstischen, flackernden Beleuchtung, aber sein Gesicht wirkte irgendwie glatter, weniger faltig, tatsächlich jünger, es schien von zusätzlicher Lebensenergie zu strotzen. Und was war das in der Ecke, dieses unter einem Laken versteckte Gebilde?

Einen Augenblick stand der junge Mann am Fenster und blickte hinaus in den dunklen Nachmittag. Inzwischen sanken große Schneeflocken bleiern vom Himmel herab. In der Ferne dröhnten die Glocken der Hauptkirche.

Es ist Weihnachten, dachte Helen.

Der junge Mann schloss die Fensterläden.

Die Augen des Alten funkelten in der Düsternis.

»Komm her zu mir, mein Sohn im Geiste, komm zu mir und erweitere dein Wissen und deine Weisheit.«

Ein tiefes Ächzen war zu vernehmen, es kam von irgendwo her unter dem Fußboden, das Feuer brannte niedrig und schwach. Die Kerzen flackerten kurz auf, um dann zu verlöschen. In diesem Moment erkannte Helen im Gesicht des alten Mannes einen plötzlichen Wandel des Ausdrucks, ein triumphierender Blick wich dem Erstaunen und der Bestürzung. Eine Stimme, die sie als die des jungen Mannes erkannte, flüsterte, sodass nur sie es hören konnte: »Wie einer, der glaubt, sich auf geheimen und verräterischen Pfaden anzuschleichen, um eine Zitadelle einzunehmen, dann aber feststellen muss, dass sie gegen sein Kommen gerüstet ist, und selbst zum Gefangenen wird.«

Es schien so, als ob es einen gewaltigen Kampf gegeben habe, als ob sich das Zimmer zu einer unermesslichen kosmischen Weite geöffnet habe, in der riesige Mächte unbegrenzt miteinander rangen; dann schien es wieder so klein, als ob hier nur zwei Ameisen in einer Walnussschale miteinander kämpften. Der Kampf dieser Extreme zog sich fast endlos hin, aber schließlich herrschte Frieden, und es war nur noch Dunkelheit.

Da zog eine Hand den Fensterladen auf, und Licht strömte ins Zimmer. Der magere junge Mann blickte erneut in die Welt hinaus, seine merkwürdig hellen Augen blieben starr nach draußen gerichtet, sie blinzelten nicht im Sonnenlicht des Frühlings.

Helens Kopf zuckte und wich zurück. Sie öffnete die Augen. Ich muss eingedöst sein, dachte sie. Sie schloss das Buch in ihrem Schoß und schob es unter ihr Kopfkissen. Dann rutschte sie unter die Bettdecke und genoss die Kühle des frischen Bettzeugs. Träge schloss sie die Augen, um weiterzuschlafen. Sie hatte den Eindruck, sehr lebhafte Träume gehabt zu haben, aber wovon sie geträumt hatte, daran konnte sie sich nicht erinnern.

8

Eine Verabredung mit dem Doktor

Wie riesige Elfenbeinschlangen warteten die Eurostar-Züge an den geschwungenen Bahnsteigen der *Waterloo International Station* unter dem abwechselnd von Licht und Schatten durchfluteten tonnenschweren Gewölbedach. Gerald De Havilland stand unter der Anzeigentafel und überlegte. Es war immer so viel leichter, an einem solchen Ort zu einer Entscheidung zu kommen, sich irgendwohin zu begeben, wenn einen schon die Bahnhofshalle die Anziehungskraft all der Orte spüren ließ, zu denen die Gleise führten; von hier aus konnte er ins Herz des europäischen Kontinents fahren und von dort zum Ende der Welt.

Am Fahrkartenschalter verlangte er ein Ticket nach Paris.

»Einfache Fahrt oder Rückfahrkarte, Sir?«, fragte ihn die hübsche, orientalisch aussehende junge Frau.

»Einfach, bitte«, antwortete er.

Das wär's, dachte er, als er sich entfernte. Jetzt habe ich mich festgelegt, obwohl das Eigentliche noch vor mir liegt – aber das ist der Schritt von der Klippe: Es gibt keinen Weg mehr zurück.

Auf der *Westminster*-Brücke hielt er an, er wusste, dass es ein

Abschiedsblick war. Unter ihm auf dem Fluss nahm ein Ausflugsschiff mit Glasdach Passagiere von einem T-förmigen Landungssteg auf. Ein anderes ähnlich aussehendes tauchte eben unter der Brücke auf. Zweifellos lenkte der Reiseführer gerade die Blicke der Passagiere auf das Riesenrad zur Rechten, das »Auge von London«, das sich so langsam drehte, dass man meinen konnte, es stünde still. Weiter flussabwärts erlaubte die merkwürdig geschwungene *Millennium*-Fußgängerbrücke den Touristen, welche die *St. Paul's*-Kathedrale gesehen hatten, den Fluss zu überqueren und mit denen die Seite zu wechseln, die in der *Modern Tate*-Galerie gewesen waren.

Es war ein schöner Tag. De Havilland nahm das Handy aus der Tasche, zögerte einen Moment und steckte es dann wieder weg.

Er hoffte, den richtigen Schachzug gemacht zu haben: Er war ja ein guter Spieler, aber er kannte auch seine Schwächen – weit vorausdenkende Strategie brachte ihn immer zu Fall. Helen schlug ihn – seit ihrer frühesten Jugend – meistens in so lang andauernden Spielen. Dafür war er sehr gut über die kurze Distanz; erraten, was sein Gegner im nächsten Augenblick vorhatte, das konnte er am besten.

Nachdem er dem kleinen Doktor Zeit gelassen hatte, von *Silk House* zu verschwinden, war Gerald De Havilland dann selbst abgereist, ohne seine Koffer ausgepackt zu haben; allerdings versäumte er nicht, einen Koffer zusätzlich zu packen. Lange genug hatte er ganz unkonventionell seine Geschäfte betrieben, um zu wissen, dass eine Handelsvereinbarung nur so lange galt, bis man eine bessere treffen konnte. Vom Blickpunkt des Doktors aus betrachtet wäre in diesem Falle wohl das bessere Vorgehen gewesen, noch in der gleichen Nacht zurückzukommen, womöglich mit Verstärkung, die Maschine gewaltsam an sich zu bringen und so seinem Auftraggeber eine hübsche Summe zu ersparen. Solange er selbst in *Silk House* blieb, war er nun mal eine leichte Beute.

Nein, solche Geschäfte konnte man mit einiger Aussicht auf Erfolg nur bei einem öffentlichen Treffen abschließen, das kurzfristig vereinbart wurde, und mit einem schon vorbereiteten Fluchtweg. Denn wenn der Käufer sich gezwungen sah, den Preis für das Geschäft zu zahlen, und sich tatsächlich von dem Bargeld trennen müsste, könnte er doch noch das Recht in Anspruch nehmen, sich alles wiederzuholen, wenn sich denn eine Gelegenheit dazu ergab. Nein: Schnell hin und schnell wieder weg und ganz weit weg – das war die einzige Art und Weise, so etwas abzuwickeln.

Nun befand er sich im *St. James's Park*. Er setzte sich auf eine Bank und hielt Ausschau nach einem Zeichen. Etwas vor ihm standen einige Pelikane und schienen darüber zu konferieren, ob es klug sei, ein kurzes Bad zu nehmen. Das Federbüschel auf ihren Hinterköpfen und die beleibte, würdevolle Haltung gaben ihnen ein entschieden professorales Gehabe: wie eine Gruppe von Oxford-Professoren auf einer Vergnügungsreise in London. Wenn sie ins Wasser gehen, dachte er, mache ich es. Ihre »Unterhaltung« dauerte noch eine Weile, bis einer sich plötzlich umdrehte und von der Uferböschung abstieß, anfangs war es ein Platschen, das in ein majestätisches Gleiten überging. Einer nach dem anderen folgten ihm seine Gefährten, schließlich schwammen sie elegant über das glitzernde Wasser. De Havilland nahm eine Karte aus seiner Brieftasche, holte das Handy hervor und tippte die Nummer ein.

Nach Beendigung des Anrufs machte er sich auf nach *Camden Town*, suchte dort kurz seine Wohnung auf und ging dann in die Kneipe auf der anderen Straßenseite. Er bestellte ein Pint Guinness und setzte sich an einen Ecktisch fern von der Bar, der ihm einen guten Blick zur Tür gestattete. Dort machte er es sich bequem und wartete. Nach einiger Zeit kamen zwei ältere Frauen herein und flachsten mit dem Barmann, bevor sie sich mit ihren Getränken, die wie Portwein mit Pfefferminz aussahen, an einen Tisch setzten. Es folgte ein junger Mann, sehr schick angezogen, der bald hinter einer Zeitung verschwand, nachdem er seinen Drink bestellt hatte. Durch ein offenes Fenster drang Verkehrslärm herein, das Tuckern eines Taxis im Leerlauf, das Rumpeln eines Busses, der knatternde Auspuff eines Sportwagens – es klang wie ein V 8, der da am Bordstein hielt. Eine Tür schlug zu, und der Motor lief eine Weile im Leerlauf, sein kehliges Beben ganz anders als die übrigen Geräusche; dann dröhnte der Motor, und der Wagen verschwand im Verkehr.

Als De Havilland aufblickte, sah er, dass der kleine Doktor die Kneipe betreten hatte. Noch stand er im Eingang und sah sich mit dem gleichen Ausdruck von Fremdartigkeit um, den De Havilland schon in *Silk House* bemerkt hatte. Er wirkte so klein, so fehl am Platz und verwundbar, dass jeder Gedanke, der Mann könne jemanden übers Ohr hauen, gänzlich abwegig schien.

De Havilland stand auf und winkte ihn zu sich heran. Der kleine Mann trug einen Mantel und darunter, halb verborgen, ein Köfferchen aus hellem Metall, wie es Fotografen gerne benutzen. Der Mann näherte sich langsam und sah sich dabei um wie ein schlechter Schauspieler, der einen Hinterhalt vermutet.

»Einen Drink?«, fragte De Havilland und deutete auf sein Getränk.

»Äh ... nein«, sagte der kleine Mann, und seine Hand bewegte sich ruckartig zu seinem Ohr. »Oder doch, bitte.«

»Was hätten Sie gern?«

Der kleine Mann starrte ihn verständnislos an, die rechte Hand bewegte sich erneut zum Ohr.

»Zu trinken?«

»Ich ... äh ... was immer Sie auch haben«, antwortete der Kleine irritiert.

De Havilland ging grinsend zur Bar und bestellte ein Pint Guinness für den Doktor und ein noch halbes für sich. Er muss immer noch verkabelt sein und ein Mikrofon im Ohr tragen, dachte er. Und fragte sich, wo sein Auftraggeber ist. Irgendwo draußen auf der Straße wahrscheinlich; diese Geräte haben nur eine ziemlich begrenzte Reichweite. Ich werde mal nachsehen, wenn wir hinausgehen. Vielleicht steckt er in einem Lieferwagen oder, das wäre wahrscheinlicher, in einer Limousine mit geschwärzten Fenstern – ein reicher Mann und seine Spielsachen. Typisch: Holt sich jemanden, der die Drecksarbeit für ihn erledigen soll, traut ihm aber nicht zu, dass er es ordentlich macht. Könnte das bedeuten, dass sie einen Überfall planen, um das Geld zurückzubekommen?

Er kehrte mit den Getränken an den Tisch zurück.

»Sie haben das Geld?«

Der kleine Mann klopfte auf das Köfferchen, das er auf den Tisch gelegt, aber ziemlich umständlich mit seinem Mantel bedeckt hatte.

»Ich will es sehen.«

»Sie haben die Sachen diesmal?«

»Nicht hier. Ganz in der Nähe. Wir können sie in einer Minute holen.«

»Sie holen sie, bitte?«

Aha, das wird hier gespielt: Irgendjemand überfällt mich auf dem Rückweg, kein Zweifel. Nein danke.

»Wir holen sie zusammen, Doktor. Wir machen das gemeinsam, wenn es Ihnen nichts ausmacht.«

Er stand auf. Der kleine Mann zögerte, dann griff er das Köfferchen und seinen Mantel.

»Nach Ihnen, Doc.«

Draußen auf dem Bürgersteig stand der kleine Mann da und wirkte irritiert.

»Wo entlang, bitte? Ich kenne den Weg nicht.«

De Havilland suchte die Straße in beide Richtungen ab, konnte aber nichts entdecken, was irgendwie sonderbar schien.

»Wir sollten …«

Er stockte, denn auf der anderen Straßenseite nahm er wahr, wie ein Licht ausging, das eben noch geleuchtet hatte; obwohl er es nicht hätte beschwören können, meinte er doch, es wäre im Fenster seiner eigenen Wohnung gewesen.

»… ein kleines Stück den Bürgersteig entlang«, sagte er.

Er wollte das Fenster im Auge behalten und schaute zugleich auf die Eingangstür, um zu sehen, ob jemand herauskommt, aber dann blockierten ein vorbeifahrender Tanklastzug und zwei Busse die Sicht. Danach ging ein Licht in dem Fenster neben dem seinen an. War das alles gewesen? Wahrscheinlich.

»Wir überqueren die Straße, sobald wir können.«

Es dauerte eine Weile, bis sich eine Lücke im Verkehr auftat und sie hinübereilen konnten. De Havilland schaute weiterhin aufmerksam die Straße rauf und runter, aber es gab nichts, was ihm verdächtig vorkam. Die Bürgersteige waren noch belebt, das machte jeglichen Überfall ohnehin eher unwahrscheinlich, meinte er, aber er wollte trotzdem die Augen offen halten. Zunächst ging er an seiner Eingangstür vorbei und beobachtete dabei den Doktor genau, aber der machte nicht den Eindruck, als ob er irgendeine Vorstellung davon hatte, wo sie hinwollten. Dann wollen wir einen kleinen Spaziergang machen, dachte De Havilland, einmal um den Block, dann werden wir sehen, ob die Luft rein ist.

»Bitte, wohin gehen wir? Sie haben gesagt, es sei in der Nähe.«

»Reine Vorsicht, Doc.«

Sie bogen um die Ecke, gingen vorbei an dem Kebab-Laden, er achtete dabei auf alle irgendwie verdächtigen Fahrzeuge. Ein großer rötlichbrauner Bentley glitt in der Dämmerung vorbei, De Havilland blieb stehen und schaute ihm nach, wie er verschwand.

»Bitte, was machen Sie? Mir gefällt das nicht.«

»Nur ein kleiner Spaziergang, um die Lage zu sondieren.«

Sie beendeten den ausgedehnten Rundgang um den Block, ohne etwas zu entdecken, was De Havilland als wahrscheinliches Versteck für den Hintermann des kleinen Doktors hätte ausmachen können.

»Was ist los?«, jammerte der Doktor, als er die Kneipe erkannte. »Jetzt sind wir wieder da, wo wir losgegangen sind!«

»Nur zur Sicherheit, Doc.«

Vielleicht sind sie drinnen, dachte er, irgendwo im Haus.

Rasch suchte er die zur Straße gehenden Fenster ab und musste sich dabei selbst tadeln; meinte er etwa, sie würden sich mit ihren Kopfhörern zum Fenster hinausbeugen? Außerdem waren sie unbeweglicher, wenn sie ihn im Zimmer fangen wollten. Es sei denn, es wäre seine eigene Wohnung, in der sie sich aufhalten würden, dachte er.

Sie kamen an die Eingangstür. Er ließ den Doktor vor sich die Treppe hinaufsteigen, und als sie vor seiner Wohnungstür standen, gab er ihm die Schlüssel, sodass er als Erster eintreten musste und seine Hände beschäftigt waren.

»Was ist? Wollen Sie mich austricksen?«

Er hat jetzt Angst, das kann nicht schaden, dachte De Havilland.

»Kein Trick, Doc. Reine Vorsicht.«

Sie betraten den Flur, und er machte das Licht an. War womöglich jemand vor Kurzem hier gewesen? Die Frage war unmöglich zu beantworten.

»Die Tür links, Doc. Schön langsam.«

Im Vorbeigehen stieß er sämtlicheTüren auf, aber da war niemand. Im Wohnzimmer stellte er sich neben den Doktor.

»Nun, da sind wir endlich, Doc. Ich zeig Ihnen meins, wenn Sie mir Ihrs zeigen.«

»Entschuldigung, wie bitte?«

»Das Geld, Doc … machen Sie den Koffer auf.«

»Und die Ware, haben Sie sie?«

»Sie ist hier.«

Er wandte sich von dem Doktor ab, beobachtete ihn aber vorsichtig im Spiegel. Was er sah, erschreckte ihn. Er hätte fast erwartet, dass sein Gegenüber nach einem Revolver griff, aber stattdessen beugte der sich mit zusammengekrallten Händen wie ein Raubtier nach vorn, und währenddessen schien sich sein Gesicht zu verwandeln – vielleicht war es ja nur das Licht, das auf ihn fiel, aber für einen Augenblick sah er aus wie ein ganz anderer Mann. De Havilland spürte, wie sich von der Nierengegend her in ihm ein Gefühl der Kälte ausbreitete. Er wirbelte plötzlich herum, sodass der Doktor mit starrem Blick zurückzuckte.

»Was ist los, Doc?«

Der kleine Mann verstand anscheinend nicht, was er meinte. De Havilland beobachtete ihn weiterhin genau; er hantierte dabei am anderen Ende des reich verzierten Couchtischs herum und löste verborgene Riegel, sodass das Mittelteil zur Seite gleiten konnte. Aus der Höhlung, die dadurch freigelegt wurde, hob er ein kleines in ein Tuch eingewickeltes Bündel.

»Dies ist das, was Sie wünschen, nehme ich an.«

Er öffnete die Stoffhülle und legte das merkwürdige Skelett der Bronze-Konstruktion frei, die Maschine des Alchemisten, ohne dabei das Gesicht des Doktors außer Acht zu lassen. Der starre Blick war echter Neugier gewichen. Wieder führte er eine Hand an sein Ohr.

»Bitte sehr, ich darf es hochheben?«

»Bitte sehr, ich darf das Geld sehen?«

Als Antwort legte der Doktor das Köfferchen schwungvoll auf den Tisch. De Havilland lud ihn mit einer Geste ein, sich die Maschine zu nehmen, dann öffnete er die Verschlüsse des Koffers und hob den Deckel hoch. Das Innere offenbarte sauber in Banderolen gepackte Bündel rosafarbener Banknoten. Er nahm ein Bündel heraus: 100 x £ 50 stand auf der Banderole. Hundert Fünfzig-Pfund-Scheine, dachte er und blätterte die frischen, steifen Noten durch, hielt sie sogar an die Nase. Sie sahen so aus und sie rochen wie richtige Geldscheine. Er fing an, die oberste Lage zu zählen.

»Bitte, ist alles komplett?«

»Nun, geben Sie mir eine Minute zur Prüfung, ich kann nicht so schnell zählen.«

»Nein, ich meine die Maschine hier – ist sie vollständig?«

»Nun, alle Teile, die wir in Ruggieros Haus gefunden haben, sind da, wenn Sie das meinen. Wir haben sie nicht in fertigem Zustand erhalten, wissen Sie, wir mussten sie selbst zusammensetzen, und das war verdammt harte Arbeit, das kann ich Ihnen sagen.«

»Es ist nur, dass hier eine Lücke zu sehen ist, schauen Sie.«

»Ja, das ist uns auch aufgefallen, aber wie ich schon sagte, alle Teile, die wir gefunden haben, sind da. Ist das ein Problem? Sie haben mir eine halbe Million geboten für das, was wir hatten. Nun, das ist es.«

Die Hand ging wieder hoch zum Ohr und der kleine Mann zuckte zusammen.

»Nein, nein, das ist kein Problem. Ich bin mir sicher, mein Auftraggeber wird zufrieden sein.«

Und woher weiß er das?, fragte sich De Havilland. Er ist ja nicht in der Lage gewesen, es zu sehen und zu überprüfen. Er fuhr mit seiner Zählung der obersten Lage fort: dreiunddreißig Bündel, vierunddreißig mit dem, das er schon in der Hand hielt. Er kippte sie auf das Sofa. Dreiunddreißig in der nächsten Lage, auch die leerte er aus. Und noch einmal dreiunddreißig. Hundert Bündel zu je fünftausend Pfund. Anscheinend war alles vollzählig und also in Ordnung.

»Nun, Doc, es scheint, wir haben das Geschäft abgeschlossen.«

Der kleine Mann nickte und wickelte die Bronzekonstruktion ein. De Havilland sah aufmerksam zu, wie er die Maschine in den Koffer legte. Keine Tricks mehr in letzter Minute dachte er, enttäusche mich nicht, Doc.

»Ich würde Ihnen etwas anbieten, aber ich gehe davon aus, dass Sie lieber gehen wollen ...«

... und ich sehe Sie mit Sicherheit lieber von hinten.

»Natürlich, ich muss gehen.«

Er begab sich in den Flur, De Havilland folgte ihm. Immer so weiter, Doc, direkt da entlang. Er öffnete die Tür, und der Doktor trat hinaus; mit einer fast automatischen Bewegung hob De Havilland den Arm, um das Licht auszuschalten. Für einen Moment noch stand der Doktor wie eine Silhouette vor dem Licht im Treppenhaus, nur der Umriss seines Kopfes war zu sehen, dann drehte er sich um und sprach mit völlig veränderter Stimme: »Auf Wiedersehen, Mr. De Havilland.«

Zwei sind ein Paar

Am Montagmorgen war Jake kaum fünf Minuten in der Schule, als drei Leute ihm schon unabhängig voneinander voller Aufregung erzählt hatten, dass sein Englischlehrer verschwunden sei.

»Macintosh? Wie meinst du das, verschwunden?«

»Abgehauen. Er ist zur Einschreibung nicht erschienen. Mr. Marks schäumt vor Wut!«

Jake war eher skeptisch.

»Wahrscheinlich hat er einfach verschlafen. Erinnerst du dich an Holligan?«

Der verstorbene, kaum betrauerte Mr. Holligan war ein notorischer Zuspätkommer gewesen.

»Das glaubst du doch selber nicht!«, widersprach einer der Jungen. »Er ist mit Miss Wilbright abgehauen. Um was wollen wir wetten?«

Jake lachte verächtlich, er musste an Miss Willbrights schleierhafte Andeutungen ihm gegenüber vom Freitag denken.

»Wilbright und Macintosh! Kann ich mir nicht vorstellen – sie kann ihn nicht ausstehen!«

»Nicht, was ich gehört hab! Jedenfalls, er ist weg und sie auch – passt doch, oder etwa nicht?«

Obwohl Jake das Gefühl hatte, dass diese Schlussfolgerung nicht gerade zwingend war, hing er in diesem Moment zu sehr seinen eigenen Gedanken nach. Wilbright und Macintosh, beide weg von der Schule; bei Macintosh gab es sogar einen Verdacht – es konnte kein Zufall sein. Vielleicht … angenommen, Macintosh war auf irgendeine Art pervers, und Wilbright wusste das vielleicht von ihrem früheren Unterricht an einer anderen Schule – sie waren ja beide neu in diesem Schuljahr hierhergekommen –, dann hätte sie, nachdem sie ihn im Gespräch mit Jake gesehen hatte, irgendetwas sagen können, um ihn zu warnen – und jetzt würde sie das natürlich den Schulbehörden erklären oder vielleicht sogar der Polizei – es passte alles zusammen.

»Woran denkst du gerade, Jake?«

Es war die bezaubernde, allgegenwärtige Alison Macdonald. Allgegenwärtig, weil sie zurzeit überall zu sein schien oder jedenfalls dort, wo Jake war: im Schachclub, beim Badminton, sogar in den Mathematik-Übungsstunden in der Mittagspause, und bezaubernd … nun, weil sie das eben einfach war.

»Äh? Oh, hi, Alison!«

»Was hältst du denn von Wilbright und Macintosh?«

»Ich verstehe nicht, warum alle so entschlossen sind, einen Zusammenhang zwischen den beiden herzustellen – nicht gerade ein Traumpaar, würde ich sagen.«

»Ich weiß nicht, Gegensätze ziehen sich an, vielleicht. Jedenfalls hat Marie Glover sie Freitagabend zusammen rausgehen sehen.«

»Und meinst du, man kann sich auf Marie Glovers Augen verlassen, besonders an einem Freitagabend?«

Er fragte das in einem ruppigen Ton wie Mr. Marks, der stellvertretende Direktor, und Alison lachte, aber Jake überlegte nach diesem letzten Hinweis: Freitagabend! Direkt nachdem er die beiden gesehen hatte, natürlich, vielleicht passte das sogar zu seiner eigenen Theorie.

»Aber es war ja nicht nur Marie Glover«, sagte Alison, »viele Leute haben sie zusammen gesehen.«

»Nur weil man sie zusammen gesehen hat, bedeutet das noch nicht, dass sie zusammen ausgehen«, meinte Jake. Er machte eine Pause, dann setzte er seinen Gedanken fort: »Ich meine, schau uns doch an ...«

Sie sahen sich an, als er das sagte, und die volle Bedeutung seiner Worte wurde beiden gleichzeitig klar: Es sah so aus, als ob sie sich eine Weile nur anschauten. Dann lächelte Alison vorsichtig.

»Andererseits«, sagte sie und riss die Augen weit auf, »bedeutet das auch nicht, dass sie es nicht tun.«

Jetzt mussten beide grinsen, und dabei schauten sie sich weiter an.

Für den Rest des Tages war Jake die Sache mit Miss Wilbright und Mr. Macintosh einerlei. Ebenso egal war ihm die Schule. In einer Stunde nach der anderen ermahnte ihn ein Lehrer nach dem anderen; ihre Worte klangen wie der Refrain zu einem Lied: »Giacometti, du träumst.«

Dem konnte er nicht widersprechen. Er träumte. Seine Gedanken waren ganz bei Alison, sie breiteten sich aus der Mitte seines Gehirns bis in alle Randbereiche aus und ließen keinen Raum für sonst irgendetwas. Sein Leben, spürte er, hatte gerade eine grundlegende, entscheidende Wendung genommen.

Als Jake nach den Sommerferien in die Schule zurückgekehrt war, musste er feststellen, dass sich die Freundinnenfrage – also ob man eine hatte oder nicht – von einer Angelegenheit minderer Bedeutung zu einem entscheidenden Statussymbol gewandelt hatte. Der unreife Jüngling, der heranwachsende Junge also, trieb sich noch in Horden von seinesgleichen herum und begegnete dem anderen Geschlecht wie einer fremden Rasse mit Vorsicht, weil man sie für feindselig hält. Der junge Mann dagegen zeichnete sich dadurch aus, dass er eine Freundin hatte, mit der er einen Großteil seiner Zeit verbrachte – allerdings nicht die ganze Zeit, da es ja immer noch wichtige Themen gab, die man mit anderen reifen Männern diskutieren musste, zum Beispiel Fußball.

Jake fand, dass er diesen schwierigen Übergang ziemlich gut gemeistert hatte. Von Anfang an war er in der Lage gewesen, Helen als seine Freundin zu bezeichnen, und er konnte diese Behauptung sogar mit Beweisfotos untermauern, auf denen sie beide zusammen an einer Vielzahl exotischer Orte zu sehen waren; außerdem konnte er behaupten, dass er eine Woche mit ihr verbracht hatte, und zwar unbeaufsichtigt von Erwachsenen, wenngleich er als Gentleman die genauen Einzelheiten der Fantasie seiner Zuhörer überließ. Die Tatsache, dass Helen in der Schweiz lebte, war dabei keineswegs von Nachteil, auch wenn es zunächst so scheinen konnte – nicht nur verlieh sie dem Ganzen zusätzlichen exotischen Glanz, sie befreite Jake auch von den lästigeren Verpflichtungen, die anscheinend all diejenigen trafen, deren Freundinnen in greifbarer Nähe waren, als da wären: endloses Herumhängen im Einkaufszentrum (wenn man hätte Fußball spielen können), Liebesfilme gucken (statt ordentlicher Action-Filme) und reden, reden, reden. Dank Helen konnte er sich ganz souverän im Freundinnenwettbewerb behaupten und behielt zugleich völlige Handlungsfreiheit – das Beste, was ihm passieren konnte.

All dies war natürlich so, ohne dass er Helen von ihrem offiziellen Status als Freundin informiert hätte, ein Punkt, der Jake einige Gewissensbisse machte, ihn aber nun angesichts von Alison vor der schmerzlichen Aufgabe bewahrte, mit Helen Schluss zu machen. Trotzdem gab es ein Ritual, das er hinter sich bringen musste, denn Helen hatte zu lange den wichtigen Platz in seinem Herzen eingenommen, als dass er sie jetzt von dort ohne Umstände so verstoßen konnte.

[Szene: Ein nebliger Klippenrand mit herzerweichend kreischenden Möwen und tief unten ein melancholisch klingendes Brechen der Wellen. Auftritt von rechts: Jake, gekleidet als Marineleutnant der napoleonischen Zeit mit Degen und Dreispitz. Er steht am äußersten Rand der Klippe und blickt gedankenversunken aufs Meer hinaus. Von links nähert sich ihm Helen im schicken Damenkostüm derselben Epoche mit Schutenhaube, die sie aufbindet und ablegt, sodass ihr Haar im Wind flattert. Eine Weile stehen beide schweigend da, versunken in die Betrachtung des Sonnenuntergangs.]

Jake: »Die Sonne geht unter.«

Helen: »Der Tag neigt sich seinem Ende zu.«

[Pause]

Jake: »Wie mit der Zeit alle Dinge enden müssen.«

[Helen, welche die tiefere Bedeutung in seinen Worten erkennt, wendet sich ihm zu und sieht ihn an; er erwidert ihren Blick.]

Jake: »Wir haben viele Dinge gemeinsam durchgemacht, Helen.«

Helen: »Das haben wir.«

Jake: »Und ich werde unsere Freundschaft immer in Ehren halten.«

Helen *(unterdrückt ein Schluchzen)*: »Ich hatte gehofft, wir könnten mehr als Freunde sein.«

Jake: »Du weißt, das ist nicht möglich – wir leben in verschiedenen Welten.«

Helen: »Oh, Jake ...«

Jake *(unerbittlich)*: »Es nützt nichts, Helen, du weißt, unsere Wege trennen sich – ich muss mein Glück machen, deins ist schon gemacht.«

Helen *(mit ärgerlicher Geste)*: »Ich wollte, es wäre nicht so!«

Jake *(ruhig, mahnend die Hand erhoben)*: »Es ist vergebens, sich die Dinge anders zu wünschen. Du hast deine Bestimmung, meine liegt anderswo.«

Helen *(leise weinend)*: »Oh, Jake! Jake!«

Jake *(nachgiebig, im Herzen berührt)*: »Vielleicht gibt es in einigen Jahren ja ein Wiedersehen.«

[Helen sieht ihn plötzlich hoffnungsvoll an.]

Jake: »Als Freunde.«

Helen *(flehend)*: »Als Freunde nur?«

Jake: »Immer als Freunde. *[Er ergreift ihre Hände und küsst sie zärtlich auf die Stirn.]* Adieu, Helen.«

[Die Sonne geht unter.]
Eine Stimme: »Giacometti, du träumst!«

Nach Schulschluss wartete Alison am Tor.

»Darf ich dich nach Hause begleiten?«

»Wenn du magst.«

Es war ein schöner Tag. Überall konnte Jake den Beginn des Frühlings wahrnehmen, die Kirschbäume explodierten in Rosa, überall sprangen Knospen auf oder schlugen Blätter aus, Vogelgezwitscher. Auf dem Heimweg streifte ihre Unterhaltung verschiedene Themen: Kunst, Literatur, Musik, Geschichte, die Zukunft, Essen, Freunde, Feinde, Vorlieben und Abneigungen, Eltern, Familien, Verwandte.

Aber es gab einen Missklang in diesem klugen und harmonischen Gespräch, nämlich die Tatsache, dass sie in den bevorstehenden Osterferien nicht in der Lage sein würden, sich zu sehen. Alison würde wohl in der zweiten Woche verreist sein; Jake war – wie er das jetzt verfluchte, obwohl er seinerzeit darüber hocherfreut gewesen war – für den Anfang der Ferien nach *Silk House* eingeladen; tatsächlich – der Gedanke schmerzte ihn jetzt – würde er schon früher dorthin fahren: übermorgen.

»Was denn, willst du sagen, du bist nicht einmal bis zum Wochenende in der Schule?«, fragte Alison vorwurfsvoll.

»Nein«, erwiderte Jake betrübt.

Warum hatte er nur seine Eltern überredet, ihn früher gehen zu lassen? Es war unmöglich, das jetzt rückgängig zu machen. Immerhin, die Einladung war nicht an ein Datum gebunden – »Komm für ein paar Tage«, hatte Stephen Langton gesagt –, vielleicht konnte er ja früher zurückreisen.

»Ich glaube nicht, dass ich mich davor drücken kann zu fahren, aber vielleicht kann ich es abkürzen.«

Alisons Miene hellte sich auf. Inzwischen waren sie an Jakes Haustür angekommen, hatten genau genommen schon einen Moment davor gestanden.

»Möchtet du nicht reinkommen? Für eine Tasse Tee oder so?«

Alison strahlte. Das würde sie sehr gerne.

Mit seinem üblichen Begrüßungsruf stürmte Jake in die Diele, während er gleichzeitig seine Schultasche in die Garderobe schleuderte. Die Stimme seiner Mutter kam aus der Küche, bald gefolgt von ihr selbst, die Hände an der Schürze abwischend.

»Hallo, mein Sohn, du hast ... Oh, wer ist denn das?«

»Hi, Mum! Das ist Alison.«

»Hallo, Alison, angenehm.«

»Hi, Mrs. Giacometti.«

»Du hast Besuch, Jake.«

Mit einer Kopbewegung deutete seine Mutter zum Wohnzimmer. Jake öffnete die Tür und ging hinein, Alison gleich hinter ihm.

»Hallo, Jake.«

Es war Helen.

10

Worum geht es denn bloß?

Jake saß Helen im Zug am Tisch gegenüber. Draußen vor dem Fenster verschwanden die Bahnsteige des Hauptbahnhofs; jetzt fuhren sie durch eine enge Schlucht aus rußgeschwärzten Mauern, dann zwischen einer Ansammlung von Häusern hindurch, die alle gleich aussahen. Man hatte, wie immer in der Eisenbahn, das Gefühl, hinter die Dinge zu gelangen, deren verborgene Seiten zu sehen: die hinteren Häuserfronten mit den unordentlich verzweigten Abflussrohren; rückwärtige Gärten mit verstreuten Spielsachen oder aufgehängter Wäsche oder einfach nur überwuchert; nackte Wände von Fabriken; verwahrloste Grundstücke. Sie fuhren nach Süden, nach *Silk House*. Seit Jake, direkt aus der Schule kommend, in den Zug gestiegen war und Helen dort schon angetroffen hatte, hatten sie kaum ein Wort gewechselt.

Jake betrachtete Helen, die aus dem Fenster schaute; sie hätte allein reisen und er ein Fremder sein können. Warum hatte sie darauf bestanden mitzukommen, wenn sie sich so verhielt?

Es hatte alles mit Alison zu tun, nahm er an. Es war das Letzte, womit er gerechnet hatte, sein eigenes Wohnzimmer zu betreten und Helen dort sitzend anzutreffen – und es war offensichtlich das Letzte, was Helen erwartet hatte, ihn mit Alison hereinkommen zu sehen. Ihre Gesichtszüge waren förmlich entgleist; das war kein Ausdruck, den er erwartet hätte, aber in jenem Augenblick hatte er gesehen, was er bedeutete: eine Art Zusammenbruch, als ob alle ihre Gesichtsmuskeln plötzlich versagt hätten. Einen Augenblick lächelte sie, begrüßte ihn, im nächsten schien alles wegzurutschen, ihr Unterkiefer fiel runter, ihre Augen traten vor, die Muskeln erschlafften. Es dauerte nur eine Sekunde, bevor sie sich wieder im Griff hatte und das gespenstische Abbild eines Lächelns aufsetzte, aber es war klar, dass sie von der Wendung, welche die Ereignisse genommen hatten, vollkommen überrumpelt worden war.

Nun, was hatte sie denn erwartet?, dachte Jake nicht ohne eine gewisse grausame Genugtuung. Hatte sie darauf gesetzt, einfach aus dem Blauen heraus aufzutauchen und ihn dankbar und voller Erwartung vorzufinden, darauf brennend, ihr jeden Wunsch zu erfüllen? Das war sicherlich ihre Art in der Vergangenheit gewesen, als Jake häufiger das Gefühl gehabt hatte, wenig mehr als ein Anhängsel zu sein, das Helen hinter sich herbaumeln ließ – wir können das tun, dorthin gehen, bei meiner Kusine in X, Y oder Z bleiben, anscheinend hatte sie einen grenzenlosen Vorrat an Kusinen, eine in jeder größeren Stadt Europas. Die Idee, dass Jake tatsächlich eigene Pläne und nicht den Wunsch haben könnte, sich Helens sprunghaften Plänen anzuschließen, wurde einfach beiseitegewischt. Abstimmung bedeutete, so sah Helen das, der anderen Seite die Gelegenheit zu geben, mit ihrem Vorschlag einverstanden zu sein.

Nun, jetzt war das anders. Er hatte sein Verhalten verändert, sich entwickelt, jetzt war sie diejenige, die ihm hinterherzockelte. Das Zusammentreffen mit Alison war vielleicht peinlich gewesen, aber er meinte, es hätte klargemacht, wo er stand, nämlich – ganz genau – bei Alison, er war auf ihrer Seite im Zimmer geblieben, hatte neben ihr auf dem Sofa gesessen. Helen war wie immer in der Lage, leichte Konversation über nichts zu betreiben, aber es war deutlich, dass sie Alison lieber nicht hierhaben wollte, damit sie mit Jake allein sprechen konnte – und Jake hatte sorgfältig vermieden, ihr diese Gelegenheit zu geben.

Unglücklicherweise war auch Alison nicht allzu erfreut gewesen, Helen dort anzutreffen, und Jake hatte das Gefühl, sich Mühe geben zu müssen, sie zu besänftigen, ihr klarzumachen, dass er mit Helens Anwesenheit nichts zu tun hatte. Aber das bewahrte ihn nicht davor, deswegen ein schlechtes Gewissen zu haben, was ihn wiederum wütend auf Helen machte – dass sie ausgerechnet diesen Abend gewählt hatte, um unangekündigt aufzutauchen! Es war die Art Situation, die einen glauben ließ, dass Gott Vergnügen daran hat, den Menschen Streiche zu spielen.

Und warum war sie überhaupt hergekommen? Ihre Erklärung war offensichtlich lächerlich: Sie sei einfach zufällig in Glasgow gewesen und habe sich gedacht, sie käme mal vorbei. Wie konnte sie einfach zufällig in Glasgow sein? Sie lebte doch in der Schweiz, um Himmels willen! Und warum musste sie eigentlich nicht in die Schule? Diese feinen Privatschulen hatten anscheinend dauernd Ferien. Typisch: Je mehr man zahlte, desto weniger bekam man dafür!

Was nach Jakes Vorstellungen in Wirklichkeit passiert war, war dies: Helen musste mit irgendeinem konkreten Plan nach Norden gekommen sein, von dem sie einfach angenommen hatte, dass er damit einverstanden sein würde, und als sie jetzt feststellen musste, dass die Dinge sich anders verhielten, als sie erwartet hatte, war sie komplett vor den Kopf gestoßen und wusste nicht, was sie tun sollte – weswegen sie ihm sogar ein wenig leid tat, aber nur ein wenig, denn ihre unbeirrte Annahme, dass sich die ganze Welt ihrem Willen fügen müsse, war es, was ihn am meisten an Helen irritierte – und worum er sie, wenn er ehrlich war, am meisten beneidete –, aber zu sehen, dass sie das Leben einmal wie eine ganz normale Sterbliche wahrnahm, war höchst befriedigend und konnte ihr, wie er fand, nur gut tun.

Sie hatte allerlei Versuche unternommen, ihn vor dem Abendessen allein zu stellen, aber er hatte alle vereitelt, und so blieb es bei Tisch bei höflicher, bedeutungsloser Konversation; erst als seine Mutter davon angefangen hatte, dass er nach *Silk House* fahren würde, hatte sich ihr Verhalten wieder geändert. Ihre erste Reaktion war Jake merkwürdig vorgekommen und schien ihm auch jetzt noch rätselhaft; zufällig hatte er sie gerade angesehen, als seine Mutter die Fahrt nach *Silk House* erwähnte, und Helens Mienenspiel war höchst sonderbar gewesen, beinahe ein Ausdruck von Schock, würde er sagen, und dann, nun, er hätte schwören können, dass sie vor etwas Angst hatte. Aber wenn das schon merkwürdig war, so war das, was folgte, völlig bizarr; ganz plötzlich wurden nämlich ihre eigenen Pläne, die bislang so vage gewesen waren, kristallklar: Jake fuhr nach *Silk House*? Ach, da fuhr sie doch auch hin – ohne dass sie sagte, warum sie dahin über Glasgow reiste, ein Riesenumweg –, wäre es da nicht angebracht, wenn sie zusammen fuhren? Nun, natürlich wäre das angebracht, meinten seine Eltern mit der typischen

Angewohnheit, für ihn Entscheidungen zu treffen. Sofort hatte Helen erleichtert gewirkt, das war jedenfalls das, was ihm dazu einfiel; sie schien beinahe glücklich und war auch überhaupt nicht mehr scharf darauf, mit ihm allein zu sprechen.

Denn sie wusste, er würde ein aufmerksamer Zuhörer sein, sowie sie im Zug wären, hatte Jake gedacht; aber jetzt saß sie hier und starrte zum Fenster hinaus, als wäre er nicht da. Was um Himmels willen war nur los? Er vermutete, dass es in erster Linie mit Alison zu tun hatte, aber die Sache mit *Silk House* musste wohl auch eine Rolle spielen. Sie waren zwischen Weihnachten und Neujahr ein paar Tage zusammen dort gewesen, und hinter der fröhlichen Fassade hatte Jake – der als Erster zugegeben hätte, dass er nicht zu den besonders sensiblen Beobachtern gehörte – bald eine eindeutige Spannung zwischen Helens Vater und Stephen Langton gespürt. Das hatte etwas mit der Maschine des Alchemisten zu tun, die sie erfolgreich zusammengesetzt hatten, nur um dann herauszufinden, dass sie nicht funktionierte. Als sie später einen Spaziergang machten, hatte ihm Helen erklärt, dass ihr Vater die Maschine verkaufen und seinen Anteil am Erlös einstreichen, Stephen Langton davon jedoch nichts wissen wollte.

War es also das? Sie waren vier, die eine Art Anspruch auf die Maschine anmelden konnten: Da war Stephen Langton, der sie tatsächlich gefunden hatte, aber erst nachdem Jake und Helen das Rätsel in dem Bild gelöst hatten, das ihnen verraten hatte, wo sich die Maschine befand; und da war natürlich Helens Vater, der die ganze Angelegenheit ins Rollen gebracht hatte, indem er anfangs das Bild gestohlen hatte. So konnten sie jeder einen gleich großen Anteil beanspruchen. Wenn also Helens

Vater verkaufen wollte und Helen ihn dabei unterstützte, was sie tun würde, da sie von Anfang an nicht damit einverstanden gewesen war, die Maschine zu behalten, dann war seine, Jakes, Stimme die entscheidende. Er konnte eine Mehrheit von 3 : 1 für den Verkauf herbeiführen oder ein Unentschieden von 2 : 2, was vermutlich bedeuten würde, dass sich nichts änderte und sie die Maschine behielten.

Das musste es sein: Helen war zu ihm gereist, um ihn auf die Seite ihres Vaters zu ziehen; und als sie dann gehört hatte, dass er nach *Silk House* fuhr, musste sie eine Art Verschwörung zwischen ihm und Stephen Langton befürchtet haben; also hatte sie spontan beschlossen, ihn zu begleiten, in der Hoffnung, ihn von seiner Idee abbringen zu können.

Aber auf welcher Seite stand er denn eigentlich? Er war sich nicht ganz sicher; während die Ereignisse des Sommers in den Hintergrund getreten waren, war dasselbe mit seiner ursprünglichen Überzeugung passiert, nämlich die, dass diese Ansammlung alter Metallteile wirklich etwas ganz Besonderes sei: nichts weniger als der sagenhafte »Stein der Weisen«! Es war eine Enttäuschung gewesen, als sie Weihnachten feststellen mussten, dass sie die Maschine zwar wieder zusammengesetzt hatten, diese aber nichts tat – aber eigentlich keine Überraschung. Nur Stephen Langton hatte anscheinend seinen festen Glauben an die Maschine bewahrt; er hatte darauf bestanden, dass noch ein Teil fehlen müsse – und es gab tatsächlich eine kleine Lücke in ihrem Zentrum, wo es hinpassen könnte.

Etwas von Jake stand auf Mr. Langtons Seite, er wünschte sich, dass es der »Stein der Weisen« wäre; aber das war ein wenig wie der Wunsch, dass es das Ungeheuer von Loch Ness gäbe: Es würde das Leben aufregender machen, aber wenn man es genau betrachtete, nun, dann konnte man nicht wirklich daran glauben. Aber hieß das dann, dass er für den Verkauf der Maschine war? Nun, er konnte auch Gerald De Havillands Standpunkt verstehen; sowohl Mr. Langton wie auch Helen besaßen schon mehr Geld, als sie je ausgeben konnten, daher würde ein Verkauf für sie keinen Unterschied machen, für Helens Vater und Jake selbst wäre er jedoch durchaus bedeutsam. Die Frage war nur, wie viel war die Maschine wert?

Aurelian Pounce war bereit gewesen, dafür zu töten, also war sie für ihn wertvoll gewesen, aber das lag daran, dass er sich mit dem Okkulten und schwarzer Magie beschäftigte und offenbar überzeugt war, die Maschine sei der »Stein der Weisen« oder irgendein anderes mächtiges magisches Gerät. Vermutlich dachten noch andere wie er, aber waren das wirklich die Leute, mit denen man Geschäfte machen sollte? Würden sie nicht auch die Methoden von Pounce bevorzugen – Entführung, Folter, Mord – anstelle einer ordentlichen Bargeldtransaktion? Natürlich handelte es sich um eine Antiquität, und sie könnte schon deswegen einiges wert sein, wenn man sie beispielsweise zur Versteigerung anbot; aber würde das nicht Probleme machen, wenn es darum ging zu erklären, woher man sie hatte? Jake wusste, dass die »Provenienz« für Auktionen wichtig war. Also müsste es wohl ein privater Verkauf sein; er wusste, dass Sammler wie Stephen solche Verkäufe häufig machten, nur dass Stephen derjenige war, der in diesem Falle nicht verkaufen wollte.

Vielleicht war es am besten abzuwarten, ob es ein fehlendes Teil tatsächlich gab, ob sie es finden konnten; komplett wäre die Maschine jedenfalls wertvoller, und außerdem gab es noch die geringe Chance, dass sie letztendlich doch der »Stein der Weisen« sein könnte – könnte ... Also war seine Entscheidung klar, er würde mit Stephen stimmen, jedenfalls bis sie versucht hätten herauszufinden, ob tatsächlich ein fehlendes Teil existierte.

Jake war froh, dass er das für sich geklärt hatte, und er wandte sich wieder Helen zu.

Sie weinte.

Es war keine geräuschvolle Angelegenheit; vielmehr saß sie mit würdiger Ruhe da und blickte geradeaus vor sich hin, während ihr die Tränen aus den Augen flossen, eine nach der anderen rollte über ihre Wangen. Ihm war, als ob er eine weinende Statue betrachtete.

Jake spürte plötzlich großes Mitleid – er wollte die Hand ausstrecken und ihren Tränenstrom stoppen, sie wegwischen, er konnte nicht ertragen, sie weinen zu sehen – und dann stieg ganz plötzlich ein Wutanfall in ihm auf: Sie manipulierte ihn, versuchte, ihm ein schlechtes Gewissen zu machen, weil er sie im Stich ließ! Er wappnete sich innerlich.

»Schau her, Helen, es hat keinen Sinn, dass du weinst – du wirst darüber hinwegkommen. Ich bin jetzt mit Alison zusammen ... schließlich ist es nicht so, dass wir jemals gesagt hätten, wir gehen miteinander oder so, oder dass wir das überhaupt auch nur könnten, wo du doch in der Schweiz lebst ...«

Er brach ab. Helen sah ihn mit dem allermerkwürdigsten Gesichtausdruck an, einer Art völliger Ungläubigkeit; er wusste nicht, ob sie lachen oder weinen wollte.

»Oh, Jake! Ich habe nichts dagegen, dass du eine Freundin hast ... darum geht es doch überhaupt nicht!«

»Also, worum geht es denn dann?«, fragte Jake ratlos.

11

Ein Schritt ohne Wiederkehr

Na ja, womit soll ich anfangen? Ich bin aus der Schule rausgeworfen worden … aber das ist es nicht … ich hatte einen Riesenkrach mit den Tanten … das ist es auch nicht, denn ich habe gewonnen … sie haben zugestimmt, dass ich nicht in die Schule zurückmuss und dass ich studieren darf, um literarische Übersetzerin zu werden … mir ist klar geworden, dass ich das werden möchte … also habe ich gesagt, ich will nach Cambridge gehen, um zu sehen, ob ich da studieren kann, damit ich in der Nähe von Dad bin, und sie haben sogar das akzeptiert wie sanfte Lämmer.

Also bin ich los nach London, dann hab ich den Zug nach Manorhampton *genommen, um nach* Silk House *zu kommen. Währenddessen habe ich Dante gelesen …* La Vita Nuova, *ich weiß nicht, ob du das kennst? Es ist ein komisches Buch, zum Teil ist es ein Bericht über seine Liebe zu Beatrice, aber es ist auch eine Art Handbuch über das Schreiben von Sonetten. Jedenfalls habe ich mir gedacht, ich könnte gleich das Übersetzen üben, schließlich ist es das, was ich mal tun werde, und da gab es diese eine Zeile, die mir nicht aus dem Kopf ging:* »Io tenni li piedi in quella parte de la vita di là da la quale non si puote ire più per intendimento di ritornare« … *das bedeutet: »Ich habe jenen Abschnitt des Lebens erreicht, den man nicht mit irgendwelcher Hoffnung auf Umkehr weitergehen kann.«*

Das betraf mich, verstehst du? Ich hatte mich entschieden, hatte all diese Dinge hinter mir gelassen, zu denen ich nicht zurückkehren würde – die Schule, die Tanten, diesen ganzen Teil meines Lebens –, und jetzt betrat ich also meine Zukunft. Und als ich dann in Manorhampton *angekommen war, musste ich noch mehr daran denken, denn natürlich habe ich mich daran erinnert, wie du und ich letzten Sommer dorthin gekommen sind, und irgendwie hat da alles richtig angefangen, denn wären wir damals umgekehrt, dann wäre nichts von alldem passiert; also kannst du dir vorstellen, was mir alles durch den Kopf gegangen ist, als ich die Auffahrt von* Silk House *hinaufgelaufen bin; ich hatte mich von dem Taxi an der Kirche absetzen lassen, um den Rest des Weges zu Fuß zu gehen, es war ein so herrlicher Nachmittag.*

Jedenfalls wollte ich gerade klingeln und dachte noch, wie überrascht sie sein würden, mich zu sehen, da merkte ich, dass die Tür nicht ganz geschlossen war, also habe ich gedacht, ich schleiche mich rein und überrasche sie richtig.

Weißt du, wie das ist, wenn man einen Raum betritt und sofort weiß, dass irgendetwas nicht stimmt? Man versucht, dieses Gefühl abzuschütteln, redet sich ein, das ist nur deine Fantasie, aber indem man das tut, glaubt man natürlich schon dran. Ich habe eine Weile gebraucht, um herauszubekommen, woran das lag, dann wurde mir klar, wie still es war, ich konnte noch nicht einmal die Uhr hören, weißt du, dieses große fantastische Ding in der Eingangshalle, das jeden Tag aufgezogen werden muss. Ich habe mir die Uhr angeschaut, und tatsächlich, sie war stehen geblieben. Natürlich war das noch nicht so außergewöhnlich, denn vielleicht waren sie einfach für einen Tag weggegangen, außer dass die Tür offen stand – aber vielleicht sind sie ja in Eile gewesen und haben sie nicht richtig zugemacht, sagte ich mir.

Fast wäre ich daraufhin zurückgegangen, um sie selbst zu schließen, denn ich stellte mir ihre Gesichter vor, wenn sie zurückkämen und mich im Haus anträfen, wie ich auf sie wartete, und wie froh sie wären, dass ich es war und nicht ein Einbrecher, der die Tür offen vorgefunden hatte; aber genau dieser Gedanke hat mich stutzig gemacht, denn plötzlich fiel mir ein, vielleicht war da ja ein Einbrecher. Ich hatte Angst, auch nur zu atmen. Ich erinnere mich, dass ich auf diesen Lichtstrahl starrte, der quer durch die Eingangshalle fiel mit all seinen kleinen Staubteilchen, die das Licht einfingen, und ich überlegte, was ich tun sollte – und die ganze Zeit war es einfach so still.

Es war diese Stille, die mich veranlasst hat weiterzugehen; denn jetzt war ich überzeugt, wenn jemand da wäre, hätte ich ihn hören müssen. Also bin ich auf Zehenspitzen in das erste Zimmer geschlichen und konnte sofort sehen, dass jemand da drin gewesen war; nicht dass es ein großes Durcheinander gewesen wäre, es war nicht verwüstet, es war mehr so, als wäre es gründlich und methodisch durchwühlt worden von jemandem, der etwas ganz Bestimmtes suchte, und sobald ich das gedacht hatte, wusste ich, ich wusste es einfach, dass, wer immer es gewesen war, er hatte nach der Maschine des Alchemisten gesucht.

Und richtig, als ich in den nächsten Raum gegangen bin – erinnerst du dich an den, wo wir den Projektor aufgebaut haben, um das Dia von dem Gemälde an die Wand zu werfen? –, waren die Bücherregale zur Seite geschoben, und man konnte direkt in den Raum mit den Sammlungen blicken, also, wer immer es gewesen war, er hatte darüber Bescheid gewusst oder es sonst wie herausgekriegt. Irgendwie hat mich das beruhigt, weil ich mir überlegt habe, dass der Eindringling längst weg sein musste, denn wenn er den Raum mit den Sammlungen gefunden hatte, dann musste er auch das gefunden haben, weswegen er hergekommen war.

Ich streckte meinen Kopf hinein und sah sofort, dass der kleine Tisch, auf dem die Maschine immer stand – du weißt schon, der mit der orangefarbenen Samtabdeckung –, dass der leer war. Sonst war nichts in Unordnung gebracht, obwohl die Vorhänge vor allen Schränken hochgehoben waren – wer auch immer wegen der Maschine gekommen war, er hatte anscheinend überprüft, ob da sonst noch etwas war, das ihn interessierte.

Ich weiß wirklich nicht, warum ich weitergesucht habe, aber irgendwie glaubte ich, dass es da noch mehr zu entdecken gab, also bin ich hinüber in das nächste Zimmer gegangen, du weißt schon, das mit den Fenstertüren, die auf den Garten hinausführen, und da hab ich es dann gesehen. Erst konnte ich nicht erkennen, was es war, es war wie eines von diesen rätselhaften Wahrnehmungen, auf denen man einen vertrauten Gegenstand aus einem ungewöhnlichen Blickwinkel sieht. Dann wurde mir klar, dass es ein Schuh war; was mich verwirrte, war, dass er auf dem Absatz zu stehen schien, in einer ganz unnatürlichen Position.

Daraufhin bin ich noch ein paar Schritte weiter in das Zimmer hineingegangen und habe gesehen, dass ein Mann hinter dem Sessel auf dem Boden lag. Sein Gesicht konnte ich nicht erkennen, denn es war mit einem Tuch bedeckt … neben ihm lagen ein kleiner Tisch, der umgefallen war, und eine Blumenvase … alles war in einem Bogen ausgebreitet, beinahe arrangiert, aber ich denke, was passiert sein muss, war: Der Mann hat das Tuch gepackt, als er gefallen ist, und hat so den Tisch umgeworfen.

Ich glaube, ich stand ziemlich unter Schock, aber ich habe ganz ruhig gedacht, dass ich nicht wissen würde, wer das war, bevor ich nicht das Tuch hochhob, irgendwie wartete es darauf, dass ich das tun würde … zurück zu Dante also, dachte ich … wieder ein Schritt ohne Rückkehr. Die ganze Zeit sagte mir irgendetwas in mir: Wie ist es möglich, dass du nicht weißt, wer das ist? Denn natürlich ahnte ich, dass es mein Vater sein könnte oder aber Stephen Langton … oder vielleicht irgendjemand ganz anderes, ein völlig Fremder … aber ich konnte mich wirklich nicht festlegen, überhaupt nicht … ich meine, Dad und Stephen haben beide ungefähr die gleiche Größe, und sie kleiden sich auch nicht so verschieden, und ich denke, man ist ja gewöhnt, Menschen aufrecht stehend zu sehen und nicht flach ausgestreckt auf dem Rücken liegend.

Dieses Tuch anzuheben war das Letzte, was ich auf der Welt tun wollte, aber es war auch das Einzige, was ich jetzt tun musste, denn natürlich musste ich es wissen … also habe ich versucht, mich zu beruhigen, habe mich hingekniet und es hochgehoben.

Es war Stephen Langton.

Ich war so erleichtert, dass es nicht Dad war, dass ich lächeln musste … ich glaube, ich habe vielleicht sogar gelacht … aber gleichzeitig habe ich mir gesagt, ich sollte mich eigentlich schlecht fühlen, dass es Mr. Langton war, der da lag … nur irgendwie war er es auch wieder nicht, ich will sagen, es war natürlich sein Körper, aber es war nicht er … ich hatte keinen Zweifel, dass er tot war, weil ein Messergriff aus seiner Brust ragte … der Griff war schwarz und umwickelt mit etwas, das wie ein Lederriemen aussah … komisch, wie man jede Einzelheit wahrnimmt. Ich erinnere mich sogar, wie mir auffiel, dass sehr wenig Blut daran war, und ich dachte, das lag wohl daran, dass das Messer ganz durch ihn hindurchging, sodass das Blut am Rücken herauslief.

Ich glaube, ich habe nichts gefühlt … ich war einfach betäubt und so erleichtert, dass es nicht Dad war.

Dann bin ich aufgestanden, und jemand legte mir eine Hand auf den Mund und eine andere ins Genick und drückte an der Seite, hier … ich denke, es muss eine Frau gewesen sein, nicht so sehr wegen der Hände … die waren sehr glatt und kühl … sondern wegen des Duftes, das war das Letzte, was ich mitbekam, bevor ich in Ohnmacht gefallen bin.

Als ich wieder zu mir kam, saß ich in einem Sessel, und dieser Mann sah mich an … ziemlich ängstlich, schien mir. Das Komische ist, sowie ich meinen Blick auf ihn richtete, hatte ich das Gefühl, es sei jemand, den ich schon einmal gesehen hatte, ich konnte ihn nur nicht einordnen. Als er merkte, dass ich wach war, fragte er, ob es mir gut ginge … er dachte, ich sei in Ohnmacht gefallen, denn er hatte mich auf dem Boden liegend gefunden, als er hereingekommen war. Er sagte, sein Name wäre Raeburn, Macintosh Raeburn, der Name erinnerte mich an etwas, nicht jedoch sein Gesicht … dann sagte er, er wäre ein Schriftsteller und hätte eine Verabredung mit Stephen Langton, und da erinnerte ich mich, dass Stephen, als wir Weihnachten bei ihm waren, ein Buch von ihm hatte, für das er sich sehr interessierte … wie hieß das nur? Das Elixir und der Kristall, *ja das war es.*

Ich habe ihm gesagt, ich wäre hier, um meinen Vater zu treffen, und ich sah, wie er zur Leiche blickte, daher sagte ich: »Nein, das ist er nicht, das ist Mr. Langton; mein Vater ist nicht hier.« Und da sah ich, wie sein Gesicht einen bestimmten Ausdruck annahm, der mir genau verriet, was er dachte, und plötzlich wurde mir klar, dass mein Vater tief in Problemen steckte … nicht dass ich auch nur einen Augenblick lang dachte, dass er es getan hätte – warum sollte er? –, sondern weil dies wahrscheinlich alle anderen denken mussten. Dann fragte Raeburn, ob ich schon die Polizei gerufen hätte, denn wenn ich es nicht getan hätte, wäre es wahrscheinlich besser, wenn wir niemals hier gewesen wären, weil es wirklich nichts gab, was wir hier noch tun könnten, außer uns selber Ärger einzubrocken und vielleicht auch noch anderen Leuten … womit er sicherlich Dad meinte. Also gingen wir hinaus und ließen alles so, wie es war; dann hatte ich die glänzende Idee, die Eingangstür ranzuziehen, es war ein Schnappschloss, und zu läuten, damit ich später sagen könnte, ich hätte niemanden zu Hause angetroffen, und dann wäre Raeburn aufgetaucht … er hatte ein Auto in der Auffahrt geparkt, einen sehr komisch wirkenden Sportwagen, apfelgrün, der wie ein Fisch aussah … ja, er hatte sogar Flossen.

Er fragte mich, wohin ich wollte, also sagte ich: nach London; ich dachte mir, ich würde am besten zu Dads Wohnung gehen, um zu sehen, ob er da wäre oder ob es irgendeinen Hinweis darauf gäbe, wo er sein könnte, aber das habe ich Raeburn nicht erzählt … mein wichtigstes Anliegen war, ihn loszuwerden, denn obwohl ich so schnell wie möglich von dem Haus verschwinden und nach London kommen wollte, ohne den Zug zu nehmen … ich dachte, je weniger Menschen mich sahen, desto besser … jedenfalls wollte ich auf keinen Fall weiter etwas mit ihm zu tun haben.

Also bin ich in sein Auto gestiegen, und als wir wendeten, habe ich zum Haus zurückgeschaut, und ich hätte schwören können, dass jemand hinter dem Fenster stand und heraussah … ziemlich groß und dunkel, eher eine Frau als ein Mann, aber es war nur kurz im Augenwinkel … das Auto fuhr, und als sich der Blickwinkel änderte, schien nichts mehr da zu sein, also war es vielleicht nur eine optische Täuschung, vielleicht durch das Licht.

Als wir dann auf der Straße waren, machte das Auto viel Lärm, wofür ich dankbar war, denn ich wollte mich nicht unterhalten. Nach einer Weile rief Raeburn etwas und zeigte nach hinten, und ich drehte mich um und sah einen schwarzen Maserati. Raeburn dachte anscheinend, dass er uns folgte, aber ich dachte, er wolle bloß angeben, um Eindruck auf mich zu machen. Bislang war Raeburn sehr schnell gefahren, nun wurde er richtig langsam, damit der Maserati uns überholen konnte, aber der verlangsamte ebenfalls seine Fahrt. »Will nicht riskieren, unsere Nähe zu verlieren«, meinte Raeburn, obwohl ich dachte, der Fahrer könnte sich bloß einfach entschieden haben anzuhalten, vielleicht um einen Blick auf die Straßenkarte zu werfen. Hinter der nächsten Kurve beschleunigte Raeburn ziemlich stark, und richtig, als wir auf gerader Strecke waren, kam der Maserati auf Teufel komm raus hinter uns her.

Ganz offensichtlich holte er auf, aber als wir dann eine Kreuzung erreichten, war da ein großer Sattelschlepper, der eine lange Autoschlange auf der Hauptstraße anführte, und Raeburn schoss direkt vor ihm rauf auf die Hauptstraße … du hättest das Gehupe hören sollen … und der Maserati musste anhalten und warten. Raeburn fuhr die ganze Strecke bis London mit Vollgas – »Nur für alle Fälle«, sagte er –, aber ich denke, er wollte nur ein wenig angeben. Ich bin mir immer noch nicht sicher, ob der Maserati uns wirklich verfolgt hat oder nicht.

In London hatte ich dann eine extrem kluge Idee, um ihn loszuwerden: Ich bat ihn, mich an der Camden-Town-Station *abzusetzen, was ja ganz nah bei Dads Wohnung ist, aber er würde annehmen, dass ich irgendwo anders hinfahren würde. Mir fiel auf, dass er am Bordstein stehen blieb und darauf wartete, dass ich tatsächlich in den Bahnhof ging und ihm zum Abschied zuwinkte, dann schoss er mit röhrendem Motor davon. Ich dachte, es wäre besser, sicherheitshalber ein oder zwei Minuten im Bahnhof zu bleiben, und als ich mich umdrehte, erwischte mich ein Vorbeieilender mit der Kante seines Koffers am Oberschenkel, es war einer von diesen glänzenden Metallkoffern, wie Fotografen sie haben, und die Kante war wirklich scharf, kann ich dir sagen. Ich warf dem Mann, der ihn trug, einen wütenden Blick zu und fragte, ob er mich zum Krüppel machen wolle, aber er antwortete gar nicht, sondern glotzte mich nur an … ein kleiner Mann mit einem struppigen braunen Bart: Ich glaube, es war ein Ausländer.*

Jedenfalls, nach einer Weile bin ich aus der U-Bahn-Station gehumpelt und zu Dads Wohnung hochgegangen. Halb hoffte ich, er würde da sein, aber die Wohnung war leer, und sobald ich drin war, bin ich einfach auf den Boden gesunken und habe nur geweint und geweint – ich glaube, es war so etwas wie eine verzögerte Reaktion. Nach einer Weile habe ich mich wieder eingekriegt und nachgeschaut, ob ich irgendwelche Hinweise auf Dads Aufenthaltsort finden konnte. Ich habe seinen Computer überprüft und gesehen, dass er ein paar Tage zuvor auf der Homepage des Eurostar war und wohl auch die Seiten verschiedener Auktionshäuser in Paris besucht hatte, jedenfalls fand ich ein paar Notizen auf seinem Schreibtisch mit Daten und Initialen. Ich kam um vor Hunger, aber es gab nichts zu essen im Haus, also bin ich mal schnell in das türkische Restaurant um die Ecke hinübergesprungen … sie waren wirklich erfreut, als sie merkten, dass ich ein bisschen Türkisch spreche, und haben mir alle möglichen Extras serviert, die dann nicht auf der Rechnung standen … sie waren wirklich herzlich und nett, obwohl der Kellner schon ein bisschen abgedreht war und mich gleich heiraten wollte.

Aber es war genau das, was ich brauchte, ein bisschen menschliche Wärme, und als ich zurück zur Wohnung ging, fühlte ich mich erheblich besser. Ich stand auf dem Treppenabsatz und suchte den Schlüssel; ich war mir sicher, dass ich ihn in die Tasche gesteckt hatte, aber dann fand er sich in meinem Portemonnaie. Ich wollte ihn gerade ins Schloss stecken, als mir auffiel, dass das Licht im Flur an war. Ich war mir aber ziemlich sicher, dass ich es nicht angelassen hatte … genau genommen konnte ich mich nicht erinnern, das Licht überhaupt angeschaltet zu haben … andererseits konnte ich mich auch nicht daran erinnern, den Schlüssel in mein Portemonnaie gesteckt zu haben, und trotzdem hatte ich das offenbar getan.

Ich muss etwa eine Minute dagestanden haben wie ein Schwachkopf, den Schlüssel direkt vor dem Schloss haltend, als wüsste ich nicht, was ich als Nächstes tun sollte … und dann sah ich, wie sich die Türklinke langsam bewegte. Ich bekam einen fürchterlichen Schreck und sprang die Treppe hinauf, nur weg und außer Sichtweite. Ich konnte hören, wie sich unten die Tür öffnete und eine Stimme sprach, wenngleich ich nicht verstehen konnte, was sie sagte. Ich musste beinahe laut auflachen, als ich Stimme erkannte … es war natürlich Dad! Ich hatte mich gerade umgedreht, um wieder nach unten zu gehen, als ich Schritte hörte, die zu mir hochkamen.

Ich befand mich auf dem nächsten Treppenabsatz, und als ich nach unten blickte, sah ich jemanden auf der Treppenbiegung unter mir: Es war derselbe Mann, den ich in der U-Bahn gesehen hatte, der ausländisch aussehende Kerl, der, der mich mit seinem Handkoffer verletzt hatte. Er konnte mich nicht sehen, weil er hinter sich die Treppe runterschaute, mit einem Gesichtsausdruck, der mir einen Schauer über den Rücken laufen ließ … wie irgendein Tier sah er aus, das seiner Beute auflauert. Ich geriet in Panik und flüchtete die Treppe weiter hinauf zum nächsten Stockwerk … ich glaube, ich dachte, dass ich an alle Türen klopfen sollte, bis mich jemand hineinließ … aber dann hatte ich die schreckliche Vorstellung, dass der Mann hinter mir hochkommt und mich sieht, wie ich kläglich vor ihm wegzukrabbeln versuche und nirgends mehr hin kann.

Schließlich sagte ich mir, dass er mich nicht gesehen haben konnte, dass ich ja auch jemand aus dem höheren Stockwerk sein könnte oder ein Besucher, der niemanden angetroffen hatte, alles, was ich tun musste, war, die Treppe hinabzugehen und an ihm vorbei und hinaus … selbst wenn ich rennen musste, so wäre das ja dann wenigstens in Richtung Straße. So nahm ich all meinen Mut zusammen, holte ein paar Mal tief Luft und stieg hinab. Der Kerl war immer noch da, er lauerte an der Biegung. Niemals in meinem ganzen Leben habe ich solche Angst gehabt wie in dem Augenblick, als ich dieses letzte Stück Treppe hinunterging … meine Beine waren wie Gummi. Als ich ein paar Stufen über ihm war, schaute er sich um … diese Augen! Es war schrecklich … da war ein geballter Hass in ihnen, eine Art Hunger. Ich glaube, ich wäre tot umgefallen, wenn er mir mehr als einen flüchtigen Blick geschenkt hätte, aber er schaute fast sofort wieder weg … er schien entschlossen, nur den Absatz unten zu beobachten.

Also drückte ich mich an ihm vorbei und ging die Treppe hinunter … das Einzige, was ich tun konnte, war, nicht anzufangen zu rennen. Den ganzen Weg hinunter spürte ich diese Blicke in meinem Rücken … ich passte auf, dass ich an Dads Tür ohne den geringsten Blick zu ihr vorbeikam … ich hatte entsetzliche Angst, dass er mich irgendwie mit der Wohnung in Verbindung bringen und hinter mir herkommen könnte. Als ich auf der Straße war, konnte ich mich nicht mehr zurückhalten … und ich bin gerannt. Ich nehme an, das Vernünftigste wäre gewesen, zur U-Bahn-Station zu gehen, aber dort hatte ich ihn zum ersten Mal gesehen, daher rannte und rannte ich stattdessen einfach durch die Straßen, bis ich irgendwann einen Bus sah und aufspringen konnte.

Dann überlegte ich, wie ich so weit wie möglich von London wegkommen konnte, also bin ich zu dir gefahren.

12

Achterbahn

Als Helen fertig war, wusste Jake nicht, was er sagen sollte. Ihr Bericht war flüssig gewesen wie ein lang aufgestauter Damm, der plötzlich gebrochen war, und hatte keine Unterbrechung geduldet. Sie hatte in einer merkwürdig distanzierten Art und Weise gesprochen; seine Augen blieben die ganze Zeit auf einen Punkt ein wenig vor ihr gerichtet. Mehrmals hatte Jake versucht, etwas zu sagen – besonders bei der Enthüllung, dass Stephen Langton ermordet worden war –, aber jetzt, als es an ihm war zu sprechen, fühlte er sich dazu nicht in der Lage.

Unterschiedlichste Gefühle stürmten gleichzeitig auf ihn ein. Mr. Langtons Tod, das wusste er, war die wichtigste Neuigkeit, dennoch musste er sich Mühe geben, über die bloße Tatsache hinauszudenken: Stephen Langton war also tot. Was war als Nächstes zu bedenken? Es stürmten so viele andere Dinge auf ihn ein: Er war beschämt oder besser verlegen, dass er so erbärmlich Unrecht in Bezug auf Helen gehabt und geglaubt hatte, sie sei wegen Alison eifersüchtig gewesen, während das bei ihr doch gar nicht ins Gewicht gefallen sein konnte nach all dem, was sie durchgemacht hatte; dann machte sich in ihm ein unmissverständlicher Anflug von Aufregung und Angst breit, weil er plötzlich aus seiner sicheren, bequemen Welt herausgerissen worden war in eine Geschichte von Mord und Intrige; aber mehr noch als alles andere beschäftigten ihn die Worte, mit denen Helen ihren Bericht abgeschlossen hatte: »Also bin ich zu dir gefahren.«

Bei all ihren Schwierigkeiten war er es gewesen, an den sie sich gewandt hatte – instinktiv, ohne Zweifel daran zu hegen, dass er da sein würde, ihr zu helfen. Und er war so kurz davor gewesen, sie im Stich zu lassen! Eine Welle von Schuldgefühlen schwappte über ihn hinweg, gefolgt von weniger bitterer Zerknirschung und Reue. Er war untreu gewesen, aber jetzt würde er treu sein. Genau genommen gestattete ihm erst seine zeitweilige Abwendung von Helen, nun zu erkennen, wem seine wahre Verbundenheit galt, er war zurückgerufen worden zu der ihm zugewiesenen Bestimmung. Er würde jeden Gedanken an Alison aufgeben und tat dies augenblicklich, um sich in Zukunft ausschließlich Helen zu widmen, seiner auf die Minute gleichaltrigen Mitstreiterin, seinem Seelenzwilling. Ein warmes Gefühl der Zuneigung durchrieselte ihn.

»Naja, ich werde jetzt ein Schläfchen machen«, sagte Helen, als sie der Meinung war, lange genug auf irgendeine Reaktion von Jake gewartet u haben. Ihre Geschichte zu erzählen hatte sie erschöpft, sie fühlte sich leicht und hohl wie ein leerer Krug.

Jake sah zu, wie Helen ihre Jacke zu einem Kissen zusammenrollte und fast sofort einschlief. Das war einer ihrer liebenswertesten Züge – aber waren sie nicht alle liebenswert? –, diese Fähigkeit sofort einzuschlafen, wann immer sie Lust dazu hatte, unabhängig davon, wo sie gerade war. Wenn sie schlief, hatte ihr

Gesicht die Schönheit einer klassischen Statue. Er saß da als treuer Wächter, zufrieden damit, sie einfach nur zu beobachten.

Es war Schicksal, entschied er. Es war offenbar so bestimmt, dass sie zusammen sein sollten, ihr erstes Treffen in Florenz war ein reiner Zufall gewesen, zwei Menschen aus zwei völlig verschiedenen Ländern, die sich in einem dritten trafen. Und jetzt, genau in dem Augenblick, als er daran gedacht hatte, sich in eine andere Richtung zu wenden (vorsichtshalber unterdrückte er den Namen Alison), war sie wieder aufgetaucht, ohne jegliche Vorankündigung, gerade im rechten Augenblick. Wenn das kein Wink des Schicksals war, dass er mit ihr zusammen sein sollte, was war es dann?

Er musste selbst ein wenig eingedöst sein. Das Nächste, was er wahrnahm, war, dass Helen plötzlich aufgewacht war und sich aufrichtete.

»Natürlich!«, sagte sie. »Ich habe doch gewusst, dass ich ihn schon einmal gesehen hatte!«

Jakes Miene spiegelte seine Verwirrung wider.

»Macintosh Raeburn, der Mann, den ich in *Silk House* traf. Als ich ihn gesehen habe, wusste ich, dass ich ihn kannte, ich wusste nur nicht woher. Mein Gentleman-Besucher war es!«

Das half Jake nicht viel weiter.

»Gentleman-Besucher?«, fragte er.

»So nennen die Tanten sie«, erklärte Helen lachend. »Ziemlich Tennessee-Williams-mäßig, findest du nicht?«

Jake räusperte sich ganz merkwürdig. Tennessee Williams? Wovon redete sie? Er hatte Helen nicht für einen Fan von Country-and-Western-Music gehalten.

»Er ist vor Monaten in unser Haus gekommen, und ich habe

mich sogar bemüht, ihm schöne Augen zu machen, obwohl die Tanten ihm nicht erlauben wollten, mich zu sehen – er erfüllte offenbar nicht ihre anspruchsvollen Kriterien.«

»Aber was wollte er denn?«, fragte Jake immer noch ratlos.

»Naja, was er wirklich wollte, das kann man nur raten, aber was er gesagt hat, das war das Übliche.«

»Das Übliche?«

»Du weißt schon, um meine Hand anhalten und all das.«

»Er wollte … dich … heiraten?«

Jake hatte das Gefühl, als hätte er ein Reibeisen verschluckt.

»Natürlich, das wollen sie alle. Meine Tanten werden nie müde, zu erzählen, ich sei eine gute Partie. Es sei meine Pflicht, eine passende Ehe einzugehen, um das Familienvermögen zusammenzuhalten, ich dürfe mich nicht wegwerfen, wie das meine Mutter getan hat«, fügte sie mit gedämpfter Stimme hinzu.

Der ironische Unterton entging Jake, der immer noch versuchte, die Tragweite dessen, was sie da gerade gesagt hatte, zu erfassen. Er spürte, wie sich in seiner Magengrube das kalte Gefühl ausbreitete, das sich einstellt, wenn man eine Examensarbeit mit Leichtigkeit und Zuversicht abgeschlossen hat und zehn Minuten vor dem Abgabetermin das Blatt umdreht und auf der Rückseite einen bislang völlig übersehenen Block weiterer Fragen entdeckt. Dass Helen regelmäßig von erwachsenen Männern umworben wurde, veränderte augenblicklich seine eigene Sicht auf die Dinge; einen Augenblick vorher war er noch davon ausgegangen, es sei für sie genauso klar wie für ihn, dass sie füreinander geschaffen seien, quasi vom Moment der Geburt an füreinander bestimmt. Jetzt hatte er eine ganz andere Sicht, seine wahre Stellung in Helens Leben: Er war bloß ein Fremder am Rande, von dem sie wenig wusste und auf den sie noch weniger zählte. Natürlich waren er und Alison ihr egal! Sie hatte ihn niemals auch nur, wie er vermutete, betrachtet; er war einfach ein Junge, den sie zufällig kannte, das war alles.

Die einzige Möglichkeit, mit dieser vernichtenden Erniedrigung fertig zu werden, bestand darin, sie sich nicht zu Herzen zu nehmen.

»Was sollen wir tun?«, fragte er mit ausdrucksloser Stimme. »Wir können nicht nach *Silk House* gehen, andererseits müssen wir uns dort sehen lassen, sonst würden wir den Eindruck erwecken, dass wir wissen, was dort passiert ist. Man nimmt an, dass ich wenigstens eine Woche von zu Hause weg bin, um Himmels willen! Und was ist, wenn meine Eltern dort anrufen? Oder wenn etwas über den Mord im Fernsehen kommt? Oh, mein Gott!«

Alles war plötzlich ein großes, gewaltiges Durcheinander; er vergrub das Gesicht in den Händen, dann hatte er das Gefühl, ein wenig theatralisch zu wirken, und er starrte missmutig zum Fenster hinaus.

»Ich nehme an, wir könnten hingehen und dann sagen, es sei niemand da gewesen, als wir angekommen sind. Das wäre wenigstens wahr.«

Das klang nicht sehr überzeugend, aber es war das Beste, was ihm einfiel.

»Außer wenn die Polizei schon da ist«, meinte Helen. »Was ziemlich wahrscheinlich ist. Nein, ich denke, dass wir es nicht riskieren können, überhaupt auch nur in die Nähe von *Silk House* zu kommen.«

»Wir könnten einfach umkehren.«

»Und was sollen wir sagen?«, meinte Helen ärgerlich. »Dass wir unsere Meinung geändert haben ohne jeden Grund? Damit würden wir uns sofort verraten!«

»Wahrscheinlich hast du recht.«

»Dann müssen wir ganz woanders hinfahren.«

Ihre Gedanken schienen nach innen gerichtet, ihr Gesicht nahm ein nachdenkliches Aussehen an.

»Aber wäre das nicht egal?«, fragte Jake. »Wir müssten immer noch eine Erklärung dafür parat haben, warum wir unsere Pläne geändert und niemandem etwas davon gesagt haben.«

»Ach, komm schon, Jake ... wir sind Teenager. Wir können sagen, wir haben der Versuchung nachgegeben und sind zusammen abgehauen. Das werden sie glauben. Das erwarten die Leute von Teenagern. Du kannst sagen, ich habe dich verführt. Auch das werden sie glauben«, fügte sie mit einem leichten Grinsen hinzu.

Jake klappte der Unterkiefer herunter. Die Ironie ihres Vorschlags entging ihm nicht. Vor ein paar Minuten noch, bevor ihm gedämmert war, welchen Stellenwert er bei ihr einnahm, wäre es die Verwirklichung seiner geheimsten Fantasien gewesen, sie das sagen zu hören, aber jetzt schien es wenig mehr als ein bitterer Scherz – sie sollten vortäuschen, genau das zu tun, wovon sie sich ganz nebenbei klargemacht hatten, dass es in Wirklichkeit unmöglich war.

»Wohin brennen wir also durch?«, fragte er schwer atmend.

»Zuerst nach London, in die Wohnung meines Vaters, wir brauchen schließlich einen Ort, wo wir die Nacht verbringen können. Dann nach Paris.«

»Paris?!«

»Dad will dort eine Auktion besuchen. Wir können den Eurostar von *Waterloo Station* nehmen. Meine Kusine Agnès sollte uns aufnehmen können.«

Jake blickte zu Boden und schüttelte ungläubig den Kopf. Was hast du denn in den Ferien gemacht? Oh, ich bin mit einem Mädchen durchgebrannt ... wir haben eine Nacht in London verbracht, dann sind wir nach Paris gefahren. Paris im Frühling, weißt du ... das romantische Reiseziel für jugendliche Ausreißer. Aber keine Sorge, in Wirklichkeit ist nichts passiert, wir haben nur so getan, als ob ...

Er lehnte sich zurück und schaute niedergeschlagen zum Fenster hinaus; ist jemals ein Junge grausamer verspottet worden?

Den Rest der Reise gab sich Jake einem dumpfen Brüten hin. Helen schlief. Jake wünschte, er könnte das ebenfalls, wenn auch nur, um die vollkommene Sinnlosigkeit der Situation, in der er sich befand, auszublenden. Was tat er hier eigentlich? Er wollte nicht wegen irgendeines aussichtslosen Unterfangens hinter Helen hertrotten. Sicher, sie wollte ihren Vater finden, aber wieso war das seine Angelegenheit? Wieso war überhaupt irgendetwas, das mit ihr zu tun hatte, seine Angelegenheit?

Erst als sie in London eintrafen, begann sich seine Stimmung aufzuhellen. Der Großstadttrubel mit dem anbrechenden Abend und den hell erstrahlenden Lichtern, der Verkehrslärm und das geschäftige Treiben auf den Bürgersteigen, all das regte seine trägen Lebensgeister an. Einfach nur hier zu sein, das war Abenteuer genug, egal was sonst noch kam – oder nicht kam, dachte er. Dann jedoch, außerhalb der *Camden-Town*-U-

Bahn-Station, passierte etwas, das alles wieder ins Gegenteil verkehrte.

Helen blieb plötzlich stehen und sagte: »Ich kann das nicht.«

Sie starrte vor sich hin, vor ihrem inneren Auge lief wieder ein Film ab. Jake sah erschrocken, dass sie zitterte. Er legte seinen Arm um ihre Schultern.

»Komm schon, es ist schon in Ordnung.«

Er fühlte, wie sie sich entspannte und sich an ihn lehnte.

»Ich bin so froh, dass du hier bist«, sagte sie.

Ihre Stimme war kaum mehr als ein Flüstern. Das war so gar nicht die kühne und selbstsichere Helen, die Jake kannte, er machte sich ernsthaft Sorgen. Aber ein anderer Teil von ihm konnte nicht anders, als dies für eine günstige Entwicklung zu halten.

»Nimm's nicht so schwer. Es wird schon wieder.«

Er drückte sie an sich und begann, sie weiter zur Wohnung ihres Vaters zu führen. Er wollte sich etwas anderes einfallen lassen, um sie abzulenken. »Erinnerst du dich an das letzte Mal, als wir hier waren?« Das schien vielversprechend, aber dann erinnerte er sich: Sie waren damals in einem Taxi gekommen, in bester Laune, und waren die Treppen um die Wette hinaufgerannt, denn sie hatten beide einen Bärenhunger … und die Wohnungstür ihres Vaters war offen gewesen, und er hatte diese kalte Vorahnung gehabt, dass etwas ganz und gar nicht stimmte … Nein, es war vielleicht keine so gute Idee, sie daran zu erinnern.

Jetzt waren sie am Hauseingang angelangt. Helens Hand zitterte so stark, als sie sie auf die Türklinke legen wollte, dass Jake das für sie übernahm.

»Hallo, du«, murmelte er. »Alles in Ordnung.«

»Es ist zu blöd«, sagte Helen und quälte sich ein Grinsen ab. »Ich habe einfach Angst.«

»Jetzt machst du mir Angst, ich dachte, du tust nur so. Wer soll mich denn beschützen?«

Sie musste lachen. So ist's richtig, dachte Jake. Es läuft gut. Sie stiegen die Treppen hoch. Vor der Wohnungstür ihres Vaters schaute Helen ängstlich zum Oberlicht, während sie nach dem Schlüssel suchte. Das Licht war aus.

»Es ist nur so, dass dies für mich immer ein sicherer Ort gewesen ist, ein Refugium, in das ich mich zurückziehen konnte. Ich glaube nicht, dass er dies jemals wieder für mich wird.«

Sie drehte den Schlüssel im Schloss herum, ohne die Tür zu öffnen.

»Möchtest du, dass ich als Erster reingehe?«

Helen nickte dankbar. Er stieß die Tür auf und fühlte sich sehr heldenhaft.

»Komm rein, alles in Ordnung, hier ist niemand.«

Sie folgte ihm, schloss die Tür und blieb ganz nah neben ihm im dunklen Flur stehen. Fast berührten sich ihre Gesichter. Jake spürte, dass er den Atem anhielt; er konnte fühlen, wie sein Herz den ganzen Brustkorb erschütterte.

Dann schaltete jemand das Licht an.

13

Drei sind schon zu viel

Helen und Jake standen wie gelähmt mit erstarrten Mienen da und klammerten sich aneinander. Eine große, elegante Frau mit rotbraunem, zu einem Bubikopf geschnittenem Haar betrachtete sie kühl vom anderen Ende des Flures aus.

»Also, du musst Helen sein«, sagte sie. »Und dein Freund ist?«

Ihre Stimme klang angenehm, ziemlich tief, ohne einen erkennbaren Akzent.

»Wer sind Sie?«, fragte Helen, ihre Kaltblütigkeit war zurückgekehrt. »Und was tun Sie in der Wohnung meines Vaters?«

»Ich könnte dir die gleiche Frage stellen. Weiß dein Vater, dass du die Gewohnheit hast, in seiner Abwesenheit Jungs hierherzubringen?«

Jake war überrascht. Zum ersten Mal überhaupt sah er Helen, wie sie völlig verblüfft dreinschaute.

»Aber wer sind Sie?«, wiederholte sie. »Mein Vater hat Sie nie erwähnt.«

»Nun, mir fällt auch kein Grund ein, warum er das getan haben sollte. Mich erwähnen, ausgerechnet vor dir«, sagte sie, wobei sie das letzte Wort betonte.

»Ich nehme an, Sie sind die Geliebte meines Vaters«, erwiderte Helen steif.

Die Frau lächelte nur und wandte sich Jake zu.

»Ich weiß immer noch nicht, wie du heißt«, sagte sie, als sei die Kenntnis seines Namens für sie das Wichtigste auf der Welt.

»Jake.«

»Ich heiß Zoe.«

Helen schmollte mit den Lippen.

»Nachdem wir jetzt die Formalitäten hinter uns gebracht haben, wollt ihr vielleicht reinkommen?«

Damit drehte sie sich um, ging zurück ins Wohnzimmer und ließ ihnen keine andere Wahl, als ihr zu folgen. Jake blickte Helen an. Sie runzelte die Stirn und stapfte los, den Flur entlang; sie wirkte wie ein bockiges Schulmädchen, wie er es nicht für möglich gehalten hätte. Die Frau stand ganz entspannt am Kamin mit einem Glas Wein in der Hand. Sie trug ein einfaches, gut geschnittenes schwarzes Kleid, das ihre Figur vorteilhaft zur Geltung brachte.

»Darf ich euch ein Glas Frascati anbieten?«, fragte sie und lächelte Helen süß an. »Er ist sehr leicht. Nein? Einen Saft vielleicht?«

Helen funkelte sie nur an, Jake schüttelte den Kopf. Er hätte zwischen zwei wilden Stieren stehen können, die im Begriff waren, aufeinander loszugehen.

»Nun, es tut mir leid, wenn ich so altmodisch bin, aber ich kann wirklich nicht zulassen, dass ihr beide ein Zimmer teilt. Es wäre unverantwortlich von mir.«

Jake war hingerissen von diesem Machtkampf. Er hatte noch nie erlebt, dass Helen so aalglatt ausmanövriert worden war. Er merkte, dass sie alle möglichen Antworten Revue passieren ließ und keine befriedigende fand; sie sah aus, als wäre ihr etwas im Halse stecken geblieben.

»Sie hatten nicht etwa vor, hier über Nacht zu bleiben?«, war noch das Beste, was sie zustande brachte.

»Ich denke, jetzt muss ich das wohl«, lächelte Zoe zurück.

Jake zuckte die Achseln. Ich glaube, das nennt man Ironie des Schicksals, dachte er. Jetzt werden wir daran gehindert, etwas zu tun, was wir sowieso nicht vorgehabt haben. Er sah Helen mit hochgezogenen Augenbrauen an: Was können wir schon tun? Sie schenkte ihm einen Blick, der Metall hätte schneiden können; dann machte sie vom Recht einer Frau Gebrauch, mitten in einer Auseinandersetzung, die sie verlor, auf die Toilette zu gehen, und ließ Jake auf dem Sofa zurück; er saß da und fühlte sich wahrhaftig sehr jung.

»Mädchen können so dickköpfig sein in dem Alter«, bemerkte Zoe.

»Offenbar.«

»Aber du, Jake, du kommst mir eher wie der vernünftige Typ vor … habe ich recht?«

»Nun, ich … ich möchte nichts überstürzen, wenn Sie das meinen.«

»Genau das meine ich … du bist umsichtig.«

»Wirklich?«, fragte Jake überrascht, dann fügte er hinzu: »Wahrscheinlich bin ich das.«

»Weißt du, es ist nur natürlich, dass Helen sich anfangs gegen mich stellt.«

Sie schenkte ihm einen vielsagenden Blick, worüber Jake, da er umsichtig war, nachdachte.

»Oh, Sie meinen ihren Vater und all das.«

Sie lächelte ob seiner Verständigkeit.

»Du bist also auch gütig … ich mag das an einem Mann.«

Dieses Stück Lobhudelei wurde in einem fast humorvollen Ton vorgetragen, der andeutete, dass es zwar ein Scherz war, aber doch nicht nur.

»Ich frage mich, Jake, ob du mein Freund sein könntest?«

Sie verstummte, nippte an ihrem Wein und beobachtete ihn über den Rand ihres Glases hinweg. Die merkwürdige Bitte, die ein wenig nach Kinderspielplatz klang, ließ sie im Raum stehen.

»Ich meine, wie ein Freund, der vor Gericht seine Stimme für dich erhebt … ein Fürsprecher in meiner Sache.«

»In Ihrer Sache?«, fragte Jake, der nicht ganz verstand.

»Ja, ich fürchte, im Augenblick hat mich Helen netterweise für die Rolle der bösen Stiefmutter vorgesehen.«

Tatsächlich stellte Helen zur selben Zeit Überlegungen in diese Richtung an, während sie die gläserne Ablage im Badezimmer betrachtete, auf der die anmaßende Zoe ihre Toilettenartikel aufgebaut hatte … man sollte denken, dass sie hier wohnt, verdammt noch mal, dachte Helen. Dann erwog sie die Möglichkeit, dass es tatsächlich so wäre. Es war ihr niemals wirklich in den Sinn gekommen, über diese Seite im Leben ihres Vaters nachzudenken, und er hatte auch nie mit ihr darüber gesprochen. Es ist schon merkwürdig, dachte sie, dass man zunächst glaubt, jemanden wirklich gut zu kennen, um dann allmählich zu erkennen, dass man immer weniger von ihm weiß. Ihre anfängliche Wut auf Zoe hatte sich gelegt. Sie betrachtete sich im Spiegel mit der gewohnten Distanz: Wer ist diese Person, die mich da anblickt? Ohne darüber nachzudenken ergriff sie die Parfümflasche – *Shalimar* von *Guerlin*, las sie – und entfernte den Stöpsel.

Sie sah ihr schockiert dreinblickendes Gesicht im Spiegel und dachte verwundert: Das bin ich? Jeden Moment musste jemand hinter ihr auftauchen, kühle, lange Finger über ihren Mund legen und seitwärts auf ihren Hals drücken …

Ein Irrtum war ausgeschlossen: Der Duft war derselbe, den sie in *Silk House* gerochen hatte, unmittelbar bevor sie in Ohnmacht fiel.

Im Wohnzimmer machte Jake die Unterhaltung mit Zoe derweil langsam Spaß. Sie hatte eine Art lockere Vertraulichkeit, die entspannend auf ihn wirkte … er hätte sie schon ewig kennen können. Dann kam Helen zurück und die Temperatur sank um ungefähr zwanzig Grad.

»Lass uns was essen gehen«, sagte sie knapp. »Lass deine Reisetasche hier … wir können darüber streiten, wer auf dem Sofa schläft, wenn wir zurück sind.«

Jake erhob sich ziemlich lustlos. Er wäre viel lieber geblieben und hätte mit Zoe gegessen, aber der Blick in Helens Gesicht verriet ihm, dass diese Idee keine Chance hatte. Also schaute er Zoe kurz bedauernd an, als wollte er sagen: »Was kann ein Mann da schon tun?« Sie zog amüsiert eine Augenbraue hoch.

»Sie müssen nicht davon ausgehen, dass Sie unseretwegen hierbleiben müssen«, sagte Helen. »Ich habe meinen eigenen Schlüssel.«

Zoe lächelte. Helen knallte die Tür zu. Im Flur stellte Jake überrascht fest, dass Helen ihre Reisetasche geschultert hatte und ihm mit dem Finger auf den Lippen deutete zu schweigen.

»Komm schon«, sagte sie und zog ihn am Arm.

Draußen auf dem Bürgersteig musste Jake verwirrt feststellen, dass er an dem türkischen Restaurant mit seinen appetitlichen Gerüchen vorbeigezogen wurde. Helen sprang dann auf die Fahrbahn, um ein vorbeifahrendes Taxi heranzuwinken.

»Wo fahren wir hin?«

»Waterloo – komm schon, steig ein!«

»Waterloo? Gibt es nichts in der Nähe, wo wir essen können?«

»Um einen Zug zu nehmen, Dummkopf. Wir müssen von hier verschwinden!«

»Warum so eilig?«

Sie erzählte ihm von dem Parfüm. Er hörte das skeptisch und meinte, dass es doch denkbar sei, dass es mehr als eine Frau in London gäbe, die ein Parfüm von *Guerlin* benutzte, eine Idee, die er etwas voreilig mit der Bemerkung stützte, er glaube, seine eigene Mutter benutze das gleiche Zeugs.

»Welchen Zug sollen wir denn überhaupt nehmen?«, fragte er nach ein paar Minuten frostigen Schweigens.

»Den Eurostar nach Paris.«

»Was? Und was ist mit meiner Reisetasche?«

»Künstlerpech … wir mussten sie dort lassen, damit sie glaubt, wir kommen zurück.«

»Mir fällt auf, dass du deine mitgenommen hast.«

»Ja, in meiner sind wichtige Sachen.«

Anders als in meiner natürlich, dachte Jake.

»Was zum Beispiel? Deine frische Unterwäsche?«

»Dein Pass zum Beispiel, wenn du es genau wissen willst.«

»Mein Pass?«

»Ich habe ihn aus deinem Zimmer geholt«, antwortete sie kühl und genoss seine Verärgerung. »Nun, du selbst hast ja gar nicht gewusst, dass du nach Paris fährst, oder?«

»Du bist wirklich das Letzte, weißt du das?«

Der Rest der Fahrt verging mit unfreundlichem Schweigen.

14

Die Stadt des Lichts

In Paris, in einem Café unter Kastanien auf dem *Boulevard Saint-Michel*, schlossen sie eine Art Waffenstillstand. Ihre späte Ankunft am Abend zuvor war bei Helens Kusine Agnès nicht auf große Begeisterung gestoßen. Helens Erfindungsreichtum war aufs Höchste herausgefordert, sie brauchten eine plausible Erklärung, warum sie da waren, eine Erklärung, die stark die Unzuverlässigkeit ihres Vaters ins Spiel brachte: Der hatte sie treffen sollen, aber es hatte ein Durcheinander wegen der Züge gegeben, und nun hofften sie, ihn am nächsten Tag im Auktionshaus zu erwischen, würden sie also bitte über Nacht bleiben können?

Nachdem sie am Vormittag auf Helens Kosten Jakes Garderobe ergänzt hatten, saßen sie einander in der warmen Frühlingssonne immer noch ein wenig feindselig gegenüber und tranken Kaffee.

»Also gut«, sagte Jake schließlich, »aber was, wenn er in keinem der beiden Auktionshäuser ist?«

Helen zuckte zusammen. Für einen Augenblick hatte sie den Wunsch, Jake eine runterzuhauen, was eigentlich nicht fair war, denn es war eine völlig vernünftige Frage; es war lediglich eine, über die sie eben auf keinen Fall nachdenken wollte. Ihr Vater musste einfach in einem der Auktionshäuser sein, denn wenn nicht, wo konnte er sonst sein? Und natürlich lautete die Antwort, dass er überall sein konnte; Helens wachsende Befürchtung war jedoch, seit sie diesen schrecklichen Mann gebückt und sprungbereit auf der Treppe vor ihres Vaters Wohnung gesehen hatte, dass er vielleicht nirgendwo in der Stadt war.

»Was ist los?«, fragte Jake überrascht, weil er keine Antwort bekam.

Helen zauderte und war kurz davor, alles zu sagen.

»Hmm … nichts«, druckste sie herum.

»Gut«, antwortete Jake ernst. »Dann sag es mir eben nicht.«

Irritiert blickte er sich nach allen Seiten um. Überall um sie herum herrschte in der lichtdurchfluteten Stadt geschäftiges Treiben. Autohupen dröhnten, weil sich der Verkehr hinter einem kleinen Lieferwagen staute, der Gemüse transportierte; Studenten eilten mit entschlossenem Blick in ihre Vorlesungen, während weniger entschlossene den Boulevard entlangschlenderten; uralte Herren lächelten junge Mütter und deren tapsige Kleinkinder an und genossen die Frühlingssonne. An jedem zweiten Tisch saßen Paare, aber anders als sie beide amüsierten sich alle anderen anscheinend und genossen die Gesellschaft des anderen.

»Also los«, sagte Jake. »Wie weit ist es denn überhaupt bis zu dem ersten Auktionshaus?«

»Du musst nicht mitkommen, wenn du nicht willst.«

»Ich habe gesagt, ich komme mit, also komme ich mit«, erwiderte Jake zornig.

Während er das sagte, wurde er sich bewusst, dass er eigentlich nicht gehen wollte, aber genauso wenig wollte er Helen einen Vorwand liefern, ihn loszuwerden. Wenn sie nicht gewollt hätte, dass er mitkam, dann hätte sie ihn gar nicht erst auffordern sollen.

Mit finsterer Miene stapfte er hinter ihr her.

Beim ersten Versuch zogen sie eine Niete; es war ein Gebäude in der Nähe des *Musée d'Orsay*, ganz auf Hochglanz poliert und mit modernen Aquarien sowie Leuten in teuren Anzügen ausgestattet, die sich diskret murmelnd über die verschiedenen Versteigerungsgegenstände verständigten, von denen keines älter als ein paar Jahre aussah. Helen machte ihn verlegen, indem sie laut darüber redete, was für Mist das alles wäre, sicher bloß Kunst für Firmenkäufer, jedenfalls überhaupt nicht das, was ihren Vater interessierte – Jake hatte den Eindruck, dass sie das mit Absicht tat, um ihn zu ärgern. In Wirklichkeit tat sie es aber, um sich von der Tatsache abzulenken, dass es jetzt eben nur noch eine Möglichkeit gab, ihren Vater zu finden, bevor die Spur erkaltet war: *Mamoulian Frères* im 9. Arrondissement.

Mamoulian Frères war ein Ort genau nach dem Geschmack von Helens Vater: Sein wunderbar übertrieben barockes Inneres, alles vergoldeter Gips, beherbergte eine ebenso barocke Besucherklientel, die aus aller Herren Länder angelockt worden war; einige sahen so aus, als wären sie aus marokkanischen *souks* hier hereingeschneit oder von den legendären Märkten der Seidenstraße oder aus Samarkand. Da war ein russischer Emigrant, komplett mit einem Kragen aus Astrachan, goldenem Kneifer und Ziegenbärtchen ausgestattet; dort unterhielten sich in gedämpftem Tonfall Araber mit Ringen an den Fingern und in voller Kostümierung; dort sah ein Paar eineiiger Zwillinge in kurzen Seidenkleidern – eins grün, eins blau – aus wie aus den Achtziger Jahren des zwanzigsten Jahrhunderts, sie trugen lange Zigarettenspitzen, Schals um den Hals und Perlenketten.

Und mitten drin stand Gerald De Havilland und sog die Atmosphäre ein. Er liebte Auktionen, besonders an diesem Ende des Marktspektrums, wo die Möglichkeit, ein obskures Stück zu erwerben, das sich als wirklich wertvoll erwies, in etwa der Chance gleichkam, bei etwas vollkommen Falschem zu landen.

Um ihn herum waren die größeren Stücke in Glasvitrinen ausgestellt und standen auf verzierten Untersätzen, wenngleich die ausgestellten kleineren Artikel oft Duplikate waren – eine Sicherheitsmaßnahme seit einem gewagten Überfall in den Neunzigerjahren, als Räuber Rauchbomben gezündet und es geschafft hatten, leicht tragbare Schätze im Wert von einigen Millionen mitzunehmen. Ein solches Duplikat war es auch, für das er sich selbst interessierte: Der Stein, der als der »Kristall des Kummers« ausgestellt wurde, war, wie er wusste, eine Kopie aus Glas; der richtige befand sich im Safe des Auktionators.

Die Versteigerung war seit ungefähr vierzig Minuten im Gange, und De Havilland hatte sich bemüht, bei den Geboten eine Reihe anderer Stücke zu verfolgen – zum Teil, musste er zugeben, wegen des Nervenkitzels, aber hauptsächlich, um seine wahren Absichten zu verschleiern. Sein Ziel war nämlich, den Eindruck eines trägen, dilettantischen Käufers zu erwecken der einen Nachmittag vertrödelte, ohne auch nur ein bestimmtes Stück im Sinn zu haben, und zufrieden damit war, mit leeren Händen nach Hause zu gehen, wenn er nur seine Zeit ein wenig totschlagen konnte.

Er fragte sich, wie viele von seinen Mitbietern mit der gleichen Verschleierungstaktik hier waren – wenigstens die Hälfte, schätzte er. Einer aber versuchte das mit Sicherheit nicht: Ein großer Mann in einem Leinenanzug, fein gemacht mit einer extravaganten pfauenblauen Weste, schien derart fasziniert von dem Kristall, dass er ihn kaum aus den Augen lassen konnte. Seit er sich in den Umkreis der Vitrine begeben hatte, schien er tatsächlich unfähig, sie zu verlassen – immer wieder schlenderte er ein paar Schritte weg von ihr, nur um ruckartig anzuhalten, so als ob er sich am Ende einer unsichtbaren Leine befand; dann blickte er sich jedes Mal um, hielt den zusammengerollten Katalog an die Lippen und versuchte herauszubekommen, wer seine Rivalen beim Bieten sein könnten.

De Havilland hatte einen weiteren entdeckt: Eine hochgewachsene Frau in Schwarz mit einem großen weißen Hut, der ihr Gesicht im Schatten verbarg, schien das Betragen des Westenmanns stillvergnügt zu verfolgen. Sie stand auf der anderen Seite der Vitrine gegenüber von De Havilland, ungefähr gleich weit entfernt, und bislang hatte sie sich beim Bieten nicht beteiligt. Als sich ihre Blicke trafen, warf er ihr ein liebenswürdiges Lächeln zu.

Auf Geheiß des Auktionators machte sich der Assistent – großartig gekleidet in die rot-goldene Livree eines Lakaien aus dem achtzehnten Jahrhundert, komplett mit weißen Seidenstrümpfen, passenden Handschuhen und gepuderter Perücke – auf zu der Vitrine mit der Kristallkopie und deutete damit an, dass dieses Stück als Nächstes an der Reihe war. De Havilland blieb äußerlich ruhig und unbekümmert wie immer, spürte jedoch eine unkontrollierbare Anspannung in der Kehle. Seine Finger umfassten die Karte mit den Geboten fester.

Das Bieten entwickelte sich halbherzig und hie und da nur mit einem kurzem Aufblitzen von Interesse in der Menge, es gab keine große Begeisterung. Zu De Havillands Überraschung machte der Mann in der Weste keine Anstalten mitzubieten. Darüber wunderte er sich zunächst, dann vermutete er, dass der Kerl vielleicht darauf hoffte, im Anschluss an die Auktion irgendeinen Handel abzuschließen; wenn er sich jetzt aus der Versteigerung heraushielt und kein großes Interesse zeigte, dann würde das Stück für einen niedrigen Preis weggehen und ihm erlauben, anschließend demjenigen, der es erworben hatte, ein großzügiges Angebot zu machen. Das war oft ein guter und sichererer Weg, ein Objekt, das man wirklich haben wollte, an sich zu bringen, als offen dafür zu bieten, was im Allgemeinen den Preis eben in die Höhe trieb. De Havilland hatte selbst daran gedacht, so zu verfahren, aber jetzt beschloss er, das Stück lieber im Auktionsraum zu erwerben, damit er, wenn der Westenmann es wirklich kaufen wollte, der Verkäufer wäre.

Der Auktionator war unzufrieden über die Langsamkeit der Gebote und gab sich Mühe, das Stück zu preisen, indem er auf dessen merkwürdige Geschichte und die geheimnisvolle Herkunft hinwies – Experten wären nicht einmal in der Lage zu sagen, woraus es bestünde, aber es wäre erwiesenermaßen härter als Diamant. De Havilland musste schmunzeln, da er merkte, dass er sein Publikum überschätzt hatte. Es war ganz so, wie er gehofft hatte, der Kristall schien hier lediglich als eine Kuriosität zu gelten, viel zu groß und schwer für ein Schmuckstück und mit wenig Potenzial, dass er sich in kleinere Steine schneiden ließ. Nach einer dezenten Pause gab er mit lässigem Wedeln seiner Karte ein Gebot ab, wobei er die Karte möglichst lustlos in die Höhe hielt. Beim anschließenden Schweigen bemühte er sich, an dem Stand des Bietens so uninteressiert wie möglich zu sein, indem er sich mit der Bemerkung, alles sei an diesem Nachmittag ziemlich langweilig, an seinen Nachbarn wandte.

Kein Gegengebot.

Der Auktionator ließ seinen Blick durch den Raum schweifen, überlegte kurz, fand, dass er nur seine Zeit und Energie verschwendete, und ließ den Hammer herabfallen.

Zum Ersten.

De Havilland gähnte ausgiebig und blickte sich um, enttäuscht, dass es keine Konkurrenz geben würde.

Zum Zweiten.

Er bemerkte, dass der Westenmann sich bewegte, um näher an ihn heranzukommen; die Frau im weißen Hut konnte er nicht sehen ... doch, da war sie und sah mit dem gleichen amüsierten Ausdruck zu, auch sie hatte kein Gebot abgegeben. Spielte sie das gleiche Spiel wie der Westenmann und wartete auf ein privates Geschäft danach?

Zum Dritten!

Der Hammer sauste mit einem Krachen herab. De Havilland schürzte die Lippen und rollte mit den Augen wie jemand, der einen Scherz gemacht hatte und nun feststellen musste, dass er ernst genommen worden war. Der Mann mit der Weste kam auf ihn zu.

Jake und Helen waren kurz vor dem letzten Gebot auf der Besuchergalerie eingetroffen. Helen beugte sich über das Geländer und suchte angestrengt die Menge ab. Auch Jake spähte prüfend in die Runde.

»Da ist er!«, sagte Helen, dann hob sie ihre Hand vor den Mund und rief in in heller Aufregung. »Oh nein!«

»Was ist los?«, fragte Jake, der ihren Vater noch nicht entdeckt hatte.

»Dieser Mann da, mit dem er da steht … der in dem hellen Anzug … das ist mein Gentleman-Besucher!«

»Großartig«, murmelte Jake mit zusammengebissenen Zähnen.

Muss sie darüber so aus dem Häuschen sein?, dachte er bitter; ihm war ja nicht klar, dass Helen einfach unglaublich erfreut war, ihren Vater zu sehen. Missmutig betrachtete er die Menge und sah De Havilland schließlich, der mit einem großen Mann sprach, dessen Rücken der Galerie zugewandt war.

»Du gehst runter, ich warte hier oben.«

Helen warf ihm einen merkwürdigen Blick zu, ihr Gesicht strahlte.

»Du willst ihn doch nicht verlieren in der Menge«, meinte Jake.

»Ja, richtig!«, erwiderte Helen und eilte die Treppe hinunter.

Als sie in die Halle gelangte, hatte sich die Menge dort, wo ihr Vater war, gelichtet, und sie entdeckte ihn sofort. Sie drehte sich um zur Galerie und zeigte Jake den erhobenen Daumen; dann eilte sie zu ihrem Vater.

»Helen!«

»Hi, Dad.«

»Hallo, Mr. Raeburn … gekommen, um meinen Vater um meine Hand zu bitten?«

»Ihren Vater?«, fragte Raeburn mit einem überraschten Blick.

»Natürlich«, sagte Helen und hielt ihm ihre Hand zum Kuss hin.

Raeburn ließ sich auf das Spiel ein oder versuchte wenigstens, seine offensichtliche Verwirrung zu verbergen, jedenfalls beugte er sich über Helens Hand und seine Lippen berührten leicht ihre Finger.

»Kennt ihr euch?«, fragte ihr Vater erstaunt.

»Wir haben uns mal getroffen«, erklärte Helen.

»Aber was um Himmels willen tust du hier?«

»Ich bin mit Jake gekommen.«

Sie blickte hoch zur Galerie, um ihm ein Zeichen zu geben, dass er herabkommen solle, aber er war nicht mehr da.

15

Kristall-Geschichte

Jake war gerade lange genug auf der Galerie geblieben, um die Begnung zwischen Helen und dem Mann im Leinenanzug, dessen Gesicht er immer noch nicht sehen konnte, mitzubekommen, bevor er sich verärgert abwandte und die Treppe hinunterstürmte. Er war sich nicht ganz im Klaren darüber, ob er das Gesehene als Vorwand benutzen konnte, um seinem Ärger Luft zu verschaffen; gleichwohl gab ihm diese Möglichkeit ein gutes Gefühl. Und irgendwie half gerade die Anonymität des Rivalen, seine Abneigung gegen ihn zu schüren. Er hatte sich schließlich nicht den ganzen Weg nach Paris zerren lassen, nur damit Helen ihn im Handumdrehen wegen eines unbekannten Fremden verlassen konnte; er würde direkt zurück zur Wohnung gehen, seinen Pass holen und sich nach Hause aufmachen …

Als er in die Eingangshalle kam, bemerkte er, dass jemand neben ihm seinem Schritt folgte; sich umwendend sah er eine hochgewachsene Frau, elegant in Schwarz gekleidet, mit einem großen weißen Hut, der so geneigt war, dass er ihr Gesicht nicht richtig erkennen konnte. Dann drehte sie sich zu ihm um.

»Hallo, Jake … du gehst in meine Richtung.«

Es war Zoe.

Helen und ihr Vater saßen in dem Café neben dem Auktionshaus; ihnen gegenüber Macintosh Raeburn, offensichtlich in einem Zustand freudiger Erregung, aber aus irgendeinem Grund auch etwas verwirrt.

»Also, Mr. De Havilland, Sie werden erraten haben, warum ich hier bin?«

»Sie sind am Kristall des Kummers interessiert?«

»Interessiert?«, wiederholte Raeburn mit einem vielschichtigen Ausdruck zwischen Verachtung und Sorge. »Ja, vermutlich können Sie es so nennen … obwohl fasziniert vielleicht ein besseres Wort wäre; einige Leute, meine Ex-Frau zum Beispiel, würden wahrscheinlich sogar sagen vernarrt in ihn. Ja, ich habe mich den größten Teil meines Lebens für Ihren Kristall des Kummers interessiert, wenngleich ich ihn nicht so nennen würde.«

»Tatsächlich?«, meinte De Havilland mit hochgezogenen Augenbrauen.

»Wissen Sie etwas von seiner Geschichte?«, fragte Raeburn fast ein wenig heftig.

»Kaum etwas«, erwiderte De Havilland leichthin. »Ich hatte vor, Nachforschungen anzustellen …«

»Vielleicht könnte ich Ihnen die Mühe ersparen«, unterbrach ihn Raeburn.

»Nun, ich weiß nicht, ob ich das möchte«, lächelte De Havilland. »Ich finde, das ist der halbe Spaß bei solchen Kuriositäten: herauszubekommen, wo sie herkommen.«

Helen betrachtete Raeburn, der ihr wie die vollkommene Verkörperung eines Mannes vorkam, der wegen irgendetwas hin- und hergerissen ist: Ein Teil von ihm befand sich offensichtlich im Griff einer starken Emotion, einer Leidenschaft, die er nur mit Mühe zügeln konnte; aber der andere Teil wurde von etwas ganz anderem abgelenkt, von etwas, das er nicht ganz verstehen konnte, das sich aber auf Helens Vater zu konzentrieren schien; das zeigte sich in der Art, wie er ihn immer wieder ansah und dann wegschaute.

»Letztendlich würden Ihre Nachforschungen Sie doch nur zu mir führen«, sagte er. »Es gibt sonst keinen, der Ihnen darüber etwas erzählen könnte.«

Seine Stimme hatte eine merkwürdige Mischung aus Verärgerung und Flehen. De Havilland betrachtete ihn kühl.

»Nun gut … ich habe es nicht eilig wegzukommen.«

Jetzt, als Raeburn die Gelegenheit bekam, schien er unsicher, wo er beginnen sollte; er machte mehrere Ansätze und schüttelte dann irritiert den Kopf. Schließlich sagte Helens Vater nicht unfreundlich: »Warum befolgen Sie nicht den Rat des Roten Königs in *Alice im Wunderland*, Mr. Raeburn? Beginnen Sie mit dem Anfang und erzählen Sie immer weiter, bis Sie zum Ende kommen.«

»Ah? Was? Gut, ich denke, das könnte klappen … aber es gibt da eine Sache, die sich geradezu aufdrängt, daher sollte ich die lieber gleich abhaken … sie kommt eigentlich erst viel später in der Geschichte dran, aber ich bitte Sie, sie im Auge zu behalten, während ich Ihnen den Rest erzähle.«

Helen lächelte ihren Vater an, als Raeburn sich vorbeugte, die Ellbogen auf dem Tisch, die Hände zu ihnen ausgestreckt wie in schauspielerischer Pose. Seine Augen glänzten vor Aufregung.

»Wir sind am Hof des Herzogs von Mailand, Anfang des 16. Jahrhunderts. Der Hof ist in Trauer; es ist weniger als eine Woche her, dass eine junge Adlige – vielleicht die Nichte des Herzogs, möglicherweise auch seine Tochter – in der Familiengruft zur letzten Ruhe gebettet wurde, nachdem sie unter mysteriösen Umständen gestorben ist. Finstere Gerüchte machen die Runde: Es wird gemunkelt, dass der Herzog selbst ihren Tod angeordnet hat, nachdem ein Auftrag, den sie ausführen sollte, gescheitert war. Wie auch immer, der Herzog ist ernster Stimmung und hat alle Personen bis auf ein paar Bedienstete weggeschickt, während er mit seinem Cousin, dem Kardinalerzbischof von Mailand, Staatsangelegenheiten bespricht.

Plötzlich entsteht Lärm im Korridor – nicht in dem, der in die privaten Gemächer führt, sondern in dem, der in die Gruft führt. Dann schlurft vor den entsetzten Augen eines halben Dutzends Anwesender eine groteske Gestalt in den Raum. Einer der Zeugen sagte aus: ›Sie ging wie eine Puppe und warf hektisch ihre Arme und Beine vor und zurück.‹ Ein anderer Zuschauer bemerkte, dass sie ›von flackernden Schnüren aus grünem Licht zusammengehalten schien‹. Alle bezeugten, dass es die junge Frau gewesen sein musste, die sie kurz zuvor noch beigesetzt hatten, nun war sie wiederbelebt durch irgendeine Zauberei, denn sie war ja unzweifelhaft tot, der Zustand ihres Körpers war eindeutig – es war Hochsommer, und es war sehr heiß gewesen.«

Helen fühlte, wie sich ihr der Magen umdrehte.

»Was passierte dann?«, fragte sie mühsam.

»Die Leiche unternahm einen mörderischen Angriff auf den Herzog, sie hatte ein Messer in der Hand, aber die Herausforderung für den verwesenden Körper war zu hoch und er brach in Flammen aus.«

»Ihhh!«, schrie Helen.

Und auch ihr Vater blickte skeptisch drein.

»All dies ist Stück für Stück in einem Dokument in der Bibliothek des Vatikans niedergelegt«, sagte Raeburn, »wenngleich man eine besondere Genehmigung braucht, um es einzusehen ... glücklicherweise kenne ich den einen oder anderen Kardinal. Aber wie ich schon sagte, all dies hat sich erst viel später zugetragen, doch wir werden darauf zurückkommen.«

»Ich kann es kaum abwarten«, meinte Helen und verzog das Gesicht.

Raeburn lehnte sich in seinem Stuhl zurück und betrachtete die beiden, um sich zu vergewissern, dass sie ihm volle Aufmerksamkeit schenkten, dann fuhr er mit seinem Bericht fort.

»Der Anfang der Geschichte liegt lange zurück ... etwa siebenundzwanzig Jahrhunderte, und selbst das war nicht der eigentliche Anfang, denn sie haben es dort vorgefunden, als sie ankamen, Byzas von Megara und seine Mannschaft von Überseekaufleuten, die nach Norden zum Schwarzen Meer segelten, um auf den Rat des Orakels von Delphi hin eine Kolonie zu gründen ›im Land gegenüber, im Land der Blinden‹, wie es ihnen befohlen ward; und als Byzas den wunderbaren natürlichen Hafen sah, den die Chalkedonier auf der gegenüberliegenden Küste irgendwie übersehen hatten, nahm er an, dass das genau der Ort sein müsste.

Das Gelände, das sie auswählten, lag auf einer Klippe, und es gab dort eine merkwürdige Felsformation, die aussah wie eine Art Steinhaufen oder Hinkelstein. Und mitten während der Feierlichkeiten – eine Stadt zu gründen verlangte alle möglichen religiösen Rituale, Opfer für die Götter, Trinkrituale, Taufen der Erde und so weiter – wurde dieser Fels aus heiterem Himmel von einem Blitzstrahl getroffen, jedenfalls erzählt es die Geschichte so. Als sich alle von dem Schock erholt hatten, sahen sie, dass der Felsen sich aufgelöst und etwas enthüllt hatte, das schon darin gewesen sein musste, eine Art Statue auf einer Säule.«

»Eine Statue?«, fragte Helen.

»Sie haben sie den Basilisk aus Bronze genannt, obwohl es sicherlich keine Bronze war, denn das Metall ist nicht angelaufen, und wahrscheinlich war es auch nicht das, was wir heute einen Basilisk nennen würden, eine Art kleine gekrönte Schlange. Dieses Geschöpf hatte nach allem, was man weiß, den Schwanz einer Schlange, ›nackte Schwingen‹, was, wie ich annehme, federlose Flügel bedeutet, so wie die einer Fledermaus, aber auch einen Vogelkopf mit einem Schnabel wie ein Adler, und darauf war eine Art Krone. Auf dem Rücken hatte das Tier einen Hebel, der, wenn man ihn nach hinten drückte, eine kleine Luke öffnete und das Herz des Basilisken sehen ließ.«

»Sein Herz?«, fragte Helen.

»Ich komme gleich darauf. Wenn der Hebel nach vorn geschoben wurde, leuchtete aus dem Schnabel des Basilisken ein Licht, und Wunder wurden enthüllt.«

Er legte eine dramatische Pause ein und warf funkelnde Blicke in die Runde.

»Wunder wurden enthüllt?«, wiederholte Helen langsam.

»Ja, oder Mysterien wurden gezeigt; der griechische Ausdruck kann beides bedeuten: *Thaumatophane.*«

»Welche Art Wunder?«

»Offenbar ließen sie sich nicht beschreiben. Wie Sie sich denken können, nahmen die Siedler an, dass das etwas ziemlich Besonderes und Heiliges sein musste, innerlich war es ihnen gleich bei der Gründung der Stadt enthüllt worden, also bauten sie einen eigenen Tempel dafür und schufen einen religiösen Kult. Die Stadt, die sie gründeten, war Byzanz, das spätere Konstantinopel, das jetzt Istanbul heißt.«

»Sein Herz«, meinte Helen, »Sie haben vergessen, davon zu sprechen.«

Raeburn warf einen langen Blick in die Runde, als wäge er eine gewichtige Äußerung ab.

»Sein Herz war ein leuchtender Kristall.«

Helens Vater schürzte die Lippen und neigte den Kopf zur Seite.

»Und Sie glauben, jener Kristall ist … nun, dieser Kristall?«

»Ich weiß es!«

»Was macht Sie so sicher?«, fragte De Havilland und beäugte ihn skeptisch. »Sagen Sie mir nicht, weil er es einfach sein muss.«

Raeburn wirkte ein wenig irritiert, als hätte man ihm das Wort verboten. Nach kurzem Zögern aber sagte er:

»Es ist nicht ganz klar, warum *Thaumatophane* außer Gebrauch kam, aber es war so. Einige meinen, er ging einfach kaputt, andere schlagen finsterere, komplexere Gründe vor und meinen, dass die Betätigung der Maschine und das, was sie zeigte oder enthüllte, irgendwie vom Willen oder dem Charakter desjenigen beeinflusst wurde, der sie bediente, sodass, wenn der Betreffende korrupt war, dies eben auch die Visionen waren … es gibt auch Hinweise darauf, dass die Menschen sich nicht länger damit begnügen wollten, die Erscheinungen nur zu beobachten, sondern begannen, daran teilzunehmen – es ist nicht klar, was damit gemeint war, aber kurz darauf wurde der Kult entweder unterdrückt oder, das ist wahrscheinlicher, auf eine Elite beschränkt, die sogenannten Hüter des Kristalls; jedenfalls scheint sicher, dass der Kristall dann getrennt von der Maschine aufbewahrt wurde. Irgendwann dann – wieder ist der Grund unklar – wurde der Mechanismus auseinandergenommen und weggeschafft, der bronzene Basilisk war nur noch eine Hülle; meine Vermutung ist, dass ihn die Ikonoklasten im achten Jahrhundert zerstört haben. Aber der Kristall hat überlebt. Michael Scotus hatte von ihm im dreizehnten Jahrhundert Kenntnis und er war noch zur Zeit seines Todes mit der Suche nach ihm beschäftigt …«

»Michael Scotus?«, fragte Helen. »Der Gleiche, der in Dantes *Inferno* vorkommt?«

»Könnte gut sein, er war ein berühmter Zauberer im Mittelalter; er kam aus Schottland, wahrscheinlich aus Balwearie in der Grafschaft Fife, studierte Mathematik hier in Paris, auch Magie, so heißt es, und wurde schließlich Hofastrologe bei Kaiser Friedrich in Sizilien. Angeblich war er der größte Gelehrte des Mittelalters. Er war ein Kenner des Arabischen, wodurch er wahrscheinlich Kenntnis vom *Thaumatophanen* hatte – Europa bekam aus der islamischen Welt das ganze klassische Wissen zurück, das es in der Zwischenzeit verloren hatte, und mehr noch dazu; wussten Sie, dass es im zehnten Jahrhundert mehr als einhundert Buchhandlungen in Bagdad gab? Zu einer Zeit, als in Europa überhaupt nur wenige Menschen lesen konnten.«

»Das ist etwas, das wir nicht gerade bereitwillig zugeben«, sagte Helens Vater, »dass die westliche Zivilisation auf islamischer Wissenschaft gegründet ist.«

»Richtig«, meinte Raeburn, »aber es ist trotzdem so. Jedenfalls suchte Scotus nach dem Kristall und den verstreuten Teilen des *Thaumatophanen*, aber er konnte das Rätsel offenbar nicht lösen, denn die gleiche Suche wurde drei Jahrhunderte später von dem Magier Albanus wieder aufgenommen, der wie Scotus als der größte Gelehrte seiner Zeit galt. Eine Weile war er im Dienste des Herzogs von Mailand, was uns an den Ausgangspunkt meines Berichts zurückbringt. Eine der Aufgaben, die Albanus für den Herzog erledigte: Er besorgte ihm Emissäre – Spione also –, aber welche der besonderen Art. Kennen Sie den Ausdruck *Metempsychosis*?«

»Seelenwanderung«, antwortete Helen. »Plato spricht davon in seinem *Staat*. Bei der Seelenwanderung wandert die Seele nach dem Tod zu jemand anderem und wird wiedergeboren, sodass das ganze Wissen aus dem vorherigen Leben im Neuen tatsächlich erinnert wird – *Anamnesis* heißt das.«

»Schau an!«, sagte Raeburn. »Ich bin beeindruckt! Aber die *Metempsychosis* des Albanus war etwas anderes, vielleicht wäre es zutreffender, von Seelenprojektion zu sprechen. Es sieht so aus, als ob er sich in eine tiefe Trance versetzen konnte, aus der ihn zu wecken seinen Dienern ausdrücklich verboten war, weil das fatale Folgen haben könnte; in diesem Zustand konnte er angeblich den größeren Teil seiner Lebenskraft in den Körper eines anderen projizieren und so dessen Kontrolle übernehmen …«

»Sie meinen einen toten Körper?«, fragte Helen.

»Nicht ganz, nein, aber dazu kommen wir gleich. Nein, das eigentliche Ziel war, den Körper durch seinen lebenden Besitzer zu kontrollieren, ›so dass der Kutscher geht, aber sein Herr ihn dirigiert‹, wie es im Archiv des Vatikan so schön geschrieben steht ... ein bisschen ist es so, wie ein Taxi zu nehmen, denke ich.«

An diesem Punkt beugte sich Helens Vater mit einem Ausdruck lebhaften Interesses vor.

»Sie können natürlich die Vorteile erkennen«, meinte Raeburn. »Man hat einen Boten, den man an den Hof seiner Feinde schicken kann, der in Wirklichkeit ein ... nun, ein Abhörgerät ist, könnte man sagen, aber noch mehr als das: Man kann mit seinen Ohren hören und mit seinen Augen sehen, und man kann ihm Anweisungen vor Ort geben, ihm befehlen, was er dort sagen und tun soll ...«

Helen sah voller Sorge, dass das Gesicht ihres Vaters ganz bleich geworden war; es war zu erkennen, dass ihm nicht wohl war. Raeburn war von seiner Erzählung ganz ergriffen und fuhr fort:

»Als Albanus seinen Dienst quittierte, befürchtete der Herzog, dass er die gleichen Kräfte in den Dienst seiner Rivalen stellen und nun gegen ihn selbst richten würde; daher plante er einen Mord. Er schickte eine Frau zu Albanus – es hieß, dass er auf diesem Gebiet empfänglich war –, in der Hoffnung, dass sie nahe genug an ihn herankommen könnte, um ihn zu töten. Albanus jedoch durchschaute den Plan, bemächtigte sich ihrer und ihrer Dienste und schickte sie zurück zum Herzog; der war ein misstrauischer Typ, ließ ihr einen Hinterhalt legen und sie umbringen. Aber das war, wie Sie schon gehört haben, immer noch nicht genug, um den Plan des Albanus zu vereiteln.«

»Er hat den Leichnam also wiederbelebt?«, fragte Helens Vater in einem mehr als flüsternden Ton.

»Nun, nach Aussage der gelehrten Dominikaner, welche die Untersuchung für den Vatikan vornahmen, war der Leichnam nie ganz leblos gewesen; obwohl angenommen wurde, dass die Seele der jungen Frau geflohen war, als sie erwürgt wurde, so blieb doch offenbar ausreichend von der Lebenskraft des Albanus in ihrem Körper zurück, um die Funktionen des Körpers aufrechtzuerhalten, allerdings nur sehr unvollkommen, wie aus den Überlieferungen hervorgeht, und vor allem nur mit einem gewaltigen Aufwand an Energie.«

Helen, die ihren Vater beobachtete, machte sich Sorgen, dass er das Bewusstsein verlieren könnte; sie wollte einerseits Raeburn zum Schweigen bringen und andererseits ihrem Vater helfen, zugleich wollte sie auch das Ende der Geschichte hören.

»Aber was hat all das nun mit dem Kristall zu tun?«, drängte sie verzweifelt in der Hoffnung, dass ein Wechsel des Themas die Pein ihres Vaters lindern könnte.

»Darauf wollte ich gerade kommen«, sagte Reaburn. »Der Herzog verbannte Albanus unter Androhung der Todesstrafe wegen Hexerei ins Exil; er musste nach Frankreich flüchten, was ihm überhaupt nicht passte, da er sich mit einem Projekt befasste, das solche handwerklichen Fähigkeiten erforderte, die zu dieser Zeit nur in Italien anzutreffen waren. Also engagierte er einen Agenten, der in seinem Auftrag handeln sollte. Aber der betrog ihn; Albanus wurde nach Ferrara gelockt mit dem Versprechen von sicherem Geleit durch den dortigen Herzog; aber dieser war, wie sich herausstellte, mit der Schwester des Herzogs von Mailand verheiratet und ließ Albanus gefangen nehmen und auf dem Scheiterhaufen verbrennen. Als Belohnung erbat sich der Verräter etwas vom Herzog, das dem Zauberer gehört hatte, und der Herzog gab ihm dies bereitwillig. Dieses Etwas war der *thaumatophanische* Kristall.«

»Woher wissen Sie das?«, fragte Helen.

»Weil er auf dem einzigen Porträt des verräterischen Agenten auftaucht, dessen Existenz bekannt ist, und dieses Bild wurde nicht lange, nachdem Albanus verraten worden war, gemalt – ein Gemälde, das dir, wie ich weiß, vertraut sein sollte, da es Teil deiner Familiensammlung ist ...«

Er lächelte über das aufdämmernde Verstehen, das sich auf Helens Gesicht abzeichnete.

»Ja, es ist dasselbe, das im Kofferraum eines Mercedes gefunden wurde, zugelassen auf Aurelian Pounce, geparkt neben jenem Haus in Forcalquier, das auf so geheimnisvolle Weise zerstört wurde letzten Sommer – *Das Geheimnis des Alchemisten*, glaube ich, heißt es.«

»Ruggiero da Montefeltro also soll Albanus verraten haben?«, hauchte Helen.

Raeburn nickte lächelnd.

»Im Tausch für den Kristall, den dein Vater anscheinend gerade ersteigert hat ... obwohl das etwas ist, das ich nicht ganz verstehe ... aber ich denke, ich sollte mich jetzt lieber raushalten. All dies scheint ein wenig zu viel gewesen zu sein für Mr. De Havilland. Hier ist meine Karte, ich nehme an, Sie werden sich mit mir in Verbindung setzen wollen.«

Er erhob sich und verließ, immer noch ein wenig lächelnd, den Raum.

16

Elgin Marbles

Jake musste nicht groß überredet werden, Zoe in ein Café auf der anderen Straßenseite zu begleiten. Es war ganz aus geschnitztem Holz und alten Spiegeln, auf denen Herren des Fin-de-Siècle mit großartigen Schnurrbärten und Melonen zu sehen waren, die sich von göttinnengleichen Frauen des Art nouveau, also des Jugendstils, Absinth servieren ließen. Zoe und Jake wählten einen Tisch in einer kleinen holzverkleideten Nische. Zoe lächelte ihm unter ihrem Hut verschmitzt zu.

»Sag, ist das nicht eine Überraschung?«

Ihr Ton legte nahe, dass sie das nicht ganz so meinte.

»Für mich schon«, erwiderte Jake.

Noch ein Lächeln.

»Ich hatte gehofft, du könntest mir einen Gefallen tun.«

»Jaahhh?«, fragte Jake.

»Ich hatte wirklich gehofft, du könntest mich Gerald De Havilland vorstellen.«

»Aber … ich dachte … sind Sie nicht …?«

»Nun, offensichtlich nicht, da ich ihn noch nie getroffen habe«, sie lächelte.

»Aber in London … haben Sie da nicht …?«

»Es war, wie Helen vermutet hat … es ist ein guter Trick, wenn du jemals eine andere Identität annehmen musst … ergreife einfach die, die man dir zuschreibt.«

Geheimnisvoll lächelnd setzte sie ihren Hut ab und legte ihn neben sich auf die Bank.

»Wer du bist, hängt immer von den Umständen ab … in London so unbefangen in Gerald De Havillands Wohnung, da war ich seine Geliebte. Aber jetzt, hier in Paris – *voilà!* –, bin ich jemand ganz anderes.«

Mit schwungvoller Bewegung griff sie in ihr kupferfarbenes Haar und legte die Perücke auf den Tisch, wo sie zwischen ihnen wie ein exotisches an den Strand gespültes Meerestier lag. Ihr eigenes Haar war dunkel und kurz geschnitten. Eine Schauspielerin, dachte Jake. Ohne die Perücke wirkte sie jünger, beinahe knabenhaft.

»Aber … wenn Sie nicht … nun, Sie wissen schon was, sind … was haben Sie dann in seiner Wohnung gemacht?«

»Nachforschungen angestellt.«

»Sind Sie … von der Polizei?«, fragte Jake; er hatte plötzlich Angst, in Gedanken stellte er blitzartig eine Verbindung zwischen *Silk House* und der Wohnung von Helens Vater her.

»Nein, nicht von der Polizei.«

»Dann sind Sie also nur eine Einbrecherin?«, fragte er, fast ein wenig fröhlich vor Erleichterung.

»Das kann ich sein, wenn sich die Notwendigkeit ergibt. Alles Teil meines Jobs«, sagte sie grinsend.

»Und was genau ist Ihr Job?«

»Man könnte sagen, ich arbeite im Verborgenen.«

»Sie meinen wie der Geheimdienst?«

Sie lachte.

»Nun, so ähnlich, aber nicht ganz so spektakulär. Ich arbeite für ›Kultur und Kulturbesitz‹.«

Jake gelang es, sein ungläubiges Lachen in ein schnaufendes Husten zu verwandeln.

»Kultur und Kulturbesitz? Hat das nicht mit alten Schlössern zu tun und Museen und solchen Sachen?«

»Und was ist daran so komisch?«, fragte sie mit gespielter Entrüstung. »Nie von den *Elgin Marbles* gehört?«

Jake überlegte. Er wusste, dass Elgin eine Stadt in der Nähe von Inverness im Verwaltungsbezirk Moray war, und *marbles*, Murmeln, das war natürlich ein Spiel, das man in der Grundschule spielte, *bools* war der schottische Name dafür. Irgendwie dachte er nicht, dass Zoe das meinte. Er schüttelte den Kopf.

»Lord Elgin war der britische Botschafter in Griechenland zu der Zeit, als es noch unter türkischer Herrschaft stand. Er hat eine große Anzahl klassischer Antiquitäten gekauft – Marmorstatuen, Friese, Skulpturenschmuck des Panthenon in Athen und so weiter – und nach Großbritannien verschifft, wo sie noch heute im Britischen Museum gezeigt werden. Seit Griechenland unabhängig geworden ist, hat es immer wieder deren Rückgabe verlangt. Es ist eine brisante politische Angelegenheit.«

Jake hatte keine Ahnung, was Zoe damit meinte.

»Äh, ich bin mir nicht ganz sicher, dass ich Ihnen folgen kann«, sagte er.

»Ich wollte nur klarstellen, dass einige Länder – fast alle genau genommen, die eins besitzen – ihr kulturelles Erbe sorgfältig hüten. Du musst doch mal von dem Gerede gehört haben, wenn jemand im Ausland ein altes Gemälde oder eine Skulptur kauft und sie außer Landes bringen will; die meisten Staaten verlangen eine Ausfuhrgenehmigung, wenn man antike Stücke exportieren will, und meistens wird sie gar nicht erteilt.«

Sie beobachtete ihn und lächelte. In Jakes Gehirn begann es zu rotieren. Antike Stücke. Also darum ging es! In seinem Hinterkopf hatte er sich öfter gefragt, ob es legal war, als Stephen Langton die Maschine des Alchemisten einfach an sich nahm – wer's als Erster findet, dem gehört's, das funktionierte vielleicht auf dem Spielplatz, aber kaum im wirklichen Leben. Er hatte das Gefühl, an den äußersten Rand eines gefährlichen Abhangs getreten zu sein: Wenn er jetzt das Falsche sagte, konnte er allen möglichen Leuten Schwierigkeiten bereiten, sich selbst auch.

Zoe sah, dass er ängstlich dreinblickte, dann beschloss sie, ihn zu retten.

»Mach dir keine Sorgen, Jake, wie ich schon sagte, ich bin nicht von der Polizei. Wiederbeschaffung – daran sind wir interessiert, nicht an Verfolgung. Tatsächlich gibt es meistens sogar irgendeine Belohnung, obwohl wir natürlich nicht mit den reichen skrupellosen Sammlern konkurrieren können.« Sie runzelte die Stirn. »Wenn sie ein Stück wirklich haben wollen, sind einige Leute bereit, fast alles zu zahlen … und zu tun.«

Sie schaute ihn neugierig an. Fast alles – auch einen anderen Sammler ermorden lassen, dachte Jake. Jetzt steckte er in einem wirklichen Dilemma: Er wollte Zoe helfen, aber was konnte er ihr sagen? Sie kommen zu spät, Mr. Langton ist ermordet und die Maschine gestohlen worden? Das zu erklären würde ihn in eine Situation bringen, in die er sich lieber nicht begeben wollte. Andererseits, konnte er sie wirklich einfach so Helens Vater vorstellen? Was, wenn sie doch von der Polizei war?

»Warum wollen Sie, dass ich Sie vorstelle? Warum sprechen Sie ihn nicht einfach selbst an?«

»Eine kluge Frage, Jake. Ich muss ihn bei günstiger Gelegenheit antreffen, um sein Vertrauen zu gewinnen. Wenn ich mich ihm einfach so nähere, würde er mich ganz sicher abweisen.«

Klingt einleuchtend, dachte Jake. Sie sind wahrscheinlich noch drüben in den Auktionsräumen. Ich könnte sie jetzt gleich dahin mitnehmen – aber es gab noch etwas, das er vorher wissen wollte. Er sah sie eindringlich an und fragte: »Sie waren in *Silk House*, nicht wahr?«

Sie neigte den Kopf zur Seite, hob die Augenbrauen und schob die Unterlippe vor, er war schlau und hatte ins Schwarze getroffen.

»Hat dir Helen das gesagt?«

»Sie hat Ihr Parfüm erkannt.«

»Kluges Mädchen! Du wirst aufpassen müssen, Jake, es wird dir nicht gelingen, etwas hinter ihrem Rücken zu tun!«

Jake schmunzelte über diese Schmeichelei, aber er war gewitzt genug, um zu merken, dass sie ihn irgendwie ablenken wollte. Er führte das Gespräch wieder zum Thema zurück.

»Haben Sie also Stephen Langton getötet?«

Sollte seine Direktheit sie überrascht haben, sie ließ es sich nicht anmerken; sie warf ihm lediglich einen halb ernsten, halb abschätzenden Blick zu.

»Nun, ich denke, ich hätte es gewesen sein können. Was prüft die Polizei bei so etwas? Motiv, Tatwaffe und Gelegenheit? Na ja, ich hatte mit Sicherheit die Gelegenheit oder hätte sie gehabt, wenn ich ein wenig früher dort gewesen wäre … und ich bin überzeugt, ich hätte auch die Waffe finden können … du kannst zudem aus allem, was ich dir gerade erzählt habe, schließen, dass ich auch ein Motiv haben könnte. Aber warum wäre ich dann immer noch hier? Wenn es die Maschine des Alchemisten sein sollte, hinter der ich her bin – und du hast völlig recht«, hier hielt sie kurz inne und sah das Glitzern in seinen Augen, dann fuhr sie fort »das ist es, worum sich das Ganze dreht –, dann würde ich kaum etwas so Extremes tun wie einen Menschen töten, außer es wäre die einzige Möglichkeit, um in den Besitz der Maschine zu kommen, oder? Und wie gesagt, wenn ich sie schon hätte, warum wäre ich dann wohl noch hier und würde versuchen, dich zu überreden, mich mit Gerald De Havilland bekannt zu machen?«

Jake saß eine Weile einfach still da und dachte darüber nach; es schien ihm ein ziemlich gutes Argument, und ihre Offenheit wirkte entwaffnend. Sie leugnete nicht, dass sie dort gewesen war, auch nicht, dass sie als Verdachtsperson für den Mord infrage kam – ob sie auch so cool wäre, wenn sie ihn tatsächlich begangen hätte? Er zögerte immer noch, sie Helens Vater vorzustellen. Auf der anderen Seite war es aber auch eine Versuchung, mit einer so schönen Frau aufzutauchen, besonders wenn Helen noch immer ihren »Gentleman-Besucher« umgarnen sollte: Damit würde er es ihr zeigen!

»Wann würden Sie ihn gerne treffen? Ich denke, sie sind wahrscheinlich noch drüben.«

»Oh, ich habe es nicht besonders eilig«, entgegnete sie zu Jakes Überraschung. »Ich wollte einfach nur sicher sein, dass ich ihn treffen kann … genau genommen würde ich es lieber noch ein wenig hinausschieben … wirst du morgen noch in Paris sein?«

Nun, das hatte er eigentlich nicht vor, dachte Jake, aber das war, bevor er sie getroffen hatte. Mit einem Kopfnicken beantwortete er die Frage.

»Gut! Jetzt musst du mich für einen Augenblick entschuldigen, ich muss einen Anruf tätigen.«

Sie holte ein winziges Handy aus ihrer Handtasche, drückte einige Tasten und hielt das Telefon an ihr Ohr. Währenddesen schenkte sie Jake ein Komplizenlächeln, als wäre er gleich ein Gesprächsgegenstand. Dann musste jemand am anderen Ende sein, sie begann schnell in einer Sprache zu reden, die Jake nicht erkannte; es klang ein bisschen wie Italienisch, aber er konnte so viel Italienisch, um zu wissen, dass es das nicht war. Als das Gespräch beendet war, lächelte sie Jake wieder zu, diesmal entschuldigend.

»Es ist international, dieses Geschäft.«

»Äh, für welche Regierung, sagten Sie, arbeiten Sie?«, versuchte es Jake.

»Habe ich nicht gesagt«, erwiderte sie mit einem entwaffnenden Grinsen.

»Und Sie werden es auch nicht sagen?«

»Lass es mich so formulieren, ich repräsentiere die rechtmäßigen Eigentümer.«

Wieder ein Grinsen; es signalisierte, dass das Thema abgeschlossen war. Sie nahm ihre Perücke an sich und stopfte sie in die Handtasche, dann nahm sie ihren Hut.

»Und nun, fürchte ich, muss ich los«, sagte sie.

»Aber … wie kann ich mit Ihnen Kontakt aufnehmen?«

»Mach dir keine Sorgen, ich finde dich schon«, sprach sie lächelnd.

Er machte einen letzten Versuch.

»Aber wenn Sie ihn nicht getötet haben, wer dann?«

Sie schaute ihn geheimnisvoll und vielsagend an, drehte die Handflächen nach oben und tat unwissend, aber ihr Gesichtsausdruck widersprach ihrem Achselzucken.

»Was glaubst du denn?«, fragte sie.

Sie drehte sich auf dem Absatz um und war schon verschwunden; zurück blieb ein schwacher Hauch ihres Parfüms, während Jake weiter damit beschäftigt war, seine Gedanken zu sammeln und zu grübeln.

17

Enthüllungen

Da ist etwas, das ich dir sagen muss, Helen.«

Sie saß ihrem Vater gegenüber. Er sah jetzt wieder normaler aus, nur sehr müde. Ganz plötzlich hatte sie das Gefühl, dass jetzt, bevor er etwas sagte, der Moment gekommen war, es ihm zu sagen.

»Bevor du etwas sagst, Dad, es gibt da auch etwas, das ich dir erzählen muss.«

Ihre Worte machten ihn hellwach. Sie konnte sehen, dass er in Gedanken die Liste durchging, die ein junges Mädchen veranlassen könnte, so zu ihrem Vater zu sprechen. Schnell, bevor er sich auf eine vollkommen falsche Spur begab, sagte sie daher:

»Stephen Langton ist tot. Er ist ermordet worden.«

»Was? Nein!«

Erleichtert sah sie, wie betroffen er war; er war offensichtlich völlig ahnungslos.

Verzweifelt vergrub er den Kopf in seinen Händen.

»Mein Gott, es ist meine Schuld«, sagte er.

Eine Weile saß er da und verarbeitete die Information. Dann

blickte er sie an und sagte: »Aber das verändert die Situation und das, was ich dir zu sagen habe.«

Er holte tief Luft und blickte sie fest an.

»Ich glaube, ich habe einen Mann getötet.«

Er sah den plötzlichen Schrecken über ihr Gesicht huschen und fuhr rasch fort.

»Nein, nicht Stephen … tatsächlich, so denke ich jetzt, war es jener Mann, der Stephen getötet hat.«

»Was … was ist passiert?«, fragte Helen fassungslos.

»Ich war auf dem Weg zum *Waterloo*-Bahnhof, und er hat mich überfallen. Es gibt da einen sehr abgelegenen Abschnitt, gleich hinter der *Westminster*-Brücke, der nur aus sich kreuzenden Brücken besteht, ziemlich verlassen und schlecht beleuchtet. Ich habe geglaubt, ich würde verfolgt, aber ich konnte niemanden sehen, dann ist der Kerl plötzlich aus dem Schatten direkt vor mir aufgetaucht … frag mich nicht, wie er dorthin gekommen ist. Ich dachte, ich wäre ihm gewachsen – er war ein ziemlich kleiner Mann – aber er war erschreckend stark –, und er hatte ein Messer. Ich konnte gerade noch verhindern, dass er es mir in die Gurgel stieß. Dann passierte etwas Merkwürdiges: Plötzlich schien er jedes Realitätsbewusstsein zu verlieren, weißt du, als wäre er gerade aufgewacht, stellte er einfach den Versuch ein, mich zu töten. Ich aber habe mich weiter mit aller Kraft gewehrt, und so schoss das Messer zurück in seine Kehle.« Helens Vater starrte vor sich in, als ob alles noch einmal vor seinen Augen ablief.

»Das Messer steckte in ihm, dann gab er eine Art Gurgeln von sich und sank nach unten zwischen die Mülltonnen … Ich habe ihn da liegen lassen und bin zurück zur Brücke gelaufen und habe das Messer in den Fluss geworfen. Kein Mensch war in der Gegend … ich musste den Zug bekommen, deshalb habe ich mich gezwungen, schnell nochmal zu der Stelle zurückzufahren, wenn auch auf der anderen Straßenseite … ich bin mir ziemlich sicher, dass er tot war.«

»Oh, Dad!«, hauchte Helen.

Sie starrte ihn schockiert und schweigend an; sie dachte in diesem Moment nicht daran, dass ihr Vater einen Menschen getötet hatte, sondern wie wahrscheinlich es war, dass er geschnappt würde. Offenbar hatte ihn niemand gesehen, und das Messer lag auf dem Grund der Themse … Sie fragte sich, wie viel Aufsehen der Fall erregen würde; immerhin gab es in London eine Menge gewaltsamer Todesfälle, so wie in jeder anderen Großstadt auch.

»Wer war es?«, fragte sie nach einiger Zeit.

»Ein Rumäne, er hieß Dr. Sarden Negulescu.«

»Warum … warum nimmst du an, dass er Stephen getötet hat?«

»Nun«, sagte er nachdenklich, »das hängt mit dem anderen zusammen, was ich dir erzählen muss …«

Und er breitete die ganze Geschichte von Anfang an aus, erzählte, dass der kleine Doktor ihn fälschlicherweise für Stephen Langton gehalten hatte und dass er meinte, es wäre klug, aus London zu verschwinden. »Mir war ziemlich klar, dass er zurückkommen und versuchen würde, die Maschine zu stehlen, aber es ist mir nie in den Sinn gekommen, dass er dabei Stephen antreffen würde. Doch genau das muss passiert sein … Ich hatte einfach angenommen, dass Stephen länger weg sein würde, er war ja kein Mensch, der hinterließ, wie lange er wo war.«

Als er vom Verkauf der Maschine erzählte, erkannte Helen

schockiert, wie nahe ihr Vater gewesen war, während sie ihre erschreckende Begegnung auf der Treppe hatte … was hätte sie getan, wenn sie das geahnt hätte? Jetzt aber war keine Zeit, darüber weiter nachzudenken. Und wenigstens hatte das Ganze auch sein Gutes, dass nämlich die verdammte Maschine endlich aus ihrem Leben verschwunden war. Als sie das sagte, warf ihr Vater ihr einen merkwürdigen, bedenklichen Blick zu, ehe er sagte: »Also, ich hoffe jedenfalls, dass das so ist.«

»Willst du sagen, du glaubst das nicht?«, fragte Helen mit einem Angstschauder.

»Es ist nur, weil Raeburn anfing, von Seelenprojektion zu erzählen und davon, dass man die Kontrolle über andere Menschen gewinnen kann, um sie als Boten zu benutzen … ich bin mir ziemlich sicher, dass das mit Negulescu geschehen ist.«

»Was!?«

»Siehst du, es ist mir doch schon einmal passiert … als Aurelian Pounce hinter mir her war wegen des Bildes … nur diesmal kann es nicht Pounce gewesen sein.«

Helen schaute sich um und war verwundert, dass das Zimmer hell erleuchtet war; sie hatte das Gefühl, dass ihr irgendwelche Schatten näher kamen.

»Wer, glaubst du denn, steckt dahinter?«

»Ich weiß es nicht … aber ich frage mich, ob es nicht jemanden gibt, der vielleicht in der Lage ist, uns genau das zu sagen.«

Er nahm Raeburns Visitenkarte vom Tisch.

»Ich möchte dich bitten, etwas für mich zu tun.«

Als Helen in die Wohnung ihrer Kusine kam, erwartete sie eigentlich eine Auseinandersetzung, aber Jake war in einer so versöhnlichen Stimmung, dass sie sich sofort fragte, was er im Schilde führte.

»Ich habe mit deiner Kusine gesprochen; sie sagt, es gibt eine wirklich gute Ausstellung im *Centre Pompidou.* Hättest du Lust, da morgen hinzugehen?«

»Ja, sicher«, antwortete Helen etwas überrascht. »Das machen wir.«

»Also … welche Uhrzeit?«, fragte Jake gelangweilt. »Neun Uhr? Zehn?«

Helen zögerte und dachte nach.

»Mmmm … lieber ein bisschen später. Elf vielleicht? Es ist nur so, dass ich vorher noch etwas zu erledigen habe.«

»Oh?«, entgegnete Jake mit fragendem Blick.

»Nichts weiter«, erwiderte Helen. »Nur Familienangelegenheiten.«

Sie sahen sich lange in die Augen; jeder versuchte zu ergründen, worüber der andere nicht sprach. Helen löste die Anspannung mit einem Lächeln.

»Ich bin völlig erledigt«, sagte sie. »Wir sehen uns morgen früh.«

Sie zog ab in ihr Schlafzimmer. Jake stand da und blickte ihr versonnen nach.

18

Stupor Mundi

Helen war überzeugt, dass sie sofort einschlafen würde, sobald sie ihr Bett erreichte – falls sie überhaupt so weit kam … ihr war es schon fast zu viel, ihre Kleider auszuziehen und sich in ihren Schlafanzug zu quälen. Aber kaum hatte sie das geschafft, fühlte sie sich hellwach und aufmerksam und merkwürdig entschlossen. Ihr war so, als ob es da etwas gab, das sie einfach tun musste … aber was war das? Irgendetwas schwirrte in ihrem Kopf. Plötzlich fiel ihr die Antwort ein: Sophies Buch!

Sie hatte nicht mehr daran gedacht seit der Nacht in der Schweiz, als sie es ausgewickelt hatte, konnte sich noch nicht einmal erinnern, ob sie es überhaupt eingepackt hatte; aber als sie jetzt im Schlafzimmer ihrer Kusine in Paris stand – wie warm die Nacht war, sie musste wirklich ein Fenster öffnen! –, da wusste sie, dass sie gleich wissen würde, ob sie es tatsächlich eingepackt hatte.

Und wirklich, da war es in dem Außenfach ihrer Reisetasche, so angenehm anzuschauen und auch zu berühren wie zuvor; sie fühlte ein richtiges Kribbeln, als sie es in die Hand nahm. Wie merkwürdig, dass sie es die ganze Zeit völlig vergessen hatte. Sie machte es sich auf dem Bett bequem, stellte die Kissen hinter sich und klappte das Buch irgendwo auf.

Das Merkwürdige war, dass sie nicht die geringste Erinnerung an das hatte, was sie das letzte Mal gelesen hatte; sobald sie jedoch die Seite berührte und sie dieser komische Schauer überlief, ein leichtes, aber wahrnehmbares Prickeln, da war alles wieder in ihrem Gedächtnis präsent, so als wäre es die ganze Zeit da gewesen wie eine Szene auf der Bühne, die nur darauf wartete, dass der Vorhang sich hob. Ebenso erinnerte sie sich daran, was das Buch auslöste, und statt auf die Seite zu blicken, die sie aufgeschlagen hatte, berührte sie diese mit den Fingern.

Ein Geruch war da oder eher ein Gefühl, jedenfalls die Wahrnehmung einer Atmosphäre, die so intensiv und unmittelbar war wie ein Geruch: Sie spürte Hitze und Schärfe und Seetang, vermischt damit war eine Kühle, eine deutliche Spur von reinem Wasser, das aus einem tiefen Brunnen kam. Ein merkwürdiger Ort war das, wo die Hitze der Leidenschaft gleichzeitig mit kühlem, klarem Denken gemischt war, wo menschliche Wärme und Kraft mit einem berechnenden Gehirn einhergingen, distanziert und objektiv bis hin zur Grausamkeit. Zugleich waren da auch Gegenströmungen zu spüren: Hin zum Norden gab es da etwas, das von langem Schlaf erwacht sein musste und nach Wissen hungerte, der südliche Teil der Gegend stand von Ost nach West in voller Blüte von Kultur und Gelehrsamkeit. Im Nordosten aber gab es noch viel ältere Dinge, eine Weisheit, die bis zum Beginn von allem zurückreichte. An diesem Ort aber traf sich alles und strömte zusammen – aber wo war dieses Hier und Jetzt? Wo dieser Ort?

Die Antwort gab ein Geräusch wie ein Meeresflüstern: Sizilien.

Die würzige, scharfe, vielschichtige Luft schien sich in einen Strudel von Farben zu verwandeln: Orange, Rot, Gelb, Braun, Blau, Grün; daraus tauchte ein längliches Gesicht auf, ein eindrucksvolles Antlitz, eher kraftvoll als schön, gekrönt von feurigem Haar, mit einer breiten Stirn und einer langen, geraden Nase, einem entschlossenen Mund und weit auseinanderstehenden Augen, Augen mit einem Blick höchst eindrucksvoller Kühnheit: ein Mann, der gewohnt war zu befehlen, der sich niemals im Leben einem anderen unterordnen musste.

Ich habe mich geirrt, dachte Helen, die Kräfte fließen nicht einfach zu dem Ort, sie werden geradezu angezogen von diesem Mann wie von einem Strudel, denn dies war mit Sicherheit *Stupor Mundi* selbst, der Kaiser des Heiligen Römischen Reiches, Friedrich II., Gelehrter, Krieger, Architekt, Dichter, der Stauferkaiser, der fließend sechs Sprachen beherrschte und in der ganzen Welt wegen seiner Gelehrsamkeit gefeiert wurde. Hinter ihm verwandelten sich die Farbwirbel in einen sonnenbeschienenen Hof mit einem plätschernden Brunnen, umgeben von Säulen wie Palmen, die einen kühlen, schattigen Kreuzgang bildeten: Palermo in der Morgendämmerung des dreizehnten Jahrhunderts, ein Magnet für die großartigsten Köpfe aus allen Winkeln der Erde, für Christen, Muslime und Juden.

In dem Hof drängten sich Männer und auch Frauen jeder Hautfarbe, Gestalt und Kleidung, alle sahen unterschiedlich aus – abgesehen davon, dass all ihre Gesichter von Intelligenz geprägt waren, ganz so wie das des Kaisers. In dieser glänzenden Gesellschaft nun gab es einen, der abseits stand: der Astrologe und Hofalchemist, der Kenner des Arabischen und genialer Mathematiker – Michael Scotus. Helen erkannte ihn sofort, obwohl er sich sehr verändert hatte, seit sie ihm zum letzten Mal in seinen Pariser Tagen begegnet war. Jede Spur von Jugend war verschwunden; er war immer noch erstaunlich mager; die gewaltige Energie, die in ihm brannte, schien sein Fleisch zu verzehren, während sie seine Knochen formte. Seine außergewöhnlichen Diamanten-Augen blickten so klar und durchdringend wie immer, es schien so, als ob sie jedes Gesicht im Hof absuchten nach etwas, das sie aber nicht finden konnten.

Jetzt zog ein kleiner dunkelhaariger Mann mit einer langen Nase Scotus beiseite in den Kreuzgang, wo sie sich zusammen auf eine Bank setzten. Dies war, wie Helen erkannte, Leonardo von Pisa, genannt Fibonacci, ebenfalls Mathematiker und großer Kenner der arabischen Welt. Er hatte seinem Freund ein paar Manuskripte mitgebracht, die ihn in großes Entzücken zu versetzen schienen. Während Michael Scotus sie lächelnd anschaute und darin las, beobachtete Leonardo das wogende Gedränge, das den Kaiser umgab. Plötzlich hielt er die Luft an, legte die Hand auf den Arm seines Gefährten und hieß ihn aufzublicken.

Ein junger Mann, nicht älter als achtzehn Sommer, hatte den Hof betreten. Er war sehr groß, hatte goldenes Haar, eine kräftige athletische Gestalt und ein bemerkenswert schönes Gesicht. Seine Bewegungen waren von schwereloser, zuversichtlicher Eleganz, er blickte sich neugierig um, völlig unbeeindruckt von dieser illustren Gesellschaft. Auch er schien jedes Gesicht genau zu mustern, ohne zu finden, wonach er suchte, bis er schließlich seinen Blick hin zum schattigen Kreuzgang lenkte und Michael Scotus sah.

Helen hatte das Gefühl, sie sei in diesem Augenblick selbst sowohl Michael Scotus wie auch der junge Mann, und sie spürte, dass sich zwischen ihrer beider Hirne eine Tür geöffnet hatte … nein, mehr als das, zwischen ihren innersten Seelen, und sie spürte, dass es zwischen diesen beiden niemals etwas anderes als tiefe Seelenverwandtschaft geben könnte.

Die Szene wechselte plötzlich, und Helen ahnte, dass Zeit vergangen war. Der junge Mann war der Schüler von Scotus geworden, und zusammen arbeiteten sie an allen möglichen Projekten, aber sie spürte, dass für beide nur eins wichtig war: die Manuskripte, die Leonardo gebracht hatte; diese studierten und diskutierten sie ausdauernd, oft unterbrachen sie die Arbeit, um dicke Bücher zu Rate zu ziehen und häufig auch Landkarten. Es hatte den Anschein, dass sie nach etwas suchten, nach etwas, das einmal an einem bestimmten Ort gewesen sein musste, nun aber verschwunden war. Boten wurden ausgesandt, Kaufleute, die aus dem Hafen wegsegelten; von Zeit zu Zeit kamen andere zurück und brachten Nachrichten oder gelegentlich kleine Päckchen. Eine große Karte hing nun in dem Raum, in dem die beiden arbeiteten; sie war mit farbigen Fähnchen übersät. Manchmal, wenn ein Päckchen eintraf, wurde ein Fähnchen entfernt; wenn eine Nachricht eintraf, wurde ein Eintrag in einem riesigen Buch mit Ledereinband gemacht und vielleicht ein Fähnchen an eine andere Stelle auf der Karte versetzt.

Jetzt schien es Helen, dass noch viel mehr Zeit vergangen war; der junge Mann war erwachsen geworden, sein Meister war alt geworden. Ihre Forschungen jedoch gingen unaufhaltsam weiter, nun aber mit einer größeren Dringlichkeit. Helen spürte, dass es ein Wettlauf geworden war, einer, den Michael Scotus wohl verlieren würde. In den Blicken, welche die beiden Männer über den Karten und Dokumenten austauschten, konnte Helen zum ersten Mal Uneinigkeit erkennen: Der Jüngere drängte den Älteren in eine Richtung, der dieser zu folgen zögerte. Sie spürte eine Müdigkeit in Scotus, ein Verlangen, aufzugeben; nur wegen seiner Zuneigung zu dem Jüngeren und wegen seines Wunsches, sich nicht von ihm zu trennen, machte er weiter.

Schließlich sah es so aus, als ob der jüngere Mann seinen Willen durchsetzen würde: Vorbereitungen wurden getroffen, sie zogen aus ihren Räumen im Palast in eine entfernte Hütte auf einem Hügel. Eine merkwürdige Szene ereignete sich in der Kathedrale von Palermo. Dort nahm Scotus eine eiserne Haube ab, die zu tragen er sich angewöhnt hatte, und sofort ging er zu Boden. Der Schüler bückte sich neben seinem Meister und hob einen kleinen Stein hoch, der ihn offenbar getroffen hatte. Die Menge wich zurück, bekreuzigte sich und warf sich ängstliche Blicke zu. Der bewusstlose Körper des großen Mannes wurde eilig weggetragen. Rasch folgten Bilder von Trauer und einer Bestattung: Michael Scotus war tot.

Dies muss eine List sein, dachte Helen, ein Vorwand, um ihn der Öffentlichkeit zu entziehen. Und tatsächlich, die nächsten Szenen zeigten, wie Scotus in einem Zimmer in der Hütte untergebracht war. Etwas an diesem Raum weckte in Helen die Erinnerung an ein anderes Zimmer in Paris an einem Weihnachtstag vor langer Zeit; sie hatte ein Gefühl wachsender Spannung und Furcht. Der junge Mann tauchte wieder auf, begleitet von einem Mädchen von vielleicht zehn oder zwölf Jahren. Die beiden Männer wechselten bedeutungsschwere Blicke: Entschlossenheit aufseiten des Schülers, machtvoller Widerstand aufseiten von Scotus. Das Mädchen spürte die ungeheure Spannung und fing an zu weinen. Scotus rief es zu sich; er setzte sich im Bett auf und legte ihm eine Hand auf die Wange. Es war ein hübsches Mädchen mit langen schwarzen, gewellten Haaren und großen dunklen Augen. Helen hatte den Eindruck, dass über dieser Szene eine andere lag: Sie sah einen mageren Jungen am Rande eines grünen Tals, der sich verabschiedete von einem ähnlich aussehenden dunklen Mädchen mit ernstem Gesicht: Du gehst also fort, Michael? Nach Paris?

Helen sah, dass hinter dem Rücken des Mädchens nun der junge Mann stand, er trug ein Handtuch über dem Arm und eine silberne Schüssel in der Hand; in der anderen hielt er ein langes Messer mit einer dünnen Klinge. Scotus schaute dem Mädchen ins Gesicht, streichelte seine Wange und lächelte ein wenig traurig; dann sah er seinen Schüler an und schüttelte den Kopf. Der andere junge Mann schaute mit schon erhobenem Messer verständnislos drein, dann wütend. Trotz allem machte er deutliche Anstalten, in seinem Tun fortzufahren, aber Scotus warf ihm plötzlich einen wütenden Blick zu. Blitze schossen aus seinen glänzenden Augen in die Runde, der junge Mann taumelte rückwärts, sank auf die Knie; das Messer fiel ihm aus der Hand, die Schüssel knallte klirrend auf den steinernen Fußboden.

Jetzt saßen sich Scotus und sein Schüler in weißen Kleidern auf zwei hohen Stühlen gegenüber, jeder wie auf einem Thron; ihre Knie berührten sich fast. Das Mädchen bediente sie, brachte verschiedene Gegenstände, die sie nach den Anweisungen des Meisters hinstellte: zwei Kerzen auf großen Haltern, die sie anzündete; ein großes Buch, das sie auf ein Lesepult legte. Helen sah, dass die beiden Stühle und die Gegenstände in einen doppelten auf den Boden gezeichneten Kreis gestellt waren, der mit verschiedenen Symbolen verziert war. Schließlich stellte das Mädchen ein kleines Becken mit Kohle gegenüber dem Buch auf; als sie die Kohle angezündet hatte, brannte diese blau und grün und purpurn und verströmte einen schweren Duft. Als letzte Handlung ging sie zu den Fensterläden, schloss sie und verließ den Raum.

Sofort erhob sich ein sonores Stöhnen wie der tiefste Ton auf einer Orgel; sogar der mit Steinplatten ausgelegte Fußboden vibrierte davon. Die Kerzen flackerten einen Moment lang auf, dann brannten sie langsamer, bis die Flammen nur noch schwache blaue Punkte waren; der Schein des Kohlebeckens wurde stärker und tauchte die beiden Männer in ständig wechselnde Farben. Scotus und sein Schüler hielten nun ihre Handflächen aufeinander und blickten sich eindringlich in die Augen. Auf dem Gesicht des Schülers waren wachsende Verwunderung und Entzücken zu erkennen, seine Augen waren weit geöffnet und äußerst aufmerksam. Die Miene von Scotus zeigte tiefe Konzentration, mit brennenden Augen beugte er sich in seinem Sitz nach vorn. Unaufhörlich nahm der tiefe Ton an Kraft und Intensität zu, bis es so schien, als ob der ganze Raum bebte, als ob sich hier alles auflösen und jedes Teil ein Teil von dem anderen werden würde. Doch immer mehr nahm der Ton an Intensität und Lautstärke zu, steigerte sich zu einem unerträglichen Höhepunkt ...

Dann gab es einen lauten, krachenden Knall, der lange nachhallte und nur langsam verklang, bis Stille eintrat.

Die Tür ging auf, und jemand kam herein und schritt zu den

Fensterläden. Licht durchflutete den Raum. Helen sah sofort, dass das Mädchen am Fenster jetzt älter war, fast so alt wie sie selbst; dann sah sie, dass das Zimmer, abgesehen von der Fläche innerhalb des Kreises, leer war: Von dem Bett, dem Tisch, den verschiedenen Möbeln gab es keine Spur, lediglich eine dicke Lage feinen Staubs wirbelte vom Boden auf, als die Fensterläden aufgemacht wurden, und schwebte in winzig leuchtenden Teilchen im Licht. Der Strahl traf genau auf die Mitte des Raums, wo im Kreis noch die zwei Stühle standen, und darauf saß, was einst zwei Männer gewesen sein könnten. Denn Michael Scotus – war er es? – schien wenig mehr als eine Hülle, eine zarte, durchsichtige Hülle, die aussah wie ein vergilbtes Foto. Und während Helen dies sah, löste sich die Hülle in eine Wolke aus zartem Rauch auf, und der Stuhl war leer. Der Schüler gegenüber dagegen wirkte fest, er saß aufrecht wie die Statue eines ägyptischen Pharaos mit geschlossenen Augen da und hielt seine Hände auf den Knien.

Das Mädchen kam vom Fenster zurück, stand neben dem leeren Stuhl und betrachtete verwundert den vor ihr sitzenden Mann. Zögernd legte sie eine Hand auf die seine, dann berührte sie seine Wange; es gab keine Reaktion. Dann langsam, ganz langsam öffneten sich die Augen des Mannes. Helen hatte den Eindruck, sie selbst sei das Mädchen da im Raum und stünde so nahe dabei und beobachtete, wie sich langsam die Lider hoben. Und sie wusste nicht, war es ihr eigenes Herz, das da wild klopfte, oder war es das des Mädchens, als sie sah, dass die Augen, die sie starr anblickten, aber offenar nichts sahen, die diamantklaren Augen von Michael Scotus waren.

Im selben Zimmer saß also seine Gestalt in demselben Stuhl

wie vorher. Drum herum war der Raum inzwischen neu möbliert und ausgestattet worden; er sah aus wie eine Familienwohnung. Die Tür ging auf, und ein Kind kam herein, ein kleiner Lockenkopf von drei oder vier Jahren. Das Kind spazierte im Zimmer herum, dann blieb es schließlich vor der Gestalt im Stuhl stehen und starrte sie mit der freudigen Offenheit junger Menschen an. Es starrte sie an wie einen Gegenstand, der ihm sehr bekannt sein musste, als Teil dieses Zimmers. Auf einmal flackerte Neugier über das Kindergesicht, das Kind streckte seinen Kopf vor, um besser sehen zu können, seine Zunge hing ein wenig zwischen den Lippen heraus; dann lachte es plötzlich und verließ hüpfend den Raum.

Es kam aber bald zurück und zog eine Frau an der Hand hinter sich her, offenbar seine Mutter. Sie schaute ziemlich geplagt drein, es war der Blick einer beschäftigten Frau, die bei ihren täglichen Arbeiten gestört worden war. Helen suchte in ihrem Gesicht nach einer Ähnlichkeit mit dem Mädchen aus früheren Szenen, konnte aber keine entdecken. Auch die Frau betrachtete die sitzende Gestalt genau und mit einem verwirrten Stirnrunzeln; dann gab sie dem Kind einen Auftrag, und es hüpfte fröhlich davon. Das Kind kam mit einer alten Frau zurück; sie war ganz in Schwarz gekleidet und ging gebeugt und auf einen Stock gestützt – vielleicht war es seine Großmutter. Oder seine Urgroßmutter. Sie ging langsam zum Fenster, und als das Licht auf ihr Gesicht fiel und die Runzeln glättete, erkannte Helen – und sie war schockiert –, dass genau diese alte Frau einst das Mädchen war, das sie zuletzt beim Öffnen der Fensterläden gesehen hatte, das Mädchen, das sich in seiner längst vergangenen Jugend um Michael Scotus und seinen Gefährten gekümmert hatte.

Die alte Frau streckte der sitzenden Gestalt eine Hand entgegen, und die streckte ihr die ihre entgegen und ergriff sie; dann stand sie auf, während das Kind und seine Mutter erstaunt zusahen. Als der Mann sich ins Licht wandte, sah Helen, dass er sich kaum verändert hatte, abgesehen von einem kräftigen goldenen Bart: Er stand da so groß und schön wie immer. Er beugte sich über die uralte Großmutter, nahm ihre beiden Hände und küsste sie auf die Wange.

Die letzte Szene, die Helen sah, war eine Abschiedsszene: Der Schüler stand in Reisekleidung an der Hüttentür. Zu seiner Verabschiedung waren viele Menschen jedes Alters gekommen, und nach ihrem Aussehen gehörten sie alle zur selben Familie. In der Mitte, auf dem Ehrenplatz, saß die alte Frau und beobachtete mit Staunen, Stolz und Trauer, wie der große, schöne Mann, den sie ja zum ersten Mal gesehen hatte, als sie noch ein Kind war, sich völlig unverändert auf den Weg machte, die weiße, staubige Straße entlang, eine Tasche über die Schulter gehängt, um seine Suche und seine Forschungen wieder aufzunehmen.

An der Biegung der Straße drehte er sich für einen letzten Abschiedsgruß um, und die alte Frau sprach ein Wort in die klare, helle Luft, seinen Namen:

Albanus.

19

Ein geheimes Treffen

Helen erwachte am nächsten Morgen mit der quälenden Erinnerung, dass sie lebhaft geträumt hatte – aber wovon, davon hatte sie keine klare Vorstellung. Sie war überrascht, das blaue Buch auf ihrem Kissen zu finden; hatte sie darin gelesen, bevor sie eingeschlafen war? Ohne einen weiteren Gedanken steckte sie es zurück in das Außenfach ihrer Reisetasche.

Jake kam lange nicht aus seinem Schlafzimmer, sie war schon kurz davor, die Wohnung zu verlassen – aber dann sah sie ihn, wie er in der Tür stand, so zerzaust und kaum halb wach, sein Anblick rührte ihr Herz. Sie küsste ihre Finger, dann legte sie sie ihm auf seine Lippen.

»*À bientôt!* Ich sehe dich vor dem *Centre Pompidou* um … was? Elf.«

Sie schenkte ihm noch ein Lächeln und war schon verschwunden. Jake starrte ihr nach, noch ganz verschlafen, die Finger auf den Lippen. Warum hatte sie das getan?

Nachdem er gefrühstückt und sich angezogen hatte, war er ruhelos, marschierte in der Wohnung auf und ab, versuchte zu lesen, sprang nach zwei Minuten wieder auf, summte irgendwelche Melodien vor sich hin, sodass Agnès schließlich genervt die Hände hob.

»*Mon Dieu*, kannst du nicht eine Minute ruhig sein? Schau nur, es ist ein schöner Vormittag … warum gehst du nicht spazieren? Du machst mich sonst noch verrückt!«

Sie sagte das zwar sehr streng, aber hinter Jakes Rücken musste sie dann doch schmunzeln und den Kopf schütteln über die Torheit so junger Liebe.

Helen marschierte mit strammem Schritt durch die Stadt, froh, dass sie sich entschlossen hatte, allein zu gehen. Statt als Paar junger Teenager nahm sie nun als einzelne junge Frau zielsicher den Weg durch die romantischste Stadt der Welt. Sie konnte sich gut vorstellen, wie die Leute sie betrachteten, während sie vorüberging, und sich fragten, wer sie wohl sei und wohin sie unterwegs sei. Paris lag im Sonnenlicht, die Bürgersteige dampften, die Caféhaus-Besitzer wagten es nach vorsichtigem Blick zum aufreißenden Himmel, ihre Markisen einzuholen und Tische und Stühle hinauszustellen. Fußgänger wurden mit der schwierigen Frage konfrontiert, ob sie ihre Regenmäntel anbehalten sollten und was sie jetzt mit den unnötigen Regenschirmen tun sollten. Helen fühlte, wie ihr Herz anschwoll vor lauter Ausgelassenheit darüber, in einer großen ausländischen Metropole zu sein: Paris im Frühling! Und sie war auf dem Weg zu einem geheimen Treffen – nun, geheim gehalten vor Jake jedenfalls – mit einem geheimnisvollen Fremden!

Die Weisungen ihres Vaters waren eindeutig gewesen: Versuche herauszufinden, wer hinter Negulescu stecken könnte, aber verrate so wenig wie möglich. Es würde ein wenig wie

Schachspielen sein, vermutete Helen. Und im Schachspielen war sie gut.

Raeburn saß wartend an einem Fenstertisch und winkte ihr durch die Glasscheibe mit einem Lächeln zur Begrüßung zu. Innen war das Café im strengen und modernen Industriestil mit viel Metall eingerichtet, wobei rostfreier Stahl und mattes Aluminium dominierten; der Fußboden war ziemlich übel hellgrün. Raeburn erhob sich galant und bot ihr seinen Stuhl an, er selbst rückte auf die andere Seite des Tisches, um sich mit dem Rücken zum Fenster zu setzen. Während sie, ein wenig erhitzt von ihrem Fußmarsch, Platz nahm und eine herabhängende Haarsträhne beiseiteschob, fragte sie sich, was die Leute wohl bei ihrem Anblick denken würden: Vater und Tochter? Dazu war er zu jung, fand sie; vielleicht Onkel und Nichte? Oder ein Liebespaar? Sie musste lächeln bei dem Gedanken, der ihr absurd vorkam, für einen Betrachter jedoch durchaus plausibel sein konnte.

»Ich hoffe, deinem Vater geht es gut?«, erkundigte sich Raeburn besorgt.

Ein Kellner brachte Kaffee und ein Schokoladencroissant.

»Danke, ihm geht es gut«, murmelte Helen mit vollem Mund.

»Er hat überhaupt nicht gut ausgesehen, ich hatte Sorge, dass das, was ich gesagt hatte, ihm zugesetzt haben könnte. Ich fürchte, ich bin gestern ziemlich überdreht gewesen.«

Heute schien er das weniger zu sein, aber trotz seines entspannten Aussehens spürte Helen eine untergründige Anspannung. Sie spülte die *chocolatine* mit etwas Kaffee hinunter, dann sagte sie: »Tatsächlich war da etwas, das Sie gesagt haben …«

»Über den Kristall?«, unterbrach Raeburn sie.

Helen nahm einen Schluck Kaffee und sagte in einem, wie sie hoffte, nur beiläufigen Ton: »Nicht das.« Bildete sie sich das ein, oder wirkte er enttäuscht? »Es war, was Sie über die Metempsychose gesagt haben, Sie wissen schon, die Seelenprojektion, Menschen als Boten zu benutzen, diese Dinge.«

»Das war eine ziemlich gräuliche Geschichte«, gab er zu.

»Ich nehme nicht an«, sagte Helen in der Hoffnung, dass sie weiterhin so klang wie jemand, der nur beiläufig ein Gespräch führt, »dass es jemanden gibt, der das heutzutage tun kann?«

»Also, genau genommen«, setzte Raeburn lebhaft an, »gibt es sicher einen Mann …«, dann zögerte er einen Augenblick, betrachtete sie betroffen, denn ihm wurde klar, was sie da gefragt hatte. »Mindestens einen Mann, der mit Sicherheit …«

Helen pickte gelangweilt ein paar Schokoladenkrümel auf, ihr gefiel Raeburns Gesichtsausdruck nicht, der erinnerte sie an ihren Vater, wenn der vorgab, ihr zuzuhören, in Wirklichkeit aber mit seinen Gedanken ganz woanders war. Sie hatte eine Eingebung.

»Dieser eine Mann … das wäre nicht zufällig Aurelian Pounce?«

Natürlich konnte der es nicht sein, aber vielleicht konnte sie Raeburn so dazu verführen, den richtigen Namen zu nennen, und ihn glauben lassen, dass sie einfach nur neugierig sei.

»Aurelian Pounce?«, erwiderte Raeburn. »Den Namen kenne ich natürlich; jeder, der sich für okkulte Dinge interessiert, hat von Aurelian Pounce gehört. Sein Tod hat ja eine ziemliche Aufregung verursacht, sein mutmaßlicher Tod, sollte ich sagen, eine Leiche wurde ja nie gefunden … obwohl, du musst darüber ja eigentlich mehr wissen als ich, da du ja dabei warst ... eingeweiht in seinen Tod, könnte man sogar sagen.«

Er warf ihr einen bedeutungsschweren Blick zu. Helen kam der Gedanke, dass es schließlich doch kein so schlaues Manöver gewesen war, Pounce zu erwähnen.

»Natürlich fragte sich jeder, was er da oben in Ruggiero da Montefeltros Villa gewollt haben könnte ... man wusste nur, dass es etwas mit dem Gemälde zu tun haben musste, weil das ja im Kofferraum seines Autos gefunden wurde ... aber was?«

Verträumt rührte er in seinem Kaffee und starrte vor sich hin.

»Ich bin sehr davon überzeugt gewesen, dass es der Kristall war«, sagte er nachdenklich, »aber nach dem gestrigen Tag ...«

Die Zeit schien Helen jetzt endlos; sie betrachtete Raeburns Gesicht verzweifelt und versuchte, irgendwie seinen Gedankengang anzuhalten, indem sie ihn anstarrte, gleichzeitig dachte sie: Ich hab's vermasselt, ich habe genau das Gegenteil von dem getan, was Dad wollte, und ich habe noch nicht einmal den Namen erfahren.

Raeburn beugte sich freundlich lächelnd zu ihr über den Tisch und legte seine Hände auf die ihren. Bedächtig nickte er, während er alle Stücke des Puzzles am richtigen Platz sah.

»Ich muss dir wirklich dankbar sein, meine Liebe, für ein äußerst erhellendes Gespräch ... es hat mir völlig neue Einblicke eröffnet ... dann ist es nur fair: Ich muss dir etwas als Ausgleich geben ... vielleicht den Namen, den herauszufinden dein Vater dich geschickt hat?«

Helen fühlte sich inzwischen zu elend für irgendeinen Verstellungsversuch. Reumütig nickte sie.

»Draganu nennt er sich, und zur Information deines Vaters: Er ist der größte Eingeweihte der Sache in Europa. Aurelian Pounce war im Vergleich zu ihm nur ein Dilettant, der sich bloß in etwas eingemischt hat.«

Helen gelang ein Lächeln. Wenigstens habe ich erreicht, weswegen ich hergekommen bin, dachte sie, aber Gott allein weiß, was ich ihm verraten habe. Während sie Raeburns Gesicht intensiv ansah und versuchte, seine Gedanken zu ergründen, fiel von draußen ein Schatten auf den Tisch. Helen blickte hoch und zog ihre Hände unter Raeburns hervor. Im gleichen Augenblick wurde ihr klar, dass das genau das Falsche gewesen war.

Mit offenem Mund stand Jake draußen am Fenster.

Er starrte sie mit einem gequältem Gesichtsausdruck an, und für den Augenblick konnte Helen nichts anderes tun, als einfach zurückzuschauen. Dann drehte Jake sich weg, und sie sprang auf, warf den Stuhl um, der fiel polternd zu Boden. Aber als sie die Tür erreicht hatte, war er schon ein ganzes Stück die Straße hinuntergerannt. Sie rief ihm hinterher, aber ihr Schrei wurde vom lauten Motorenlärm eines rasanten Sportwagens übertönt, der gerade losfuhr. Der schwarze Maserati schoss an ihr vorbei und hielt aber gleich wieder, als er sich auf der Höhe von Jake befand, und während Helen das erstaunt sah, blickte Jake auf, als hätte ihn jemand gerufen. Die Beifahrertür des Wagens sprang auf, Jake zögerte nur einen Augenblick, dann stieg er ohne einen Blick zu ihr ein, und das Auto entfernte sich rasch, beschleunigte schnell mehrere Gänge in wenigen Sekunden.

20

Dead Man Walking

»Mummy, was ist mit dem Gesicht von dem Mann los?«, wollte die helle Kinderstimme wissen.

»Pschscht, Liebling«, erwiderte die Mutter.

Sie lächelte entschuldigend den anderen Passagieren zu, die, weil sie ebenso hübsch war wie das Kind, zurücklächelten und dann die Gesichter hinter ihren Zeitungen und Zeitschriften verbargen, denn natürlich hatte das Kind recht: Mit dem Gesicht des Mannes war etwas ganz und gar nicht in Ordnung.

Das Gesicht hatte die Farbe und Konsistenz einer grauen Dichtungsmasse. So unnatürlich wirkte es, dass man es eher für eine Maske halten konnte oder für einen missglückten Schminkversuch. Die Augen standen vor, als würden sie von innen herausgepresst, sie ließen große Anspannung vermuten. Der Mund war ständig in Bewegung wie das Maul einer wiederkäuenden Kuh. Aus einem Mundwinkel lief ein Speichelfaden herab. Auch die linke Hand des Mannes hatte eine bleierne Farbe und hing schlaff aus dem Ärmel. Sie zuckte. Die Rechte hatte er in die Tasche geschoben. In der Armbeuge trug er einen Regenmantel.

Seine Kleidung wirkte zerknittert; vielleicht hatte er die Nacht darin verbracht.

Der für den Wartesaal zuständige Schaffner merkte, dass die Blicke der Passagiere auf ihn gerichtet waren, und ging einen Schritt auf den Mann zu, dann überlegte er es sich noch einmal und blieb – auf den Ballen wippend – unentschlossen stehen. Der graue Mann schlurfte schwerfällig zu einem leeren Platz, ließ sich auf den Sitz fallen und warf den Mantel auf den Tisch vor sich. Die Anstrengung hatte ihn anscheinend erschöpft; eine Weile saß er, die Hände an der Seite, nur so da, seine Finger zuckten. Der Schaffner entspannte sich wieder und widmete sich anderen Aufgaben, die plötzlich sehr wichtig für ihn geworden zu sein schienen.

»Mummy, der Mann da raucht jetzt!«, sagte das Kind mit der klaren Stimme.

Wieder brachte seine Mutter es zum Schweigen, aber diesmal wagte sie, da die Verbotsschilder vollkommen eindeutig und in drei Sprachen abgefasst waren, einen missbilligenden, starren Blick zu dem Mann wegen seines Verstoßes gegen das Rauchverbot. Doch was sie sah, ließ sie zurückzucken, instinktiv machte sie einen Schritt zur Seite, um dem Kind die Sicht zu verdecken.

Der Mann rauchte tatsächlich, aber anders: Eine dicke Rauchsäule ringelte sich aus seiner Taille. Seine Augen waren auf die Stelle da gerichtet, er bemühte sich zu verstehen, was ihm da passierte. Entsetzt sah auch der umherlaufende Schaffner, wie eine blaugrüne Flammensäule aus dem Bauch des Mannes aufflackerte, aus einer Öffnung, die wie ein in Papier gebranntes Loch aussah. Einen Augenblick lang starrte der Mann mit herunterhängendem Kiefer dorthin, dann knickte er nach vorn wie eine Marionette, deren Schnüre durchgeschnitten wurden. Sein Kopf schlug mit einem lauten Knall auf den Tisch. Jemand kreischte; der Schaffner eilte herbei, zog seine Jacke aus und deckte den zusammengekrümmten Körper zu.

»Also, ich hab schon so'ne Toten gesehen und so'ne«, sagte der große rotbärtige Sanitäter, »und Mann, der hier ist so was von tot.«

Nachdem er diesen sinnlosen Spruch von sich gegeben hatte, machte er sich daran, den verdrehten grauen Leichnam von dessen Sitz im Wartesaal auf die fahrbare Trage zu heben.

»Was ist mit dem Mantel?«, fragte der Bahnhofsvorsteher. »Den hatte er doch bei sich, als er gekommen ist, oder nicht, George?«

George, der Wartesaalschaffner, schüttelte traurig seinen Kopf. Zwar hatte er seine Jacke wieder, aber er zögerte, sie anzuziehen; stattdessen untersuchte er sie mit ausgestrecktem Arm, als wollte er ihr nicht trauen.

»Dann sollten wir ihn besser mitnehmen«, meinte der zweite Mann aus der Ambulanz. Im Unterschied zu seinem Kollegen war er ein kleiner friedfertiger Mensch mit einem sanften, ziemlich melancholischen Gesicht. Er nahm den Mantel an sich und folgte der fahrbaren Trage mit ihrer tuchbedeckten Last aus dem Raum hin zu dem wartenden Krankenwagen.

Die rollende Ambulanz schob sich ohne Blaulicht oder Martinshorn durch den Londoner Verkehr, man hatte es schließlich nicht eilig, es war unwahrscheinlich, dass sich der Zustand des Patienten noch verschlechterte.

»Also um den«, sagte der Mann mit dem roten Bart, der wie ein örtlicher Gewerkschaftsvertreter aussah, »muss sich der Leichenträger kümmern.«

»Wieso?«, fragte der andere mit geheucheltem Interesse.

»Weil das die Vereinbarung ist: Ein Krepierter ist Arbeit für die Leichenhalle, genau genommen sollten wir den gar nicht erst einladen, die haben einen eigenen Wagen dafür. Ein Fall von TBA, also von Tod bei Ankunft, ist was anderes, wenn sie noch am Leben sind, wenn wir hinkommen, dann behandeln wir sie, bis der Doktor was andres sagt. Aber wenn sie tot sind, nun, wie ich schon gesagt habe, dann ist das Arbeit für den Leichenträger. Wir haben denen schon einen Gefallen getan, wenn wir ihn abliefern, also überlassen wir es ihnen, ihn auszuladen.«

»Klingt fair«, erwiderte der andere.

Sie kamen entsetzlich langsam voran, immer wieder standen sie lange still, dann krochen sie im Schritttempo voran.

»Bei dem Tempo haben wir schon Pause, wenn wir ankommen«, sagte der Rotbart.

Hinter ihnen ein Chor von Hupen und Blinken.

»Einigen Leuten«, meinte jetzt philosophisch der Rotbart mit schleppendem Ton, »einigen Leuten geht einfach die letzte Ruhe ab.«

Er kurbelte das Fenster runter, lehnte sich hinaus und brüllte der Welt seine Botschaft entgegen:

»EINIGEN LEUTEN GEHT EINFACH DIE LETZTE RUHE AB!«

»Das ist ja witzig«, kommentierte der sanfte Sanitäter. »Verstehst du: letzte Ruhe.«

Der andere starrte ihn ausdruckslos an, er verstand nicht.

»Ist nicht wichtig«, meinte der Sanftmütige.

Er wandte sich ab, sah zum Fenster hinaus, wurde jedoch ein paar Augenblicke später vom schallenden Gelächter seines Mitfahrers überrascht.

»Nein, das ist gut, wirklich! Hab's erst nicht verstanden … wir sind diejenigen, die einen zur letzten Ruhe fahren! Sehr gut! Obwohl das in diesem Fall vielleicht gar nicht stimmt.«

Der Verkehr kam wieder in Bewegung, schneller als vorher. Bald näherten sie sich dem Krankenhaus. Der Rotbärtige hatte per Funk durchgegeben, dass der Leichenträger sie erwarten möge. Als sie in den Hof einfuhren, konnten sie sehen, dass er, mit finsterer Miene auf seine fahrbare Bahre gelehnt, gelangweilt dastand.

»Für was müsst ihr mich denn den ganzen Weg hier raufzerren?«, fing er an, sobald die Mannschaft des Krankenwagens ausgestiegen war. »Sollte jetzt meine Pause haben, sollte ich.«

»Sollten wir auch, Bruder«, entgegnete Rotbart. »Aber angesichts der Tatsache, dass das hier kein TBA ist, sondern ein echter Abgekratzter, den wir eingesammelt haben, fällt er in deine Zuständigkeit, nicht in unsere. Komm mit, Cyril.«

»Eigentlich heiße ich Dave«, rief der Sanftmütige dem Leichenträger noch mit einem verständnisheischenden Schulterzucken zu.

Die beiden Sanitäter hatten gerade die Eingangstüren erreicht, als sie von einem wütenden Schrei eingeholt wurden. Sie drehten sich um und sahen den Leichenträger mit großen Schritten auf sie zukommen; er schob die ratternde Bahre vor sich her und fluchte gottserbärmlich.

»Was soll das sein? Verdammt erster April? Glaubt ihr, ich habe Zeit für solche blöden Streiche?«

»Beruhige dich, beruhige dich!«, sagte der Sanftmütige und trat zwischen die beiden anderen Kerle. »Was ist denn los?«

»Was los ist? Was verdammt noch mal los ist? Ich sag euch, was verdammt noch mal los ist …«

Er baute sich vor ihnen auf, um seine vernichtende Antwort loszuwerden, schien aber nicht in der Lage, die rechten Worte zu finden. Nach vergeblichen Herumfuhrwerken mit seinen Armen – als könne er eine Ansage aus der Luft fischen – sagte er: »Oh, schaut doch verdammt noch mal selber nach … ich hab schon genug Zeit mit euch vertrödelt.«

Er stapfte davon und rammte die Schwingtüren mit seiner Bahre wütend auf. Die beiden Sanitäter sahen sich entgeistert an und machten sich auf den Weg zu ihrem Krankenwagen, dessen Hecktür weit offen stand.

Der Wagen war völlig leer, nur das zerknüllte Bündel lag auf dem Fußboden.

»Er ist abgehauen ohne seinen Mantel«, erklärte der Sanftmütige.

Die Drogerieverkäuferin fand es nicht lustig. Wäre es ein Schuljunge gewesen, gut, von Schuljungen hätte sie vielleicht so etwas erwarten können, aber dies war ein erwachsener Mann – und nicht einmal ein junger. Er hatte mit dem Rücken zu ihr gestanden, ihr war der Zustand seiner Kleidung aufgefallen, die sah aus, als hätte er die Nacht darin verbracht, und der Geruch – nicht doch, es war ganz und gar nicht dieser Geruch eines Tramps, aber doch genauso unangenehm –, ein süßlicher Geruch, ein bisschen wie ... nun, sie wollte es nicht sagen ... und dann hatte er sich umgedreht. Dieses Gesicht! Mein Gott, es war völlig grau, das ganze Gesicht ... und die Augen hatten rote Ränder und waren völlig blutunterlaufen ... es musste irgendein Bühnen-Make-up sein, obwohl, wer weiß, was der Kerl sich um Himmels willen dabei gedacht hatte, um diese Zeit am Morgen! Sie nahm an, dass es ein Scherz war, aber sie konnte überhaupt nicht darüber lachen. Und wie er in den Regalen herumgewühlt hatte, als ob er seine Bewegungen nicht richtig unter Kontrolle hätte, und wie er den ganzen Kram auf den Boden geschmissen hatte. Da hatte sie ihn angeschrien, war aber darauf bedacht, dass sie trotzdem hinter der Theke blieb. Hatte er etwas eingesteckt? Wahrscheinlich ... es war schwer zu sagen bei dem ganzen Durcheinander auf dem Fußboden ... überall lagen Gesichtspuder, Lippenstifte, Grundierungscreme. Sie würde garantiert nicht hinter ihm herlaufen, um das herauszufinden, sie war froh, ihn nun von hinten zu sehen, wie er so dahinstolperte ... man konnte denken, er sei völlig betrunken, er brauchte drei Anläufe, um durch die Tür zu kommen. Der war seelisch krank, zu dem Schluss kam sie, nachdem sie noch mal kurz darüber nachgedacht hatte.

»Hat der Make-up getragen oder was?«, fragte das Mädchen ihre Kollegin am Fahrkartenschalter.

Der Mann mit dem orange-rosa Gesicht und den knallroten Lippen schlurfte in Richtung Bahnsteige davon.

»Ich hoffe nur, die Fahrkarte war das, was er wollte. Irgendwie ist es schwer, wenn sie nicht sprechen können. Schau dir das an!«

Sie reichte ihr den zerknitterten Papierfetzen, den der Mann ihr hingelegt hatte. Auf den war mit Bleistift nur ein einzelnes Wort gekritzelt: Paris.

In Paris hatte es geregnet, aber nun schien die Sonne und brachte die Bürgersteige zum Dampfen. Ein Kind zupfte ungeduldig am Arm seiner Mutter: »Schau, Mammi, schau dir das an!«

Aber Mammi war viel zu sehr davon in Anspruch genommen, mit ihrer Freundin zu schwatzen, so musste sich das kleine Mädchen damit begnügen zurückzublicken, während es weiter vorwärts gezerrt wurde, aber seine runden Augen blieben auf diese merkwürdige Gestalt gerichtet; das musste eine Puppe sein oder eine Statue, obwohl sie richtige Kleider anhatte und unter einem Baum stand, wo man normalerweise keine Statuen hinstellte, weil dort kaum Menschen vorbeikamen, ganz gestreift sah das Gesicht aus von heruntergelaufener Farbe.

Die Kleine sah die Gestalt noch immer an, als sie den Rand des kleinen Parks erreicht hatten, und stieß einen überraschten Schrei aus, als sich die Figur unter dem Baum plötzlich bewegte und auf steifen Beinen entfernte, als hätte der Regen ihre Gelenke einrosten lassen.

»Mammi, Mammi, die Statue hat sich bewegt!«

»Tatsächlich, Liebes? Das ist aber schön!«

Und ihre Mutter lächelte der Freundin zu, ohne sich umzublicken. Wie fantasievoll die Kleinen doch waren in diesem Alter!

Überfall beim Hotel Continental

»Kopf hoch!«, sagte Gerald De Havilland. »Wenigstens hat er dir am Ende den Namen genannt.«

»Nur weil ich ihm leidgetan habe!«, meinte Helen und saß zusammengesunken auf ihrem Stuhl.

Sie fühlte sich als kompletter Versager; sie hatte alles vermasselt, mit Jake und mit dem Auftrag ihres Vater auch, obwohl er das anscheinend nicht so sah – er war auf eine verhaltene Weise über den Namen erfreut, den Raeburn ihr als eine Art Trostpreis gesagt hatte, als sie unter Tränen im Café gewesen waren: Draganu. Ein rumänischer Name musste das sein. Was sie ihrem Vater nicht hatte vermitteln können, war ihre Überzeugung, dass Raeburn aus dem, was sie gesagt hatte, irgendwie etwas geschlossen hatte, ihr war, als hätte sie ihm, ohne es zu merken, das letzte noch fehlende Teil eines Puzzles offeriert. Dieser Ausdruck auf seinem Gesicht, dieses kaum verhohlene Entzücken – wie bei jemandem, dem eine Offenbarung zugetragen wurde.

Der Raum war halb von hellem Sonnenlicht erfüllt; die andere Hälfte lag im Schatten eines orangefarbenen Vorhangs, der halb vor das Balkonfenster gezogen war und sich ein wenig in der leichten Brise blähte. Auf dem Bett lagen verstreut Kleidungsstücke und lauter Kleinkram.

»Was um Himmels willen ist das?«

Helen deutete auf eine merkwürdige Plastik, die aussah wie das Modell eines jungen Vogels mit einem fast kugelförmigen Körper und einem grotesk kleinen Kopf, der wie der Schnabel einer Teekanne hervorragte. Das Gebilde war leuchtend goldgelb und hatte überall unregelmäßige schwarze Punkte – eindeutig eine Handarbeit.

»Das ist mein Perlhuhn«, erwiderte ihr Vater stolz. »Primitive Kunst aus Afrika. Gefällt es dir?«

»Nicht besonders«, sagte Helen und nahm es in die Hand.

Es war ungewöhnlich schwer und schien bei näherer Betrachtung mal einen Unfall gehabt zu haben: Der Körper war jedenfalls überall von Haarrissen übersät, als wäre es zersplittert gewesen und wieder zusammengeklebt worden.

»Vorsichtig!«, sagte ihr Vater. »Es ist wirklich sehr zerbrechlich. Gib es mir.«

Er war dabei gewesen zu packen; auf dem Boden stand ein offener Koffer, ein anderer war schon fertig gepackt und stand aufrecht mit einem darübergelegten Mantel.

»Fährst du irgendwo hin?«, erkundigte sie sich, aber die Worte blieben ihr im Halse stecken, denn in dem Augenblick langte ihr Vater nach unten und nahm den Mantel, sodass der andere Koffer sichtbar wurde.

Den hatte sie früher schon mal gesehen; er war aus glänzendem Metall und hatte eine geriffelte Oberfläche, wie ihn Fotografen benutzen, um darin ihre Kameras zu transportieren.

Ihr Vater bemerkte ihren Schreck und er sah, wohin sie schaute. Ihre Blicke trafen sich, und sie sahen einander lange, ungemütlich lange an. Schließlich wurden sie von einer Stimme an der Tür unterbrochen.

»Das übernehme ich, wenn es Ihnen nichts ausmacht.«

Es war Macintosh Raeburn. Er sah verschwitzt und aufgeregt aus. In der Hand hielt er eine kleine schwarze Pistole, seine Augen waren auf den glänzenden Koffer gerichtet.

»Legen Sie ihn bitte aufs Bett und machen Sie ihn auf. Ich möchte mich überzeugen, dass ich das Richtige gefunden habe. Keine Tricks jetzt.«

De Havilland giftete ihn mit bösem Blick an und hob den Koffer aufs Bett. Er öffnete die Verschlüsse und klappte den Deckel hoch.

In dem Koffer befand sich eine graue Schaumstoffpolsterung mit zwei Aushöhlungen. In der größeren auf der rechten Seite lag eine Ansammlung dunkler Metallteile, die wie die Mischung des Innenlebens einer Uhr und eines Tierskeletts aussahen; in die andere Aushöhlung war ein glitzernder Kristall ungefähr in der Größe eines kleinen Hühnereis eingepasst.

»Tut mir leid, dass ich Ihnen das antun muss, alter Knabe«, sagte Raeburn mit gespielter Freundlichkeit. »Aber Sie dürfen sich nicht beklagen, Sie sind ja selber kaum auf legale Weise da drangekommen.«

Mit dem Wink seiner Pistole deutete er De Havilland und Helen, weg vom Bett zu gehen. Als er den Raum durchquerte, um den Koffer an sich zu nehmen, wurde Helens Blick durch eine Bewegung hinter ihrem Vater abgelenkt. Der orange Vorhang, der sich in der Brise auf und ab bewegt hatte, bewegte sich zur Seite, und eine bizarre Gestalt betrat das Zimmer. Ihr Gesicht war völlig mit orange-rosa Make-up bedeckt, das in Schlieren total verlaufen war und darunter eine bleigraue Farbe offenbarte. Der Mund war mit Lippenstift verschmiert. Das ganze Gesicht wirkte starr und maskenhaft, abgesehen von den Augen, die schrecklich lebendig und bösartig funkelten. In der rechten Hand hielt die Gestalt ein langes Messer mit einer dünnen Klinge. Es dauerte nur einen Moment, bis Helen erkannte, dass es derselbe Mann war, der ihr auf der Treppe vor der Wohnung ihres Vaters solche Angst eingeflößt hatte.

Für eine Sekunde rührte sich niemand; dann stürzte sich Raeburn auf den Koffer, warf den Deckel zu und riss ihn an sich. De Havilland, der sich zunächst dem Eindringling zugewandt hatte, drehte sich wieder um und versuchte, Raeburn aufzuhalten, doch während er das tat, bewegte die fremde Gestalt am Fenster mit einer Seitwärtsbewegung ihr Messer in seine Richtung, die Klinge verfing sich im Ärmel seines Jacketts. Schreiend sprang Helen hinzu, als sie sah, dass ihr Vater nach dem Angriff taumelte. Sie hörte, wie die Tür hinter ihr zuschnappte, Raeburn hatte den Raum verlassen; und sie stand Auge in Auge mit dem Mann, den ihr Vater eigentlich bereits einmal getötet hatte.

Jake hatte geträumt, als der Mann wieder aus dem Hotel kam. Wie eine Ewigkeit war es ihnen vorgekommen, als sie in dem schwarzen Maserati auf den Straßen rund um das Hotel Continental herumgefahren waren, die Sonne schien heiß durch die Windschutzscheibe, und Zoe saß angespannt und schweigend am Steuer und wartete auf irgendein Zeichen. Dann hatte ihr

Telefon geklingelt; sie hörte kurz zu und parkte ihren Wagen sogleich in der Nähe des Hotels am Bordstein, ließ jedoch den Motor laufen. Ein oder zwei Minuten später tauchte der Mann auf, schlug die andere Richtung ein und entfernte sich mit raschen, ruckartigen Schritten wie jemand, der den Anschein erwecken wollte, es nicht eilig zu haben. Er trug einen glänzenden Metallkoffer. Obwohl Jake ihn nur von hinten sah, erkannte er ihn sofort: Es war der Mann, der auf der Auktion gewesen war, derselbe, den er vorhin mit Helen im Café gesehen hatte – der Gedanke ließ ihn zusammenzucken –, es war ihr sogenannter Gentleman-Besucher.

Als Zoe mit dem Auto anfuhr, fragte sich Jake, ob es eine Bestimmung war, dass er niemals das Gesicht seines Rivalen zu sehen bekam – vielleicht hatte der ja keins, überlegte er, noch immer halb im Tagtraum. Dann verschwand der Mann, statt geradeaus zu gehen, in einer Gasse neben dem Hotel. Zoe beschleunigte und bog mit quietschenden Reifen ebenfalls dort hinein und fuhr so schnell hinter ihm her, dass Jake sich an Tür und Armaturenbrett festhalten musste.

Die Gasse war kurz, aber ziemlich breit, offensichtlich war es eine Zufahrt zu den Mülltonnen, die auf einer Seite aufgereiht waren. Dahinter führte im Zickzack eine Feuerleiter über Treppen und Absätze zu den oberen Stockwerken des Hotels Am Ende der Gasse erhob sich eine abschließende Mauer, und einen Augenblick lang dachte Jake, der Mann wäre in der Falle, bis er sah, dass es auf der einen Seite einen schmalen Durchgang gab, den man nur zu Fuß passieren konnte.

Was als Nächstes passierte, kam Jake wie ein Film vor. Als der Mann an der Feuerleiter vorbeilief, fiel von oben etwas

Mächtiges auf ihn herab, und es dauerte einen Augenblick, bis Jake erkannte, dass das ein anderer Mann war. Der Mann mit dem Koffer stolperte und fiel hin, der andere Mann war über ihm, und Jake sah das Funkeln eines Messers, das zum Zustoßen bereit war und dann mit brutaler Gewalt herniederschoss. Zoe beschleunigte den Maserati so sehr, als wolle sie die beiden überfahren, stattdessen bewirkte sie gekonnt, dass der Wagen sich quer stellte. Sie stieß die Autotür auf. Für einen Moment war Jake mit einem Anblick konfrontiert, der wie ein Schnappschuss zweier miteinander kämpfender Männer aussah, begrenzt vom Türrahmen. Beide hielten den Kopf erhoben und blickten, kurz abgelenkt, in den Wagen.

Der Mann obenauf sah bizarr aus: Anscheinend trug er eine Art Schminke, wobei sich Streifen von Grau mit orangefarbenen Fleischtönen abwechselten; der Mann darunter aber fesselte Jakes ganze Aufmerksamkeit – endlich sah er das Gesicht seines Rivalen –, und das war ein Gesicht, das er kannte, es war der Letzte, von dem er erwartet hätte, ihn in dieser Pariser Gasse zu treffen.

Der Mann stieß einen überraschten Schrei aus, als Zoe die Hand ausstreckte, um sich den Koffer zu schnappen und ins Auto zu ziehen; sie schob ihn Jake so heftig auf den Schoß, dass eine scharfe Kante in seinen Oberschenkel schnitt, zugleich zog sie mit der anderen Hand die Wagentür zu.

Geschickt wendete sie das Auto, sodass es nun mit dem Kühler Richtung Straße stand, aber während sie das tat, gab es einen schweren Schlag auf das Heck des Wagens. Jake drehte sich um und sah, wie sich das grotesk gestreifte Farbgesicht gegen das Rückfenster presste, der Mann war bemüht, sich an dem Maserati festzuklammern. Zoe murmelte leise etwas und drückte aufs

Gaspedal, der Wagen machte einen Satz nach vorn, dann trat sie so hart auf die Bremse, dass er sich fast auf den Kühler vorn stellte. Die sich hinten festhaltende Gestalt flog in hohem Bogen über das Wagendach, tauchte kurz vor der Windschutzscheibe auf, prallte von der Motorhaube ab und rutschte zur Seite, während Zoe erneut beschleunigte.

Erst als sie wieder auf der Straße fuhren, war Jake nach dem schockierenden Erlebnis wieder in der Lage, dass er etwas sagen konnte.

»Dieser Mann … das war …«

»Nicht jetzt, Jake«, sagte sie beschwichtigend.

Sie beugte sich zu ihm rüber, legte einen Arm um ihn, hielt ihr Gesicht dicht an seins, so als wollte sie ihn trösten. Dann spürte er den festen Druck ihrer Fingerspitzen in seinem Nacken und verlor das Bewusstsein.

22

Der Inhalt des Metallkoffers

Jake kam wieder zu sich. Er saß in einem großen Ledersessel in einem abgedunkelten Zimmer. Die Jalousien vor den Fenstern waren heruntergezogen. Er brauchte ein bisschen Zeit, bevor ihm klar wurde, dass er nicht allein war. Ihm gegenüber saß Zoe und beobachtete ihn aufmerksam.

»Hallo, Jake. Tut mir leid, dass ich dich in Schlaf versetzt habe … es schien das Beste unter den Umständen. Du hast ausgesehen, als hättest du einen furchtbaren Schock gehabt.«

Er saß aufrecht da, und unzusammenhängende Szenen blitzten in seiner Erinnerung auf: ein verzerrtes und verfärbtes Gesicht, das gegen das Rückfenster eines Autos gepresst war; ein Körper, der von der Motorhaube prallte – hatten sie etwa jemanden überfahren? Nein, ein Körper, der von einer Feuerleiter stürzte, nein, der sich fallen ließ, auf einen Mann mit einem Metallkoffer, einen Mann, dem sie gefolgt waren – jetzt fiel es ihm wieder ein: zwei Männer, die auf dem Boden miteinander kämpften, Männer, die zu ihm ins Auto hochblickten …

»Dieser Mann in der Gasse, der Mann, der den Koffer hatte…«

Zoe beobachtete ihn aufmerksam, anscheinend wollte sie seine Gedanken nicht aufhalten.

»... den kenne ich, oder wenigstens glaube ich, dass ich ihn kenne ... nur, dass das nicht sein kann ...«

Hilfesuchend blickte er sie an, sie nickte ihm aufmunternd zu. Er holte tief Luft, dann sagte er, selbst überrascht über die Ruhe in seiner Stimme: »Es war Mr. Macintosh, mein Englischlehrer.«

Zoe schaute ihn unbewegt an, das Kinn auf eine Hand gestützt.

»Das ergibt einfach keinen Sinn«, sagte Jake.

Sie betrachtete ihn noch eine Weile, dann stand ihr Entschluss offenbar fest.

»Vielleicht kann ich dir da weiterhelfen«, meinte sie, erhob sich von ihrem Stuhl und verließ das Zimmer. Jake blickte sich um: Es war ein großer Raum, an drei Wänden hatte er Fenster, die Vorhänge waren zugezogen. Sie schlossen allerdings nicht ganz dicht, sodass er sehen konnte, dass draußen noch helles Tageslicht herrschte. Durch den Stoff gefiltert erzeugte es hier im Inneren ein diffuses Zwielicht. In dem Zimmer war sonst nicht viel: ein Tisch, auf dem mit aufgeklapptem Deckel der Metallkoffer lag. Jake zögerte, dann ging er hinüber, um einen genaueren Blick darauf zu werfen. In dem grauen Schaumstoff konnte er die ihm vertrauten Umrisse der Apparatur des Alchemisten erkennen; daneben lag ein großer Kristall.

Er betrachtete das alles mit einem mulmigen Gefühl, gemischt mit Erleichterung. Obwohl der Apparat ja versagt hatte – er musste jetzt über sich selbst lachen wegen seiner früheren Erwartung, dass er sie unverzüglich glücklich machen würde –, konnte er doch in Anbetracht von dessen Gegenwart ein Gefühl von Bedrohung nicht unterdrücken; vielleicht war das alles nach Stephen Langtons Ermordung sogar noch stärker geworden. Deshalb wohl auch seine Erleichterung, als er daran dachte, dass die Apparatur nun endgültig aus seinem Leben verschwinden würde, zu ihrem rechtmäßigen Besitzer zurückkehren würde, wer immer das war – er nahm an, dass sie dann irgendwo in einem Museum landen würde. Wer weiß, vielleicht würde er eines Tages dort hingehen, hatte er gedacht, und ganz zufällig darauf treffen, und damit war er wieder zurückversetzt, hierher in diesen abgedunkelten Raum.

Konnte das wirklich alles sein, worum es bei der ganzen Angelegenheit ging? Ein Ausstellungsstück für ein Museum zu entdecken? Er dachte wieder an Zoe in dem Maserati, die Art und Weise, wie sie den so geschickt steuern und herumschleudern konnte, die Gelassenheit und Präzision, mit der sie den Koffer geschnappt hatte … auch rücksichtslos. Warum hatte sie die Tatsache gestört, dass dort in unmittelbarer Nähe ein Mann einen anderen ermordete? Als sie in dem Café davon gesprochen hatte, wie ernst einige Länder die Sache mit ihrer Kultur und ihrem Erbe nahmen, da war es um den Abschluss von Geschäften gegangen, darum, das Gesetz ein wenig zu übertreten, um einen Gegenstand zu kriegen – es war keine Rede gewesen von dramatischen Raubüberfällen am helllichten Tage, die mit beinahe militärischer Präzision ausgeführt wurden.

Und dann war da noch diese Sache, die sie danach in seinem Genick getan hatte, sie hatte ihm damit das Licht ausgeknipst … Helen hatte berichtet, ihr sei das Gleiche passiert. Er begann anzunehmen, dass Zoe schon etwas mehr sein musste als nur eine

Außendienstmitarbeiterin irgendeiner Abteilung von Kultur und Kulturbesitz.

Wo war sie überhaupt? Er ging zurück zum Sessel, blieb stehen. In der hinteren Wand gab es zwei Türen, die linke, durch die Zoe hinausgegangen war, und eine weitere rechts davon. Er dachte gerade daran, diese zu inspizieren, als sie aufging und eine Silhouette vor dem Licht zu sehen war … sofort erinnerte die ihn an jemanden, und einen Augenblick später wusste er, an wen, als eine heisere Stimme sagte: »Hallo, Jake.«

Verblüfft starrte er auf den dunklen Umriss und das volle, wellige blauschwarze Haar, das über die Schultern fiel.

»Miss Wilbright«, krächzte er ungläubig.

Dann betrat die Frau das Zimmer und entfernte mit einer ruckartigen Bewegung die Perücke … und war wieder Zoe.

»Sie! Aber was … wie …?«

Sie lachte über seine Verblüffung, tat das aber nicht unfreundlich.

»Eigentlich bin ich überrascht, dass du es nicht schon früher gemerkt hast … obwohl es nur beweist, was ich früher gesagt habe, dass nämlich Verkleidung und Verstellung gemeinsam gut funktionieren: Du rechnest mit der Geliebten von Gerald De Havilland in seiner Londoner Wohnung; du rechnest aber nicht damit, mitten in Paris deine ehemalige Kunstlehrerin zu treffen, die einen Maserati fährt. Genauso wenig, wie du damit rechnest, dabei zu sein, wenn dein Englischlehrer in einer Gasse neben dem Hotel Continental angegriffen wird«, erklärte sie ernsthaft.

»Ich verstehe das alles nicht«, erwiderte Jake bloß und schüttelte den Kopf.

»Macintosh Raeburn oder Mr. Macintosh, wie du ihn gekannt

hast, ist jemand, den wir schon eine ganze Weile beobachtet haben.«

Jake fiel das »wir« auf, ein deutlicher Hinweis auf eine große und mächtige Organisation.

»So viel hängt von der Arbeit von Geheimdiensten ab« – sie bemerkte Jakes Reaktion auf diese Formulierung mit einem leisen Lächeln –, »ob die richtigen Leute ausgewählt werden, die man beobachten will, und diejenigen, die einem die richtigen Hinweise geben. Großen Ereignissen gehen immer eine Menge winziger Andeutungen voraus, plötzliche Abweichungen des Verhaltens von Leuten, die ahnen, dass man ihnen auf der Spur ist … die Kunst besteht darin, sich sicher zu sein, dass man den Richtigen am richtigen Ort sucht. In dieser Angelegenheit hier« – sie deutete mit einem Kopfnicken in Richtung des Metallkoffers – »wussten wir, dass Macintosh Raeburn einer war, auf den man achten musste. Er ist ein besessener Schriftsteller, der ein hervorragender Kenner des *Thaumatophanen* ist, das ist der richtige Name dessen, was du für den Apparat des Alchemisten Ruggiero hältst. Wenn irgendetwas im Zusammenhang damit passierte, seine Antennen wären die Ersten, die das registrieren würden. Als also das Haus von Ruggiero unter mysteriösen Umständen in sich zusammenbrach und ein wegen seiner okkulten Bedeutung wohlbekanntes Gemälde ganz in der Nähe gefunden wurde – *Das Geheimnis des Alchemisten* –, da war für uns höchst interessant, wie die Reaktion unseres Freundes darauf sein würde. Als wir dann feststellten, dass er sich dem Lehrkörper deiner Schule anschloss, waren wir natürlich sehr neugierig, was er vorhaben würde …«

»Genau genommen«, sagte Jake, »hat er es bei Helen zuerst versucht, aber da hat er nichts erreicht.«

»Tatsächlich? Natürlich seid ihr beiden die Einzigen, deren Namen in den Zeitungsberichten aufgetaucht waren, und ich denke, Helen war ihm einfach näher, er lebte nämlich in der Toskana, daher wäre eine Reise in die Schweiz nichts Ungewöhnliches gewesen, aber als Lehrer getarnt nach Glasgow umzuziehen – das ist uns tatsächlich aufgefallen.«

»Also sind Sie ihm gefolgt?«

Sie grinste.

»Wir wollten sehen, wohin er uns führen würde; er war zwar nicht selbst der große Fisch, aber er konnte der Köder sein, der es uns ermöglichte, ihn zu schnappen.«

»Es war an diesem Freitag, nicht wahr?«, meinte Jake. Jetzt verstand er alles. »Er hat mich nach Stephen Langton ausgefragt, und dann sind Sie hereingekommen ... und was haben Sie mit mir gemacht?«

»Das tut mir leid, aber ich musste herausbekommen, was er von dir wollte. Es ist eine Standardtechnik bei der Befragung, eine Form von Hypnose.«

»So haben Sie also nach *Silk House* gefunden, ich selbst habe es Ihnen verraten!«

Wieder grinste sie.

»Es ist mir gelungen, vor Macintosh Raeburn dort zu sein, hauptsächlich, weil ich ihn ... ah ... nun ja ... an diesem Freitagabend aufgehalten habe.«

Diesmal war es ein boshaftes Grinsen, und Jake erinnerte sich an die Gerüchte, die er damals abgetan hatte, dass die beiden nämlich gesehen worden seien, wie sie zusammen ausgingen.

»Leider bin ich trotzdem nicht früh genug dort angekommen,

wie ich dir schon gesagt habe … Stephen Langton war bereits tot.«

Jake nahm all seinen Mut zusammen, um die Frage zu wiederholen, die er ihr schon im Café gestellt hatte: Wenn es Zoe nicht war und sie vor Macintosh dort war …

»Wer also hat Stephen Langton umgebracht?«

»Ich bin jetzt beinahe überzeugt, es war der Mann, den du heute in der Gasse gesehen hast, der Raeburn angegriffen hat. Er heißt Negulescu; er ist der Gehilfe eines Mannes namens Draganu, des großen Fisches, den ich erwähnt habe.«

»Hier geht es gar nicht um antike Kunstgegenstände, oder?«, fragte Jake und kam sich dabei lächerlich vor.

Aber sie lachte nicht; stattdessen blickte sie ihn eher ziemlich nachdenklich an.

»Es geht um einen besonderen antiken Kunstgegenstand: den *Thaumatophanen*.«

»Was ist das?«

Sie lachte ganz merkwürdig.

»Nun, da ist sich niemand so ganz sicher.«

»Aber sicher … irgendwer muss ihn hergestellt haben …?«

»Wir wissen nicht, wer ihn hergestellt hat oder für welchen Zweck … was er leisten konnte, wurde anscheinend erst allmählich entdeckt. Sicher war er allen Berichten zufolge zuerst ganz unbedeutend … vielleicht weil seine Benutzer unschuldig waren … aber nach einiger Zeit hat sich ein Schatten auf ihn gelegt. Wie es scheint, gab es irgendeine Verbindung zwischen dem Willen seines Benutzers und seiner Wirkungsweise … Das ist alles sehr undurchsichtig, muss ich gestehen, aber es scheint ein klassisches Beispiel dafür zu sein, dass Macht diejenigen verdirbt, die sie ausüben … Man hat sogar spekuliert, dass er vielleicht eine Art Laser gewesen sein könnte, nur dass er eben nicht Licht gebündelt hat, sondern irgendwie die Willensenergie … eine beängstigende Vorstellung.«

»Also ist es eine Waffe?«

Sie zuckte die Achseln.

»Wie gesagt: In Wirklichkeit weiß es niemand. Aber kann nicht alles als Waffe benutzt werden? Leider gibt es in dieser Hinsicht anscheinend keine Grenzen menschlicher Erfindungsgabe. Jedenfalls sollte sie mit Sicherheit nicht in die falschen Hände fallen.«

»Womit dieser Draganu gemeint ist?«

Sie nickte.

»Draganu ist der Letzte auf der Welt, der in den Besitz des *Thaumatophanen* kommen sollte.«

»Wer ist das denn eigentlich?«

»Nun …« Sie lächelte bitter, als würde die Aufgabe, ihn zu beschreiben, ihre Kräfte übersteigen. »Heute gilt er als Geschäftsmann, der sich zur Ruhe gesetzt hat und Spaß daran hat, Kunst zu sammeln … früher war er eng verbunden mit dem alten Regime in Rumänien, aber er hat so viel Geld, dass er fast alles kaufen könnte, sogar Gedächtnisschwund, daher erwähnt heute niemand mehr seine alte Rolle. Er ist vieles gewesen in seiner aktiven Zeit, aber seinen eigentlichen Ruf hat er sich als Ausübender der schwarzen Magie erworben … von denen, die es wissen müssen, wird er als der führende Gelehrte auf diesem Gebiet in Europa angesehen. Er gehört zu jener Sorte Mensch, die im Umkreis von Macht gedeiht … Du würdest staunen, wenn du wüsstest, wie viele Führungspersönlichkeiten, und keineswegs nur hirnrissige Diktatoren, vom Okkulten fasziniert sind … Es ist das scheinbare Versprechen von Gewissheit, das sie anzieht, das Verlangen nach Kontrolle … Draganu hat über die Jahre das Vertrauen vieler Prominenter erlangt, in Politik und Wirtschaft … er ist ein äußerst gefährlicher Mann.«

Jake blickte hinüber zu dem Metallkoffer, erleichterter als je zuvor, dass dessen Inhalt nun aus seinem Leben verschwinden würde.

»Sie werden froh sein, dass Sie das in die Hand bekommen haben«, sagte er und deutete mit einem Kopfnicken darauf.

Sie machte eine bedauernde Geste.

»Das war ich tatsächlich, bis ich meinen Irrtum erkannte.«

Jake stutzte.

»Die Apparatur ist eine Fälschung, eine Nachahmung, hergestellt aus Kunstharz. Und der Kristall ist nur das Ersatzstück aus geschliffenem Glas für den Auktionsraum.«

»Aber dann … wer?«

»Bei dem Mann, der sie anscheinend die ganze Zeit gehabt hat, beim Vater deiner Freundin, Gerald De Havilland.«

Jake hatte das Gefühl, dass er soeben aus einer Grube herausgekrochen war, nur um festzustellen, dass der Boden wieder nachgab, sodass er langsam und hilflos wieder hineinrutschte.

»Deshalb würde ich gerne deine Dienste noch etwas länger in Anspruch nehmen, Jake. Es wäre schön, wenn du für mich vermitteln könntest, damit wir Gerald De Havilland daran hindern können, die größte Dummheit zu begehen und Draganu die Apparatur zu verkaufen.«

Jake sah das Bild, wie er mit Zoe irgendwo in Paris Helens Vater traf … und Helen würde auch dort sein und sich fragen, was Jakes Rolle in der ganzen Angelegenheit sei, überrascht, dann die wahre Geschichte aus seinem Munde zu hören.

»Ja, sicher«, sagte er.

»Es gibt allerdings ein Problem.«

Sie führte ihn hinüber zum Fenster und hob mit einer geradezu dramatischen Geste den Vorhang. Draußen stand, geparkt auf einem breiten, sonnenbeschienenen Grasstück, etwas, das fast wie eine moderne Skulptur aussah: Es war ein kleines Flugzeug, bemerkenswert schön, es hatte ein ungewöhnliches Design, ein Paar winzige Flügel auf beiden Seite der Nase und Hauptflügel weit hinten am Rumpf, nahe am Heck. Zunächst dachte Jake, es sei ein Düsenflugzeug, dann sah er, dass es ein Propellerflugzeug war.

»De Havilland und seine Tochter sind auf dem Flughafen Orly. Ihr Ziel ist Istanbul. Wenn wir sie erwischen wollen, müssen wir selbst fliegen.«

»Cool!«, sagte Jake.

Jake hatte das Gefühl, er müsse sich irgendwohin kneifen, als sie starteten. Es war wie im Film: Bei der Verfolgung seiner Freundin macht sich der Held auf mit einem Privatflugzeug, das von einer schönen Frau gesteuert wird. Nur mit Mühe konnte er ein Grinsen unterdrücken. Helen hatte, zu ihrer Ehre sei es gesagt, tatsächlich eine Notiz bei ihrer Kusine Agnès hinterlassen, wohin sie mit ihrem Vater flog, und sie hatte sogar das Geld für einen Flug dazugelegt, aber es bereitete Jake große Befriedigung, Agnès am Telefon mitteilen zu können, das wäre nicht nötig, er könne das selber regeln. Dann widmete er sich dem Vergnügen, die wie eine Landkarte unter ihnen ausgebreitete französische Landschaft zu betrachten; als sie dann aber höher stiegen, fand er nach einer Weile die überirdische Schönheit der sonnenbeschienenen Wolken eintönig und langweilig und schlief ein.

Als er wieder aufwachte, breitete sich vor dem Cockpitfenster eine spektakuläre Szenerie aus. Wie ein Strudelloch hatte sich direkt vor ihnen eine riesige runde Lücke in den Wolken geöffnet; die eigentliche Wolkenbank sah finster und bedrohlich aus, aber an den Rändern trafen die Strahlen der untergehenden Sonne auf die zerrissenen Wolkenfahnen und ließen sie wie feurige Zungen aussehen. Sieht aus wie das Höllentor, dachte Jake, als sich das Flugzeug durch die wirbelnde Lücke neigte.

Plötzlich stürzten sie erdwärts, und nur der Sitzgurt bewahrte Jake davor, an die Decke zu stoßen, als die Maschine unter ihm wegtauchte. Neben sich sah er, wie Zoe die Hebel zurückzog, und mehr spürte er, als er es hörte, dass die Motoren reagierten und sich langsamer drehten. Seine Augen waren, ebenso wie sein Mund, weit geöffnet, sein Mund so weit, dass ihm der Kiefer schmerzte; fast glaubte er, er müsse schreien, aber er konnte sich nicht selbst hören.

Dann war alles vorbei, es konnte nur Sekunden gedauert haben, obwohl es ihm wie eine Ewigkeit vorgekommen war. Das Flugzeug stabilisierte sich und Zoe blickte zu ihm, der bleich und mitgenommen dasaß und sich an die Armlehnen klammerte, herüber.

»Tut mir leid … ein Luftloch. Alles in Ordnung?«

Jake konnte noch immer nicht sprechen, er nickte einfach, obwohl es überhaupt nicht stimmte: Er war weit davon entfernt, in Ordnung zu sein. Während die Maschine sank, beherrschte, statt dass sein Leben vor seinen Augen vorbeiflitzte, ein Gedanke seine Sinne: Macintosh war im November gekommen.

Und der zweite Gedanke: Miss Wilbright war bereits gleich nach den Oktoberferien dagewesen.

Daraus ergab sich nur eine Schlussfolgerung: Sie konnte nicht Macintosh gefolgt sein, denn sie war vor ihm dagewesen.

Sie musste die ganze Zeit hinter ihm her gewesen sein.

23

Helen in Byzanz

Helen streckte sich auf dem Hotelbett aus. Wenn sie sich aufsetzte, konnte sie durch die durchsichtigen Gardinen den Bosporus sehen, auf dem viele große Schiffe ins Schwarze Meer und nach Istanbul hin oder her fuhren. Sie hatte sich die Attraktionen der Stadt für den nächsten Tag aufgehoben, da sie wusste, dass sie heute zu müde war, um ihnen gerecht zu werden, und ihr Vater hatte dem gerne zugestimmt – er musste sich um eigene Angelegenheiten kümmern. Jetzt war er weg und besuchte einen mysteriösen Mr. Palaeloglu; wann er zurück sein würde, hatte er nur vage angedeutet.

Vermutlich war Palaeloglu der Kunde, dem ihr Vater die Apparatur zu verkaufen hoffte; Helen wäre höchst einverstanden damit, dass er die ganze Nacht wegblieb, wenn das bedeutete, dass sie endlich dieses verfluchte Ding los wären. Im Moment wusste sie nicht so recht, was sie mit sich anfangen sollte; sie wollte nicht aufstehen, aber sie hatte auch keine Lust zu schlafen – wie wäre es, etwas zu lesen?, dachte sie.

Dieser Gedanke weckte die Erinnerung an Sophies Buch und verursachte zugleich ein merkwürdiges Gefühl: Sie war überzeugt, dass sie schon hineingeschaut hatte in das Buch, vielleicht sogar mehr als einmal, aber sie konnte sich nicht daran erinnern, wovon es handelte. Gleichzeitig jedoch hatte sie keine Zweifel, dass alles, sobald sie das Buch aufschlagen würde, zurückkommen würde.

Eine Vertrautheit setzte ein und ein merkwürdiges Kribbeln, so etwas wie ein leichter elektrischer Schlag ging durch ihre Finger, sowie sie das Buch berührte. Ja, das war auch damals passiert. Und was kam als Nächstes? Die Sprache, in der es geschrieben war, hatte etwas Merkwürdiges ... sie konnte sich nicht genau daran erinnern, was. Sie schlug das Buch irgendwo auf, und ohne hinzuschauen ließ sie ihre Fingerspitzen über die Seite gleiten ...

Sie befand sich an einem erhöhten Ort und blickte nach oben. Der Himmel war grau und hing tief. Schneeflocken schwebten herab. Es war kalt, aber von irgendwoher stieg Hitze auf. Sie fühlte, wie ihr ein ätzender Dampf in die Nase stach, sodass sie husten wollte. War das Nebel, oder waren das Rauchschwaden? Sie war festgebunden und konnte weder die Glieder noch den Körper bewegen, nur ihr Kopf war frei. Ohne ihren Blick zu senken, wusste sie, dass sie sich auf einer Art Plattform auf der einen Seite eines Platzes befand, der an den anderen drei Seiten von Gebäuden umschlossen war. Der Platz war voller Menschen; viele weitere drängten sich auf Balkonen, von denen lange Fahnen schlaff in der kalten Luft herabhingen.

Sie hatte das Gefühl, als warteten die Leute auf einen entscheidenden Augenblick ... es war wie die Ruhe vor einer raschen und tödlichen Bewegung, die einem Schwertstreich gleich konnte.

Helen schaute in die Tiefe, und da war er, ein großer junger Mann mit einer auffällig blauen Kappe und einem Blick voller Furcht. Alles andere verblasste zu Grau, sie sah nur noch diesen Jüngling, der sie hilflos mit weit aufgerissenen Augen anstarrte. Helen hatte den Eindruck, als würde sie von dem Ort, an dem sie sich befand, weggezogen, als würde sie den auf eine Art und Weise überwinden, die sie selbst nicht verstehen konnte; sie war zu einem ungeheuren Energiestrahl geworden, der in die Augen des jungen Mannes traf. Und nun nahm sie auch wieder alles wahr, was sich um sie herum befand: die Plattform, die, wie sie nun erkannte, um einen rauchenden Scheiterhaufen herum errichtet war, die gewaltige Menschenmenge, die den Platz füllte, die mit Fahnen behängten Gebäude, den schneebeladenen Himmel oben, alles schien ordnungsgemäß an seinem Platz.

Die Zeit kam ihr ewig vor, dabei war es nur ein Augenblick – sie sah einen Mann in der Menge, der gerade nieste und dessen Augen herausstanden und dessen Lippen sich langsam und schlaff bewegten. Sie spürte, dass sie sich in einer völlig anderen Zeit aufhielt – oder vielleicht überhaupt nicht in der Zeit – und dass sie dort bleiben konnte, um alles in Ruhe hier weiter zu betrachten.

Sie fühlte sich befreit, sie war eins mit dem Universum, als könne sie binnen eines Wimpernschlags dessen entfernteste Ränder erreichen. Dann traf sie ein rüttelnder Schlag, als würde sie gegen eine Wand gestoßen … ihr war einen Augenblick schwarz vor den Augen, dann blickte sie zum Schafott hinauf, zum Scheiterhaufen, wo sie die Gestalt eines Mannes sah, der an den Pfahl gebunden und leblos zusammengesunken war in seinem Gewand, umgeben von Rauch … das Bild stand einen kurzen Moment lang still, dann löste es sich in schimmerndem Nebel auf.

Sie saß nun in einem Garten in einer heißen Gegend, im Schatten eines Baums. Sie hatte das Gefühl, dass Zeit vergangen war, eine lange Zeit, ohne dass währenddessen etwas passiert war. Von der Welt, die sie doch eigentlich sehen konnte, fühlte sie sich abgeschnitten, weder Geräusche noch irgendein Geruch erreichten sie, sie schien eingeschlossen in eine Kammer aus dickem, klarem Glas. Eine Dienerin kam mit einem Tablett, eine alte Frau in Schwarz, an deren Rock sich ein Kind klammerte. Sie setzte das Tablett auf den Tisch. Darauf befanden sich ein Silberbecher, eine Flasche Rotwein, ein Brotlaib und etwas Käse. Mit unendlicher Geduld füllte die Frau den Becher und begann das Brot in kleine Stücke zu reißen, während das Kind mit großen Augen zuschaute. Dann schnitt sie eine dünne Scheibe Käse ab, rollte sie in etwas Brot ein und legte den Brocken in die mit der Innenfläche nach oben auf dem Tisch liegenden Hand.

Helen betrachtete die Hand mit distanzierter Neugier, sie hatte sie erst nicht bemerkt. Dann wurde ihr klar, dass es ihre Hand war oder jedenfalls die der Person, mit deren Augen sie jetzt die Welt sah. Die Frau ergriff das Käsebrot und hob es zum Mund, sie begann zu kauen. Helen spürte das Essen nur als Muskelbewegung, schmecken konnte sie nichts. Nach ein paar weiteren Brotstücken wurde der Becher Wein unter Mithilfe der Frau hochgehoben, und Helen spürte die Flüssigkeit in ihrem Mund und in der Kehle, schmeckte aber immer noch nichts. Der Vorgang wiederholte sich etliche Male. Sie verspürte eine gewaltige Erschöpfung und Frustration.

Nun saß sie unter demselben Baum in demselben Garten in der gleichen Hitze, aber nun war es das Kind, das inzwischen zu einer Frau im reifen Alter herangewachsen war, das sie mit demselben Becher und dem Tablett bediente. Der Person, die sie fütterte, schenkte sie dabei keine weitere Beachtung, so als wäre sie nur eine Statue. Endlose Wiederholung immer der gleichen Tätigkeit hatte jedes Gefühl von menschlicher Achtung abgenutzt. Als das Ritual beendet war, erwartete Helen, dass die Frau das Tablett aufnahm und ging, aber stattdessen blieb sie sitzen und betrachtete ihren Schützling mit nachdenklich starrem Blick. Ihr Gesicht zeigte den Ausdruck eines Menschen, der sich zu einer wichtigen Entscheidung durchringt; nach einer Weile erhob sie sich von ihrem Stuhl und begann auf und ab zu gehen. Schließlich entfernte sie sich, nicht in Richtung des Hauses, sondern hin zu einer kleinen Tür, die in die hohe Mauer eingelassen war, welche das Haus umgab. Diese schloss sie auf und öffnete sie; sofort kamen drei Männer herein.

Die sahen aus wie Seeleute, mehr noch, ein Schein gefährlicher Prahlerei deutete auf Korsaren hin. Einer übergab der Dienerin einen Beutel Münzen; die beiden anderen gingen auf den Baum zu. Helen sah, dass sie Entermesser trugen, einer hatte ein Seil. Sie spürte, wie sie an den Ellbogen gepackt und auf die Füße gestellt wurde. Einer der Männer beugte sich nah zu ihrem Gesicht und sprach etwas, aber das konnte sie nur an der Bewegung seines Munds erkennen, kein Laut drang zu ihr. Die Klinge des Entermessers kitzelte ihre Kehle, hinter ihrem Rücken war der andere mit dem Seil beschäftigt. Die Frau, die neben der Tür mit dem Mann sprach, der ihr das Geld gegeben hatte, blickte nervös über die Schulter hin zum Haus und trieb sie mit Gesten zur Eile.

Jetzt befand sie sich in einem Boot, und es war Nacht. Sie lag der Länge nach auf dem Rücken in einem Laderaum und starrte nach oben. Die Sterne funkelten am samtenen Himmel. Während sie die betrachtete, verspürte sie eine innere Regung, so als ob sie lange geschlafen hätte und nun aus dem Schlummer erwacht sei: Ein Gefühl unendlicher Erschöpfung verwandelte sich in Wachsamkeit. Sie war sich der riesigen, ausdauernden Willensanstrengung bewusst, einer gewaltigen, lange angestauten Energie, die endlich frei wurde und auf ein bestimmtes Ziel gerichtet war. Zugleich fürchtete sie, dass ihr schwacher Körper nicht die Kraft haben würde, diese Energie zurückzuhalten … sie zitterte und bebte, als würde sie von elektrischem Strom geschüttelt. Plötzlich saß sie aufrecht.

Sie konnte die See hören.

In einer riesigen Meereshöhle saß ein Mann auf einem ungeheuer prunkvollen Thron, geschnitzt aus Elfenbein und bemaltem Holz und mit grob geschnittenen Juwelen besetzt. Der Thron war riesig, aber der Mann, der darauf saß, füllte ihn vollständig aus; er hatte monumentale Ausmaße, breite Schultern und einen gewaltigen Brustkorb; sein massiger Kopf war von fliehenden blauschwarzen Locken und einem riesigen struppigen Bart umrahmt, seine gewaltige fleischige Nase sah wie der gekrümmte Schnabel eines Raubvogels aus, seine weit auseinanderstehenden Augen waren dunkel und grausam. Er wirkte wie ein Mann mit monströsen Begierden, aber er war kein rohes Vieh: Sein dunkler Blick offenbarte eine schlaue Intelligenz. Er schien sehr zufrieden mit dem Gefangenen, den ihm seine Männer gebracht hatten.

Jetzt erhob er sich und begann auf und ab zu gehen; dabei strich er über seinen langen Bart und warf flüchtige und kontrollierende Blicke in die Runde. Nach einer Weile hob er im vertraulichen Ton an zu sprechen.

»Diese Dummköpfe in Ferrara, sie haben nur eine Hülle verbrannt. Sie haben nicht gesehen, wie der Geist weggeflogen ist, oder auch nur daran gedacht, dass er enfliehen könnte. Aber ich habe es gesehen, ich habe es erraten, obwohl ich es zunächst nicht für möglich gehalten habe. Ich war damals ein Knabe, ein zufälliger Besucher aus dem Ausland, ich folgte den Fußstapfen meines Vaters, um das Geschäft eines Kaufmanns zu erlernen. Welches Geschick mich zu diesem Platz gelenkt hatte? Irgendetwas zog mich dorthin. Albanus, der größte Zauberer des Zeitalters, so hieß es; in ihm lebt noch der Geist von Michael Scotus. Gut, das waren damals nur Namen für mich, aber ich fragte mich, was dahintersteckte, wollte mehr über sie in Erfahrung bringen. Fünfzig Jahre habe ich damit verbracht, von dem Tag damals bis heute, auf der Suche nach dir und in Vorbereitung auf diesen Augenblick. Studieren liegt mir nicht, ich bin ein Mann der Tat. Früh habe ich gelernt, dass Piraten nun mal Geschäftsmethoden haben, die denen der Kaufleute, wie mein Vater einer war, weit überlegen sind; warum sollte man bezahlen für etwas, das man sich mit Gewalt und eisernem Willen nehmen kann? Mein Name ist jetzt im Mittelmeer weit und breit gefürchtet. Aber die ganze Zeit habe ich ein Doppelleben geführt, meinen Reichtum für Bücher ausgegeben, die Bekanntschaft von Männern der Wissenschaft gemacht – wie die braven Gelehrten von Bologna und Salamanca zittern würden, wenn sie wüssten, mit wem sie es zu tun hatten!«

Er brach in schallendes Gelächter aus, das in der Höhle widerhallte. Er ging erregt auf und ab, und er kreiste mit den Armen, während er sprach.

»Aber jetzt, jetzt packen wir es! Jetzt endlich trägt der Baum Früchte!«

Er blieb abrupt stehen und kam mit seinem Gesicht sehr nahe an den Gefangenen heran.

»Glaub nur nicht, dass ich ein Dummkopf bin. Ich kenne meine Grenzen. Ich darf nicht hoffen, dich zu übertrumpfen – trotz aller meiner Willensstärke. Wenn wir uns zusammentun, kann das nur mit deiner Zustimmung geschehen. Du hast die Wahl; fünfzig Jahre bist du ein Gefangener in einem Körper gewesen, mit dem du nichts tun kannst, sein Geist ist so zerstört, dass er sich nicht wieder erholen kann. Ich biete dir Freiheit … im Tausch gegen Partnerschaft. Willst du sie annehmen?«

Helen spürte einen starken Widerstreit in ihrem Inneren, ihr war, als ob zwei misstönende Noten gleichzeitig erklangen.

Nein!

Ja!

Einen Moment lang standen sich zwei gewaltige Kräfte völlig gleich stark gegenüber: auf der einen Seite ein großes Misstrauen und Argwohn, eine Weigerung, das letzte Quäntchen Kontrolle aufzugeben, und darunter ein tiefer Brunnen von Traurigkeit wie bei jemandem, der eine falsche Entscheidung bereut, die er vor langer, langer Zeit gefällt hat – das Bild eines sonnigen Tals erscheint Helen wie ein verblichenes Foto: »Du gehst also fort, Michael? Nach Paris?«

Andererseits spürte sie, dass Misstrauen und Argwohn herrschten; dies wurde jedoch überwunden von einem gewaltigen Verlangen zu handeln, zu leben, wie es eben ein Gefangener empfinden muss, der nach langer Kerkerhaft einen kurzen Blick auf die Freiheit wirft: »Wir müssen diese Gelegenheit nutzen, komme, was da wolle … es gibt keine andere.«

Eine Zeit lang hielten sich diese beiden Kräfte die Waage, ohne dass eine nachgeben wollte; dann, langsam, ganz langsam wich die Zurückhaltung dem Durst nach Leben.

Helen wachte ruckartig auf und wusste nur, dass ihr Kopf einen Augenblick zuvor in den Schlaf gesunken war. Wo war sie? Mit weit aufgerissenen Augen nahm sie die unbekannte Umgebung wahr; natürlich, es war das Hotelzimmer am Schwarzen Meer; sie waren nach Istanbul geflogen.

Sie stand auf und räkelte sich; sie merkte, dass der Tag sich dem Abend neigte. Sie fühlte sich benommen und wirr. Wie lange hatte sie geschlafen? Sie öffnete die Balkontüren, und eine kühle Brise wehte herein. Ein Spaziergang entlang der Strandpromenade bevor sie wieder ins Bett ging, das wäre es.

Draußen herrschte eine zauberhafte Nacht; die Sterne oben schienen viel größer und heller, als sie es gewohnt war. Von irgendwoher aus Richtung Strand kam der Geruch von gebratenem Fisch, und eine helle Frauenstimme sagte mit einem australischen Akzent: »Weißt du, manchmal bei der Arbeit habe ich davon geträumt, das zu tun!« Draußen auf dem Meer hüpften

Navigationslichter auf und ab, ein Rubin und ein Smaragd, welche die Einfahrt in den Kanal markierten. Helen atmete tief ein und seufzte zufrieden.

Obwohl es schon spät war, waren noch viele Menschen unterwegs, vereinzelt liefen sie auf den Straßen, lehnten in Eingängen oder unterhielten sich lebhaft in Gruppen. Etwas entfernt vom Hoteleingang hatte ein riesiges altes Auto am Bordstein geparkt. Es war ungewöhnlich hoch gebaut und hatte ein winziges Rückfenster wie eine Kutsche, aber das Glas war dunkel; die lang gestreckten Seitenfenster waren mit Vorhängen zugezogen.

Es sah aus wie die Art Wagen, die einmal von der britischen Königsfamilie benutzt wurden, Helen konnte sich vorstellen, wie der Wagen durch die Tore des Buckingham-Palastes fuhr. Sie ging an dem Auto vorbei und bewunderte das Spiel der Kurven und Linien, den Schwung des Trittbretts, die Rundung des Ersatzreifens, die gerundete Rückseite des riesigen Frontscheinwerfers, das flache, geriffelte Oberteil des Kühlers. Überraschend fand sie das Fehlen von hellen Teilen; solche, von denen man hätte erwarten können, dass sie aus Chrom oder Messing seien, bestanden aus dunkel poliertem Metall, was dem Wagen ein finsteres Aussehen verlieh. Die Hupe, die aus einem langen, spiralförmig gedrehten Rohr bestand, das in einer glänzend schwarzen Trompete endete, wirkte wie ein Schlangenkopf mit aufgerissenem Maul.

Helen ließ die Finger über das kalte, polierte Metall gleiten. Jake hätte das sicher gern gesehen, dachte sie mit einem Anflug von Bedauern. Ganz plötzlich verspürte sie den heftigen Wunsch, er würde hinterherkommen, und wenn er hier wäre, könnte es so sein, wie es in Florenz gewesen war – es gäbe nur sie beide, einen Jungen und ein Mädchen, die sich in einer wundervollen Stadt amüsierten – ohne die belastenden Gefühle und Komplikationen von Paris.

Während sie an dem Auto vorbeiging, schien die Zahl der Menschen um sie herum anzuwachsen; wo vorher niemand gewesen war, befanden sich jetzt eine Menge Leute, die sich zum Teil gegenseitig anrempelten. Irgendein Streit schien im Gange, der immer hitziger wurde. Die Leute unmittelbar neben ihr blieben stehen, nahmen den Bürgersteig ein, hinderten sie daran weiterzugehen. Die von hinten drängten nach und schlossen sie in einem immer enger werdenden Kreis ein. Hinter ihrem Rücken hörte sie ein merkwürdiges monotones Husten, gefolgt von einer Abfolge kurzer, rhythmisch zischender Geräusche. Sie fragte sich, was das sei, und drehte sich um. Da sah sie, wie der große schwarze Wagen langsam auf sie zukam, wobei er sehr nahe am Bordstein entlangfuhr. Als er mit lautem Gehupe auf sie zukam, schwang die hintere Tür auf wie eine große ausgestreckte Hand. Sie spürte, wie die Leute ganz nah an sie herandrängten, auf das Trittbrett schoben und dann in den dunklen Innenraum. Die Tür ging zu und der Wagen fuhr davon.

24

Untergrundarbeit

Von dem Moment an, als das Flugzeug zur Landung ansetzte, hatte Jake überlegt, wie er entkommen könnte. Er ging davon aus, dass es ihm gelungen war, seine Aufregung im Flugzeug als Nachwirkung des Absturzes im Luftloch hinzustellen, und Zoe schien durch seine Schweigsamkeit nicht weiter beunruhigt oder war zu sehr mit den Armaturen beschäftigt, um ihn überhaupt zu bemerken.

Während sie über Istanbul mit seiner fantastischen Silhouette von Minaretten und Kuppeln, die sich von einem tiefblauen Abendhimmel abhob, einschwebten, hatte Jake das Gefühl, er sei in eine gefährliche Geschichte aus Tausendundeiner Nacht versetzt worden. Sogar am Boden, wo im Flughafengebäude ein modernes und prosaisches Leben ablief, wo es die Schlange wartender Taxis, dichten Verkehr mit lautem Hupen gab, blieb etwas von der leicht bedrohlichen Magie erhalten: Dies war eine zutiefst fremde Stadt, ganz anders als Paris – da wäre er bereit gewesen, bei jeder Gelegenheit loszurennen, sich in die Menge zu stürzen, in einer Seitenstraße zu verschwinden, sein Glück zu versuchen im Vertrauen darauf, dass es ihm schon gelingen würde, früh genug Kontakt mit der Welt aufzunehmen, die er verstand, in der er sich sicher fühlte. Hier jedoch, inmitten dieses Labyrinths von Straßen und engen Gassen, hatte er den starken Eindruck, dass unmittelbar unter der modernen Oberfläche ein ganz anderer, ein uralter Ort lauerte; dies hier war schließlich einmal Konstantinopel gewesen, die letzte Bastion des Römischen Reiches, und davor war es die uralte, geheimnisvolle Stadt Byzanz; hier, wo die Vergangenheit siebenundzwanzig Jahrhunderte zurückreichte, könnte man in einen Hauseingang treten und man würde in der Geschichte verschwinden.

Was die Sache noch verschlimmerte: Zoe schenkte ihm jetzt viel mehr Aufmerksamkeit und hatte anscheinend bemerkt, dass ihn etwas beunruhigte; er versuchte zwar, fröhlich und unbefangen zu wirken, aber er war damit nicht sehr erfolgreich, derweil betrachtete sie ihn immer wieder und schaute dann mit nachdenklicher Miene wieder weg. Er versuchte, sich damit abzulenken, dass er aus dem Fenster blickte. Istanbul am Abend war ein lebendiger Ort mit Straßencafés voller Betriebsamkeit und Leben, auf den Straßen drängten sich die Autos und hupten unablässig, und überall funkelten Neonlichter, grün, blau, rot und weiß.

Das Taxi kroch dahin, und nach einem flüchtigen Blick aus dem Fenster war Zoe anscheinend zu einer Entscheidung gekommen. Sie sagte etwas zu dem Fahrer, und der hielt ein wenig weiter vor einem Straßencafé an.

»Ich glaube, wir müssen miteinander reden«, sagte sie zu Jake und führte ihn zu einem Tisch, dann gab sie an der Theke eine Bestellung auf.

Jake erkundete seine Umgebung; es war eine belebte Durchgangsstraße voller Geschäfte, Bars und Cafés mit vielen Menschen, die hier unterwegs waren. Wenn er selbst in ein Geschäft schlüpfte, welche Chancen hätte er, sich verständlich zu machen? Viele Passanten sahen wie Touristen aus, einige von ihnen mussten doch Englisch sprechen? Nicht zum ersten Mal beneidete er Helen wegen deren Vielsprachigkeit. In der anderen Richtung gab es eine größere Querstraße, eine gute Stelle, um Verfolger abzuschütteln. Wenn er nur einen Stadtplan hätte …

»Überlegst du wegzurennen?«, fragte Zoe von ihrem Platz gegenüber.

»Was? Nein, überhaupt nicht«, entgegnete Jake unbeholfen. »Warum sollte ich an so etwas denken?«

»Weil dir klar geworden ist, dass ich vor Macintosh an die Schule gekommen bin und ich ihm also nicht gefolgt sein konnte?«, fragte sie lächelnd.

Jake starrte sie mit offenem Mund an, unfähig, seine Gefühle zu verbergen, unfähig sogar zu sprechen.

»Erinnerst du dich an London? Helen nahm an, dass ich die Geliebte ihres Vaters sei; wie habe ich dir gesagt: Am einfachsten ist es, die Identität anzunehmen, die andere dir bereits gegeben haben. Zunächst hat es dir in den Kram gepasst zu denken, dass ich Macintosh gefolgt sei, also habe ich dabei mitgemacht.«

»Und jetzt?«, endlich konnte Jake wenigstens krächzen.

»Und jetzt muss ich dir etwas anderes erzählen«, lachte sie, »weil das ja nicht mehr funktioniert.«

Die unbeschwerte Art, wie sie das sagte, erwischte Jake auf dem falschen Fuß, es war das Letzte, was er erwartet hatte. Sie schlürfte jetzt ihren Kaffee und sah ihn an wie jemand, der einen kleinen trotzigen Jungen ein wenig aufheitern wollte.

»Nimm's nicht so schwer, Jake, es ist ja nicht so, dass wir ein Liebespaar wären! Wenn es für dich ein Trost ist: Dich hinters Licht zu führen gehört einfach zu meinem Geschäft.«

»Also was sind Sie jetzt?«, fragte Jake verbittert. »Sie sind eine Kunstlehrerin gewesen, dann die Geliebte von jemandem, dann von Kultur und Kulturbesitz und danach Geheimagentin ...?«

Wieder lachte sie. »Eine ganz schöne Liste, nicht wahr? Obwohl ich dir sagen kann, das ist nichts im Vergleich zu den Lügen, die ich dir aufgetischt habe. Aber im Grunde leiste ich Geheimdienstarbeit – ich sammle Informationen.«

»Worüber?«, wollte Jake wissen.

»Worüber ist nicht die Frage, Jake, es geht um das Wie. Wenn man bestimmte Informationen haben will, solche der wertvollsten Sorte, dann muss man nahe an die Leute herankommen, sehr nahe, sodass sie einem all ihre Geheimnisse verraten, ohne zu ahnen, wer man ist. Ich arbeite im Verborgenen, Jake; weißt du, was das bedeutet? Es hat nichts mit Kostümierung und Verkleidung zu tun, obwohl ich das gelegentlich auch tue ... es bedeutet, eine Lüge zu leben ... und ich meine *leben* ... denn die Leute, an die du nahe herankommen möchtest, würden dich umbringen, wenn sie wüssten, wer du in Wirklichkeit bist. Das ist es, was ich tue, Jake.«

Sie sah ihn ernst an. Jake erwiderte ihren Blick mit steinerner Miene; er war nicht bereit, ihr zu glauben.

»An wen wollen Sie also nahe herankommen?«, fragte er.

Sie betrachtete ihn lange, was sollte sie sagen? Würde sie sich entschließen, ihm die Wahrheit zu sagen, oder überlegte sie nur, welche Lüge sie ihm diesmal auftischen sollte?

»Oder können Sie mir das nicht sagen«, meinte er verächtlich, »weil damit Ihre Tarnung auffliegen würde?«

»Würdest du mir glauben, wenn ich es dir verrate?«, fragte sie.

»Versuchen Sie es.«

Sie kaute auf ihrer Unterlippe, während sie eine Entscheidung fällte. Dann sagte sie: »In Ordnung: Draganu.«

Sie holte tief Luft.

»Und ich versuche nicht etwa, nahe an ihn heranzukommen, ich habe ihn schon. Genau genommen bin ich eine seiner engsten Mitarbeiterinnen.«

»Was!?«

»Ich habe ihn sogar selbst auf die Ereignisse in Forcalquier letzten Sommer aufmerksam gemacht, die unerklärliche Zerstörung von Ruggieros Haus, die Entdeckung des Gemäldes *Das Geheimnis des Alchemisten* ganz in der Nähe und natürlich das Verschwinden von Aurelian Pounce, des okkulten Dilettanten. Ich habe ihm erklärt, dass der *Thaumatophane* entdeckt worden sein könnte, und weiterhin, dass es durch dich gut möglich sei, mehr darüber herauszufinden.«

Jake starrte sie ungläubig an.

»Aber … aber warum denn?«, brachte er schließlich heraus.

»Damit er mich beauftragt, die Apparatur für ihn zu finden.«

Jake verstand immer noch nicht.

»Draganu ist ein alter Mann … viel älter, als irgendjemand glaubt … und er ist dem Tod nahe. Aber er ist ein Meister, und er hat« – sie zögerte und machte ein gequältes Gesicht –, »er hat einen Notfallplan, eine Methode, wie er den Tod überlisten könnte … aber nur die Aussicht, den *Thaumatophanen* zu finden könnte ihn dazu veranlassen … dafür würde er seinen Tod aufschieben … dafür hat er ihn bereits um viele Monate aufgeschoben.«

Jake, der ihr Gesicht genau betrachtete, hatte keinen Zweifel, dass sie diesmal die Wahrheit sprach; ihre Miene drückte allerdings eine tiefe Sorge aus.

»Siehst du, wie schön dieses ganze Unternehmen ist und wie riskant? Ihn damit in Versuchung zu führen – mit dem Ding, das er nicht in die Hände bekommen darf, mit dem einen Ding, das zu bekommen er alles riskieren würde, sogar sein Leben … und dann alles zu verzögern und zu verzögern, bis …«

Sie machte eine entschiedene Geste, indem sie mit einer Hand auf die andere schlug; ihr Gesichtsausdruck zeigte eine wilde Entschlossenheit – ein fast wilder Triumph war das.

»Sie hassen ihn wirklich, nicht wahr?«, fragte Jake schockiert, als er ihre Reaktion sah.

Sie betrachtete ihn mit einem Ausdruck, der schwer einzuordnen war: War es Wut? Schmerz? Kummer? Dann sagte sie einfach: »Er ist für den Tod meiner Mutter verantwortlich.«

Jake schwieg eine Weile, bis er das verdaut hatte. Schließlich sagte er: »Ist das der Grund, warum Sie sich freiwillig gemeldet haben?«

Sie blickte ihn gedankenversunken an, dann schien es, als sei sie geistig wieder voll da.

»Freiwillig gemeldet«, wiederholte Jake. »Ich meine für dieses Unternehmen.«

»Oh ja«, sagte sie so dahin, dann bestimmt, »ja, natürlich, das ist der Grund, warum ich es getan habe … und es hat auch funktioniert, bis Macintosh Raeburn dazwischengekommen ist und dieselben Schlüsse wie ich gezogen hat und dann denselben Spuren gefolgt ist …«

Jake kam ein schrecklicher Gedanke.

»Aber wenn Sie für Draganu arbeiten und Draganu Stephen Langton hat töten lassen, sind Sie dann nicht …«

»… verantwortlich für seinen Tod? Ja, in gewisser Weise bin ich das … obwohl ich nichts von Negulescus Verstrickung gewusst habe, bis ich an dem Tag nach *Silk House* gekommen bin. Ich glaube, Draganu hatte von meinen mageren Ergebnissen genug …«

»Also verdächtigt er Sie jetzt?«, fragte Jake beunruhigt.

»Ich glaube nicht, wenigstens noch nicht … du musst wissen, ich hatte einfach Glück: De Havilland muss den Mechanismus des *Thaumatophanen* schon zur Seite gebracht haben, sodass Negulescu ihn nicht kriegen konnte … und ich konnte von Paris aus Draganu mitteilen, dass ich gerade dabei war, ihn zu schnappen … du erinnerst dich an das Telefongespräch, das ich in dem Café geführt habe? Und dann … nun, du weißt ja, was danach passiert ist.«

»Aber was hätten Sie gemacht … wenn Sie ihn tatsächlich in Ihren Besitz gebracht hätten?«

»Mir Zeit genommen, ihn abzuliefern, nehme ich an … seine Tage sind doch gezählt … mit etwas Glück hätte sich die Verquickung von Aufregung und Warten als tödlich erwiesen.«

»Und was wollen Sie jetzt tun?«

»Genau«, erwiderte sie mit einem Blick, der Jake ein wenig nervös machte. »Das ist der Punkt, an dem ich gehofft hatte, deine Unterstützung zu erhalten … wenn wir noch einmal die Kristalle vertauschen könnten, das wäre die Lösung … der

Thaumatophane ist nutzlos ohne den Kristall. Wir müssen einfach hoffen, dass De Havilland ihn noch nicht weitergegeben hat, ich glaube nicht, dass er das schon geschafft haben kann … sie sind nur ein wenig vor uns hier angekommen, und es braucht seine Zeit, so ein Geschäft einzufädeln.«

Jake holte tief Luft. Er bemühte sich, klar zu denken: Konnte er ihr wirklich trauen? Ihre Ehrlichkeit war überzeugend … sie sagte jedenfalls ganz offen, dass sie ihn getäuscht hatte und warum; und auch diesmal … nun es klang wie die Wahrheit, und sie hatte eine Menge Dinge so erklärt, dass alles zusammenpasste …

»Was sollte ich Ihrer Meinung nach tun?«, fragte er. »Wir haben die Adresse des Hotels … Sie könnten mich einfach dort absetzen, und ich könnte schauen, was sich machen lässt …«

Sie verzog die Lippen, neigte den Kopf zur Seite und dachte über seinen Vorschlag nach; dann schüttelte sie entschieden den Kopf.

»Nein … zu riskant. Wir müssen vorsichtig sein … wir müssen uns langsam heranarbeiten. Falls du bereit bist, heißt das …«

Bei diesem Blick, den Zoe ihm jetzt zuwarf, wäre er zu allem bereit gewesen.

25

Stimmen in der Luft

Als die murmelnde Stimme verklungen war, war Helen wach; sie schien merkwürdigerweise wenig beunruhigt über den Ort, an dem sie sich befand, und darüber, wie sie hierhergekommen war. Sie dachte nur daran, dass da etwas war, das sie gleich tun musste. Sie setzte sich auf.

Sie befand sich in einem Raum, der nicht völlig dunkel war, sondern der von einem hell durchs Fenster scheinenden Mond erleuchtet war. Sie war im Bett und trug ein Nachthemd aus schwerer Seide, das sie noch nie gesehen hatte. Als sie die Beine über die Bettkante schwang, spürte sie unter den Füßen einen ledernen Vorleger. Sie ging hinüber zum Fenster; der Fußboden selbst bestand aus kühlen Fliesen. Das Zimmer lag in einem oberen Stockwerk; unten sah sie ein vom Mondschein silbern glänzendes Dach, sie blickte auf die Wipfel hoher Bäume.

Sie schlich zur Tür, öffnete sie und ging ohne Zögern nach links. Sie hatte wieder die schon vertraute, quälende Einbildung, lebhaft geträumt zu haben, ohne dass sie in der Lage war, sich an Einzelheiten zu erinnern, aber etwas war diesmal anders: Diesmal spürte sie eine starke Beziehung zwischen dem, was sie gerade tat – wo sie gerade hinging, genau genommen –, und dem, was sie geträumt hatte. Und nicht nur das, sie war auch davon überzeugt, dass all die Träume, die sie in letzter Zeit gehabt hatte, mit derselben Sache oder Geschichte zu tun hätten, und wenn sie nun nur weiterging, würde sie entdecken, was es war.

Der Weg war kompliziert und ging durch Korridore mit Mondlicht, mit merkwürdigen Möbeln auf beiden Seiten, Truhen, Schränken und Kommoden, vorbei an Wänden mit massigen Tierköpfen, die zwischen Wandbehängen und Bildern in schweren Rahmen herausragten; sie ging treppab, aber öfter auch treppauf, sie war voller Zuversicht. Es scheint, als ob ich ganz nach oben ins Haus gehe, dachte sie. Sie fühlte sich merkwürdig fremd, fast so, als ob sie ein anderes Mädchen beobachtete, und sie war neugierig zu erfahren, wo sie hinging.

Schließlich kam sie zu einem Gang, der eine leichte Steigung hatte. Das Mondlicht fiel quer über den Weg. Als sie hinausschaute, sah sie, dass sie sich oberhalb des Daches befand und anscheinend einen Abgrund zwischen zwei Gebäuden überquerte. Em Ende des Korridors war ein Portal mit zwei Flügeln, in die merkwürdige Symbole geschnitzt waren. Ein Flügel stand etwas offen. Sie zögerte; die Tür hatte etwas Feierliches und Schicksalhaftes, als ob hinter ihr die Lösung eines großen Geheimnisses liegen würde – sie wollte hindurchgehen, dennoch hatte sie Bedenken weiterzulaufen. Es hätte sie nicht sehr überrascht, Musik zu hören – vielleicht etwas aus der »Zauberflöte« ...

Stattdessen hörte sie Stimmen, hinter der Tür wurde geflüstert. Ein merkwürdig körperloses Geräusch, es schien in der Luft zu schweben und überhaupt nicht von Menschen zu stammen.

Das Flüstern verstummte unmittelbar, nachdem sie es vernommen hatte; trotzdem blieb sie eine Zeit lang ruhig stehen und strengte sich an, genau zu lauschen. Doch kein anderer Laut drang zu ihr, und vorsichtig ging sie also auf die Tür zu. Die war gerade weit genug geöffnet, dass sie hindurchschlüpfen konnte.

Sie war überrascht, sich nun im Freien wiederzufinden; sie stand am Rande eines flachen Daches. Vor ihr ein ungewöhnliches Gebäude, eine Art flacher Kuppel, die aussah wie eine umgedrehte Untertasse, deren Rand von einer Reihe offener Bögen getragen wurde. Im Innern ein Wald schlanker und in leuchtenden Nebel gehüllter Säulen. Dann erkannte sie, dass große Lagen durchsichtigen Stoffes herabhingen, in ihnen fing sich das Mondlicht. Die Nachtluft war warm. In der Mitte des Raums schien ein weiches, goldenes Licht, als wäre dort ein kleiner Mond gefangen.

Unter einem Bogen schlich sich Helen entlang, hindurch zwischen den schimmernden Tüchern. Da setzte das Flüstern wieder ein; es schien in der Luft über ihrem Kopf zu schweben und von überall her zu kommen. Der Boden unter ihren Füßen war angenehm kühl; als sie hinabblickte, sah sie, dass er ein reiches Muster hatte, gleichwohl die Farben vom Mondlicht gebleicht waren. Nahe beim Mittelpunkt der Kuppel kam sie zu einem runden Raum ohne Vorhänge und Pfeiler. Hier gab es einen ungewöhnlichen Baldachin – er sah aus wie ein aufwendiges Zelt, das aus vielen Stofflagen bestand. Die Schatten hier ließen den Gegenstand erahnen, der dort stand, bucklig und rund war er wie ein riesiger Bienenkorb. Ein Hauch von Weihrauch lag in der Luft.

Auf einem Tischchen vor dem Baldachin stand eine altmodische Öllampe unter einer Kugel aus mattem, durchsichtigem Glas; die Lampe warf einen runden Lichtfleck auf den Tisch, der wie ein Farbfleck in einem einfarbigen Bild wirkte. Auf dem Tisch lagen außerdem ein großes Buch mit grünem Einband und etwas, das wie eine Zeichnung aussah. Vor dem Tischchen auf dem Boden – sie konnte jetzt die Farben erkennen: kräftiges Grün, Rot- und Blautöne – lag ein rundes golddurchwobenes Kissen. Helen kam es wie die natürlichste Sache der Welt vor, sich darauf zu setzen. Das Geflüster hatte aufgehört, deutlich nahm sie die Stille wahr.

»Willkommen«, sagte eine Stimme.

Es war eine höchst ungewöhnliche Stimme, angenehm und melodiös klang sie, aber irgendwie auch wie zwei übereinander gelagerte Stimmen. Wie das Flüstern eben schien auch die Stimme irgendwoher aus der Luft zu kommen ... es war so, als würde jemand direkt hinter dem Tisch stehen.

»Schau dir die Zeichnung an«, forderte die Stimme sie auf.

Es war eine Skizze auf Pergament, gezeichnet mit rostbrauner Tinte und großem Können. Sie zeigte ein ungewöhnliches Tier, eine Art Drache mit Fledermausflügeln, einem Schlangenschwanz und den Vorderbeinen eines Adlers. Der gebogene Schnabel war offen, und auf dem Kopf trug er eine gezackte Krone. Der Adler stand oben auf einer schlanken Säule, die Klauen umklammerten das Kapitell.

»Leonardo da Vinci hat das gezeichnet. Es heißt ›Skizze eines Fantasiegeschöpfes‹, ist aber in Wirklichkeit die Zeichnung einer Statue. Solche Einzelheiten sind wichtig.«

Die Stimme schwieg, um Helen etwas Zeit zu lassen, das Gesagte zu verdauen.

»Das Buch auf dem Tisch – schlag es auf.«

Sie beugte sich über den Tisch und öffnete das Buch, es war zu schwer, um es hochzuheben. Die Schrift sah fremdartig aus, sie vermutete, dass es Arabisch sei.

»Das Vorsatzblatt.«

Helen blätterte es auf: eine altertümliche, vergilbte Fotografie. Der Hintergrund war verschwommen. Das Foto zeigte dieselbe Säule mit demselben fremdartigen Geschöpf.

»Kannst du Türkisch lesen?«

»Nicht in dieser Schrift«, antwortete sie, aber es schien jemand anderes zu sein, der sprach.

»Der Titel des Buches ist ›Das Geheimnis des Untergrundpalastes‹. Es ist ein seltenes Buch, in Istanbul ist es im neunzehnten Jahrhundert erschienen und wurde sofort verboten. Sein Autor wurde hingerichtet. Der *Yerebatan Serayi*, der Untergrundpalast, ist in Wirklichkeit eine riesige Zisterne, errichtet etwa vor fünfzehnhundert Jahren, um die Paläste von Byzanz mit Wasser zu versorgen; aber der Ort selbst ist viel älter, er war einmal ein Heiligtum. Die Zisterne wurde gebaut, um sowohl das Heiligtum zu wässern als auch ein Wasserreservoir anzulegen, geriet aber bald in Vergessenheit – genau genommen ungefähr ein Jahrhundert lang. Dann wurde sie wiederentdeckt, und im Laufe der Jahre begannen die Leute sich mehr und mehr für sie zu interessieren – bis der allzu wissbegierige Autor dieses Buches mit seinen Spekulationen zu weit ging. Jedes Betreten der Zisterne wurde fortan verboten, und als sie schließlich wieder geöffnet wurde, war über ein Viertel von ihr zugemauert – und das ist bis heute so geblieben.«

Helen betrachtete die Zeichnung und das Bild daneben und

versuchte, beides in Zusammenhang mit den Ereignissen zu bringen, die sie hierher gebracht hatten.

»Was ist das?«, fragte sie endlich.

»Was ist das?«, wiederholte die Stimme leise. »In der Tat, was ist das?« Die Stimme schien mit sich selbst zu sprechen.

»Es ist etwas, das schon uralt war, als diejenigen, die wir die Alten nennen, noch jung waren. Es war alt, als Moses aus Ägypten auszog. Es ist der Anfang und das Ende, die beste und größte erschaffene Arbeit, die unser Geschlecht je gekannt hat; das letzte erhaltene – und wer weiß, vielleicht das zerbrechlichste – von all den Werken eines großen Menschengeschlechts, das vor uns gegangen ist. Vielleicht das zerbrechlichste!«

Aus den Schatten war ein merkwürdiges leises Kichern zu vernehmen.

»Denk daran, Helen« – sie hörte ihren Namen und hatte das Gefühl, sie müsste darüber erstaunt sein –, »vielleicht ist dieses Wunderwerk, das ich über die Jahrhunderte gesucht habe, im Vergleich zu dem, was alles hätte überdauern können, für viele nicht mehr als bloß eine Taschenuhr, die irgendein Stammesbruder in jener Wüste finden wird, die einmal Europa war. Und was wird er dann denken? Wie wird eine einfache Taschenuhr, die für uns etwas Selbstverständliches ist, wie wird diese alte Mechanik, von der wir uns längst verabschiedet haben zugunsten von Quarz-Kristallen und elektrischen Batterien, wie wird das auf einen primitiven Menschen wirken? Was wird er denken? Wird er nicht vor Ehrfurcht erstarren, etwas zu finden, das so offensichtlich ein Ergebnis von großer Handwerkskunst ist, das Werk menschlicher Hände, und das dennoch so weit entfernt ist von allem, was er jemals selber wird herstellen können?

Es wird ihm wie das Werk von Göttern vorkommen, wie etwas Göttliches, das man verehren muss; es zu verstehen wäre böse, gotteslästerlich; etwas so Wunderbares könnte niemals für bloße Sterbliche verständlich sein!«

Während die Stimme sprach, sah Helen eine Szene vor ihrem inneren Auge: eine zerlumpte Gestalt in den Sandmassen, die Florenz, Paris und London bedeckten; in seinen mageren braunen Händen glitzerte die wunderbare Taschenuhr.

Die Stimme sprach jetzt nicht mehr von irgendeiner Zukunft und einer wundersamen Taschenuhr, sondern von der Vergangenheit und einem Objekt, das schon vor den Pharaonen unermesslich alt gewesen war.

»Als Byzas von Megara kam, um die neue Siedlung zu gründen, wie ihm das Orakel von Delphi aufgetragen hatte, war das sonderbare Ding eingeschlossen in einer Säule aus Stein. Während der Feierlichkeiten traf diese Säule ein Blitz, und der Stein zerbröckelte, und es war enthüllt. Plato hatte es dort gesehen und wunderte sich über das scheinbar hohe Alter und sagte, das Ding wäre älter als Troja. Aristoteles hatte es auch gesehen und bemerkte, dass das Metall, aus dem es gefertigt war, keinerlei Anzeichen von Alter oder Rost hatte. Alexander, sein Schüler, machte eigens eine Pilgerfahrt, um es zu sehen, und konnte nur unter Schwierigkeiten davon abgebracht werden, es mitzunehmen. In späteren Zeiten ging das Geheimnis des sonderbaren Objektes verloren; grobe Hände rissen sein Kristallherz heraus, ein gewisser *Licinius* nahm ohne Erlaubnis den Mechanismus auseinander und fertigte detaillierte Zeichnungen aller Teile an, eine Tat, die er mit dem Leben bezahlte. Das war ein törichter Akt der Behörden, die anschließend feststellen mussten, dass sie nun niemanden mehr hatten, der geschickt genug war, die Teile wieder zusammenzusetzen. Von den Zeichnungen hat man lange angenommen, dass sie vernichtet worden seien, aber das stimmt nicht. Der ganze Mechanismus konnte wieder zusammengebaut werden – von einem Unbekannten, dessen Name nicht mal überliefert ist. Lange vor den bilderstürmerischen Kriegen, in denen es mit Sicherheit zerstört worden wäre, stand das Heiligtum bereits im *Yerebatan Serayi* vergessen unter Wasser.«

Während die Stimme dies sagte, schien Helen alles vor sich zu sehen, als würde es sich vor ihren Augen abspielen. Als sie verstummte, saß auch Helen eine Weile schweigend da. Schließlich fragte sie: »Wer sind Sie?«

»Du weißt bereits, wer ich bin.«

Jetzt sprach die andere Stimme. Sie ahnte, dass es die des schlauen und freundlichen alten Mannes im Zimmer hoch über Paris sein musste.

»Ich dachte, ich wäre selbst der Meister und er der Schüler«, sagte die Stimme in bedauerndem Tonfall.

Dann klagte die andere Stimme: »Ich habe ihn mitleidig angesehen!«

Diese Stimme erinnerte an einen jungen Mann, fast noch ein Knabe, mit einem länglichen, sensiblen Gesicht unter einem strahlend blauen Barett. Dann schien es, als ob ein Teil der ursprünglich doppelten Stimme sich loslöste und allein sprach: »Ich weiß, was es bedeutet, jung zu sein und durch Klugheit ausgegrenzt.«

Sie sah einen Jungen, der an einem Tisch studierte und mit glänzenden Augen über Büchern brütete.

»Und ich weiß, was es bedeutet, von der Allgemeinheit ausgegrenzt zu werden.«

Am Rand eines grasbewachsenen Tals sah sie ein ernstes Mädchen, das sich von einem hageren jungen Mann verabschiedete: »Du gehst also fort, Michael? Nach Paris?« All dies war ihr vertraut; woher kannte sie das nur? Jetzt sprach wieder die Doppelstimme: »Mein Buch spricht nur zu gleichgearteten Seelen.«

Natürlich, das blaue Buch … sie sah es so deutlich, als hielte sie es in Händen … aber wo kam es jetzt her? Sie konnte sich nicht erinnern. Von plötzlicher Neugier ergriffen stand sie auf und ging auf den durchsichtigen Baldachin zu. In seiner Nähe war der Duft von Weihrauch stärker, aber er überlagerte etwas anderes, das sie nicht erkennen konnte, es war ein süßlicher Geruch. Sie konnte in dem Zelt eine dunkle Gestalt ausmachen, bucklig und massig. Zögernd hob sie die Hand und zwang sich, einen Zipfel des Stoffs zu ergreifen und zur Seite zu ziehen.

Da stand sie einem riesigen Kopf auf einem Berg voller Seide gegenüber; er musste abgeschlagen und dorthin gelegt worden sein. Der Kopf war unglaublich groß, hatte dunkles, kräftiges Haar, die Haut war wie Wachs, und die Augen waren geschlossen. Die schweren, vollen Lippen hatten die falsche Farbe für ein lebendiges Gesicht. Die große Hakennase stand fleischig vor. Der Kopf war so grotesk, so sehr einem Wachsmodell ähnlich, dass sie ihn ohne Schaudern betrachtete; außerdem schien ihr das Gesicht irgendwie vertraut. Sie brauchte einige Augenblicke, bis sie erkannte, dass es die durch das Alter grob gewordenen Gesichtszüge des Piratenanführers aus der Meereshöhle waren, jenes Mannes, der mit Albanus verhandelt hatte, ihn aus seiner Gefangenschaft zu befreien.

Dann bemerkte sie, wie die Augenlider zitterten. Ganz plötzlich gingen sie auf, und Helen sah die Augen.

Es waren die ungewöhnlichsten Augen, die sie je gesehen hatte: außergewöhnlich groß und in diesem Halbdunkel vermittelten die weit geöffneten Pupillen einen Eindruck von unendlicher Weite. Die Iris war fast farblos, wie klares Wasser oder Diamanten. Die Augen strahlten Willenskraft und Vitalität aus, ein deutlicher Kontrast zu dem toten Antlitz. Für Helen war dies ein Geist, der selbstständig und getrennt von seinem Körper existiert. Für einen langen Moment hielt dessen Blick den ihren gefesselt, sie konnte sich nicht abwenden – dann ließ er sie los, und seine Lider fielen wieder zu.

Das Gesicht blieb kurz wachsstarr und unbeweglich, dann begann es zu zittern; die Nasenflügel zuckten, der Mund arbeitete; das Geräusch eines tiefen Einatmens war zu hören. Helen trat zurück, wollte schon den Vorhang wieder fallen lassen, als sie sah, wie sich die Lider noch einmal öffneten – wie beim Erwachen aus einem Schlaf. Die Augen waren jetzt dunkel und sahen drohend aus und bösartig. Während sie sich umdrehte und wegrannte, dabei bemüht, dem Tisch und der Lampe auszuweichen, verfolgte sie ein fürchterlicher Wortschwall, ein heiseres, feuchtes Brüllen in einer Sprache, die sie glücklicherweise nicht verstand. Erst als sie die Tür erreicht hatte, wurde ihr klar, dass sie vor einer Verfolgung sicher war; die grollende Stimme klang so hilflos und wütend wie die eines alten Mannes, der Kinder aus seinem Garten verscheucht. Eher aufgeregt als ängstlich lief sie barfuß den abschüssigen Korridor entlang und durch die mondbeschienenen Gänge.

»Mein Buch spricht nur zu gleichgearteten Seelen.«

»Ich weiß, was es bedeutet, jung zu sein und durch Klugheit ausgegrenzt.«

Helen saß auf ihrem Bett in dem abgedunkelten Zimmer; sie war guter Dinge, die Schreckensszenerie mit dem erwachenden Kopf hatte sie vergessen; verinnerlicht hatte sie die Macht dieser Diamantaugen, die Faszination dieser Stimme, die in sie gedrungen war. Noch nie hatte eine Stimme ihre Gefühle so sehr berührt, fast glaubte sie, die Stimme gehörte nur ihr allein:

»Und ich weiß, was es bedeutet, von der Allgemeinheit ausgegrenzt zu werden.«

Hatte sie sich nicht danach gesehnt, genausozu sein? Wollte sie nicht aus Helen De Havilland hinausschlüpfen, aus dieser Erbin eines riesigen Vermögens, die durch soziale Herkunft dazu verdammt schien, ein Leben der Langeweile zu führen – sich selbst so leicht loswerden, wie sie ihre Schuluniform im Zug weggeworfen hatte? Vor ihren Augen sah sie das Bild ihrer Tanten, wie sie sich in ihrem Zimmer zu Hause versammelten und verdutzt die leere, zerknitterte Hülle von ihr anstarrten, die auf dem Bett lag wie die abgestreifte Haut einer Schlange.

Sie sah sich selbst jetzt aus einer völlig anderen Perspektive, sah ihren Körper, wie die Tanten ihn sehen würden, als bloßes Vehikel, eine zeitweilige Behausung, wie ein Auto, in dem man vielleicht eine Zeit lang fährt; auch ihre Individualität war bloßer Zufall, lediglich Ergebnis der Tatsache, dass sie diesen Körper zu dieser Zeit an diesem Ort zufällig bewohnte. Das Gefühl von Freiheit aber war wie ein Hauch kühler, frischer Luft. Alles, was sie als höchst fest, höchst verbindlich und unveränderbar betrachtet hatte, hatte sich in Rauch aufgelöst – oder anders: Das, was alles zusammengehörte, war nicht länger ein Teil von ihr, sie hatte sich getrennt von dem, was untrennbar erschienen war, sie hatte Teile von sich selbst zurückgelassen, wie man ein Boot sicher am Ufer vertäut und dann über den Rand gleitet und hinaus aufs Meer schwimmt …

Kurz sah sie sich selbst weit draußen auf dem grenzenlosen Ozean, aber nicht allein … über ihr war reines Licht, das auf sie herabfiel, sich spiegelte und wieder aufstieg, so wie unabhängige Geister, frei, unsterblich, ewig!

Sie schwang sich mit ausgestreckten Armen zurück aufs Bett, völlig losgelöst; sie fühlte sich wie damals als kleines Mädchen – es schien so lange her –, als man ihr erlaubt hatte, eine ziemliche Menge Champagner zu trinken: Ihre Seele befand sich in einem angenehmen Strudel, sie hatte ein Gefühl, als könne sie bis zur Decke fliegen und durch das Zimmer tanzen.

Lange Zeit lag sie mit geschlossenen Augen da, mit ihren Gedanken ganz in einer Fantasiewelt, in der alles möglich war … sie fühlte sich wie die russische Puppe, wie eine Matrjoschka, die Albanus einschloss und Michael Scotus und dessen alten Meister in Paris – und wer weiß, wie viele andere da noch waren oder wie weit zurück die Ahnengalerie reichte? Die Erfahrungen, zu denen sie Zugang haben würde, das Wissen, das ihr gehören würde – es war wie die unglaublichste Privatbibliothek, die mit der ganzen Weisheit aller Zeiten gefüllt war!

Während sie sich so ihren Fantasien hingab, nahm sie allmählich eine hartnäckige, drängende Kraft wahr: Eine Hand hatte sie am Knöchel gepackt und schüttelte heftig ihr Bein.

»Steh auf! Steh auf!«

Die Stimme war ihr vertraut; die Umgebung, immer noch ein abgedunkeltes Schlafzimmer, und das Durcheinander ihrer Gedanken ließen sie für einen Augenblick glauben, sie sei zurück in der Schule, und alles, was sie erlebt hatte, war lediglich eine Art wunderbarer Traum gewesen, denn da stand ihre Zimmergenossin Sophie, ganz unverwechselbar mit ihrem rot wallenden Haar, ihrer weichen zuckerbraunen Haut und ihren verschiedenfarbigen Augen, da stand Sophie Petrescu am Ende ihres Bettes und rüttelte an ihrem Knöchel. Helen setzte sich auf und versuchte, einen klaren Gedanken zu fassen.

»Sophie? Wo bin ich? Wo sind wir …?«

»Steh auf! Du kannst hier nicht bleiben! Du musst verschwinden«, zischte Sophie.

»Aber was … ich meine, wie … was tust du denn hier?«, fragte Helen, der es schließlich gelang, die Wörter in die richtige Reihenfolge zu bringen.

»Ich wohne hier.«

»Du wohnst hier? Aber wie …«

»Es ist das Haus meines Vaters.«

»Deines Vaters? Mr. Petrescu?«

»Petrescu ist der Name meiner Mutter. Mein Vater heißt Draganu.«

Draganu? Wie ein Blitz schoß es durch Helens Gehirn, so grell, dass sie nicht wußte, wie ihr geschah.

»Du hast gehört, was ich gesagt habe. Steh auf! Ich möchte nicht, dass du hier bist, will nicht, dass du mich verdrängst. Ich habe gehört, worüber du gesprochen hast. Erst dieses Miststück, das mir Schwierigkeiten gemacht hat, und nun du!«

»Wovon redest du?«

»Zieh das hier an!«

Sie warf Helen ein Bündel Kleidungsstücke hin.

»Deine Schuhe konnte ich nicht finden. Du musst dich mit denen hier begnügen, sie gehören meiner Schwester.«

»Ich wusste gar nicht, dass du eine Schwester hast.«

»Es gibt vieles, was du nicht weißt.«

»Du hast nie von ihr gesprochen.«

»Sie ist meine Halbschwester.«

Während Sophie redete, schob sie Helens Füße in die geborgten Schuhe und drängte sie, die Kleider anzuziehen. Plötzlich hielt sie inne, anscheinend konnte sie nicht länger zurückhalten, worüber sie gegrübelt hatte.

»Dieses Miststück! Sie hat mich dazu gebracht, meinen Vater aus seiner Trance aufzuwecken, hat mich angerufen, ganz zuckersüß, hat mir erzählt, es wäre alles in Ordnung …«

Ihr Gesicht veränderte sich: Es schien zu schrumpeln und wurde verzerrt. Sie bewegte sich rückwärts, umklammerte die Knie und jammerte wie ein Kind.

»Ich wollte das nicht, ich wollte das nicht! Sie hat gesagt, es wäre in Ordnung! Hat sie gesagt!«

Helen, entsetzt über diesen plötzlichen Zusammenbruch, streckte die Hand aus, um sie zu trösten. Sophie zuckte zusammen, als würde sie geschlagen werden.

»Fass mich nicht an! Du bist ganz genauso, versuchst, mir Schwierigkeiten zu machen, willst mich beseitigen! Ihretwegen hat er tagelang nicht mit mir gesprochen, nur deshalb, weil sie mich dazu gebracht hat – er hat gesagt, es hätte ihn umbringen können. Ich bin vorher immer sein liebstes Kind gewesen, jetzt will er mich nicht einmal mehr sehen – und dann holt er dich hierher!«

»Es war nicht mein Wunsch hierherzukommen!«

»Gut! Also, jetzt kannst du verschwinden. Folge mir!«

Der Schock über Sophies Auftauchen und ihre unglaublichen Worte hatten alle vorherigen Gedanken aus Helens Kopf vertrieben; sie war wieder zurück in der Wirklichkeit, ein entführtes Schulmädchen, dem eine unerwartete Gelegenheit geboten wurde zu entkommen. Sie folgte Sophie den engen Korridor entlang, wobei sie ihr ungeschickt mit den zu großen Schuhen hinterherschlurfte durch eine Anzahl von Türen, von denen Sophie einige aufschließen musste.

»Deine Halbschwester muss große Füße haben«, sagte sie zu Sophie, bekam jedoch keine Antwort, sondern eine ärgerliche Geste, still zu sein.

Das Haus war vollkommen ruhig, und als sie sich durch die mondhellen Korridore stahlen, fiel es Helen leichter zu denken, sie wäre in irgendeinem Traum, als zu glauben, dass alles tatsächlich passierte. Sie machten Umwege, gingen viele Treppen hinauf und hinab, vermutlich wollte Sophie die bewohnten Teile des Hauses umgehen. Trotz aller Biegungen und Kurven zögerte Sophie kein einziges Mal, und Helen wusste plötzlich, dass Sophies Kindheit ihrer eigenen sehr ähnlich gewesen sein musste, sie waren einsame Kinder, die sich ihren Weg durch ausgedehnte labyrinthische Häuser suchen mussten.

Während sie Sophies schlanken Rücken betrachtete, spürte sie eine Welle von Sympathie, erinnerte sich, dass sie, als sie sich trafen, sofort Freundschaft geschlossen hatten. Spürt Sophie das auch?, fragte sie sich. Sie stahlen sich durch das verdunkelte

Haus wie Kinder, die geheime nächtliche Spiele spielten. Schließlich kamen sie zu einer kleinen Tür, die sie in den Garten brachte. Die Nachtluft war warm und duftete, es war tatsächlich wärmer als im Haus, und ein riesiger Vollmond, der die Steinmauern silbern und den Efeu tintenschwarz vor den knochenweißen Marmorterrassen erscheinen ließ, verlieh der ganzen Szenerie den Schein eines Kupferstiches.

Sie gingen an den kunstvoll gestalteten Beeten vorbei und einen schmalen gewundenen Pfad entlang, der sie durch ein struppiges Wäldchen führte; taunasses Gras befeuchtete Helens Beine. Sie gelangten auf eine vor einer hohen, glatten Mauer gelegene Lichtung. Uralte, längst ausgemusterte Gartengeräte lehnten an einer verrottenden Schubkarre, die fast im Gras versunken war. Das Skelett eines verlassenen glaslosen Gewächshauses duckte sich im Schatten an die Mauer.

»Du kannst an dem Gewächshaus hochklettern. Der Rahmen ist aus Metall, er ist stärker, als er aussieht. Oben auf der Mauer sind Glasscherben, aber wenn du deine Jacke darüber legst, wirst du keine Probleme haben. Es wird ein ziemlich tiefer Fall auf der anderen Seite, aber dort ist ein weicher Untergrund. Nimm die Straße nach links, um in die Stadt zu kommen.«

Helen stand im Mondlicht und sah die zierliche Figur des Mädchens an, das mal ihre Freundin gewesen war. Zuneigung stieg in ihr auf, und sie neigte sich vor, um Sophie zu umarmen, aber die widersetzte sich und stieß sie zurück.

»Verschwinde einfach!«

Sie standen sich noch einen kurzen Augenblick gegenüber; Helen sah Sophies im Schatten liegendes Gesicht und hoffte auf irgendein Zeichen der Sympathie oder Zuneigung. Aber Sophie stand nur stumm mit hängenden Armen da. Also drehte Helen sich um und kletterte an den Sprossen des Gewächshauses hoch; oben blieb sie stehen, um ihre Jacke auszuziehen, und legte sie über die Mauerkrone, wie Sophie es ihr gesagt hatte. Als sie auf der Mauer saß, blickte sie zurück nach unten, aber da war niemand mehr. Sophie war weg.

Helen ließ sich langsam auf der anderen Seite hinab, bis sie der Länge nach an ihren Armen hing, dann ließ sie sich fallen; sie dachte daran, ihre Jacke festzuhalten, und brachte sie tatsächlich mit herunter, leicht zerrissen von den Glasscherben. Die Straße lag fahl im Mondlicht. Sie fragte sich, wie spät es wohl war – zwei, drei Uhr am Morgen? Dann schlurfte sie mit der zerrissenen Jacke über dem Arm – die Nacht war zu warm, um sie anzuziehen – in ihren schlecht passenden geborgten Schuhen zur Stadt hin.

Durch das Laufen wurde ihr Kopf klarer, sie beschlich ein Gefühl einer Beschwingtheit – vermutlich eine Nachwirkung der Mittel, mit denen sie betäubt worden war, was immer es gewesen sein mag – doch dann spürte sie bald, wie sehr ihr die Füße schmerzten. Verbissen sagte sie sich, sie müsse den Schmerz als eine Art Buße betrachten. Denn nun erkannte sie, dass alles ihr eigener Fehler gewesen war; hätte sie kein Tagebuch geführt, hätte sie sich Sophie nie anvertraut, dann wäre Stephen Langton vielleicht noch am Leben. Das Wissen, dass Sophie geschickt worden war, um sie auszuspionieren, machte ihren Verrat weniger schmerzlich – sie hatte es tun müssen, deshalb überhaupt war sie ja im Internat gewesen. Helen war nicht mehr wütend auf sich. Arme Sophie! Sie hatte dafür gesorgt, dass Helen ihr eigenes Leben jetzt unter einem völlig anderen Blickwinkel sah. Was hatte sie noch über ihre Halbschwester gesagt, und sprach sie nicht davon, dass sie ihren Vater aus seiner Trance geweckt hätte?

Sie sah einen Zusammenhang mit all dem, was Raeburn über Seelenprojektion gesagt hatte, und mit dem Bericht ihres Vaters über seinen Kampf mit Negulescu – »Plötzlich schien er jedes Gefühl für das zu verlieren, was er tat, verstehst du, als ob er gerade aufgewacht wäre« –, vielleicht sollte sie Sophie dankbar sein dafür, dass sie Draganu aus der Trance geweckt und dadurch seinen Zorn erregt hatte. Und nun musste sie Sophie auch für ihre Freiheit danken, denn gewiss und trotz aller wirren Gedanken zuvor war es doch besser, hier zu sein und diese Straße entlangzugehen, selbst wenn es mit schmerzenden Füßen war, statt dort zu warten – auf was denn? Irgendetwas, von dem man besser nicht wusste, was es war.

Kaum war ihr dieser Gedanke gekommen, als sie hinter sich ein Geräusch hörte, das ihr Angst machte, ein rhythmisch wiederholtes Zischen. Ohne nachzudenken, sprang sie seitlich von der Straße weg in, wie sie vermutete, hohes Gras hinein, es stellte sich aber als Wassergraben heraus. Sie hockte sich in dem lauwarmen Wasser hin und blickte über den Grabenrand zwischen den Grasbüscheln durch. Das zischende Geräusch hielt an, aber zu sehen war nichts, und Helen saß missmutig in dem plätschernden Nass. Dann schoss etwas in einem einzigen Augenblick vorbei, schwarz war es und riesengroß, mit gewaltigen Frontscheinwerfern. Helen sah dem Rücklicht nach, es war ein rotes Auge, bis es außer Sicht war, und sie blieb auch danach trotz aller Unbequemlichkeit noch eine Weile sitzen, bevor sie sich mühsam aus dem Graben arbeitete und tropfnass auf der Straße stand.

Mit gewaltiger Willensanstrengung setzte sie einen Fuß vor den anderen und nahm ihren Marsch wieder auf.

26

Der Hof des Basilisken

Während Jake Zoe durch das Labyrinth der Nebenstraßen folgte, kam es ihm wieder so vor, als ob sie, je mehr sie sich von der Hauptverkehrsstraße entfernten, immer tiefer in die Vergangenheit eintauchten; die Gebäude schienen hier wirklich sehr alt zu sein, sie hatten kleine, windschiefe Eingänge und tiefe Fenster mit überwiegend geschlossenen Läden. Nach reichlichem Kreuz und Quer durch Seitengässchen und kleine Hinterhöfe kamen sie schließlich zu einem sehr schmalen Durchgang zwischen zwei hohen Gebäuden, der von einem Bogen überspannt wurde. In dem schwachen Licht konnte Jake erkennen, dass in den Bogen etwas eingemeißelt war; das Bildnis war jedoch so alt, dass der Stein schon fast wieder glatt geworden war, und nur ein leichter Schatten deutete noch an, was vielleicht einmal ein schnabelverzierter Kopf gewesen war, der eine Krone zu tragen schien, sowie ein sich darum ringelnder Schlangenkörper. Es war ein bedrohlicher Anblick; Jake blieb davor stehen, und Zoe musste die Hand ausstrecken, um ihn unter dem Bogen hinter sich herzuziehen.

Die Gasse, die nun folgte, war mit großen Steinplatten gepflastert, ziemlich ausgetreten und stellenweise gebrochen, sodass Jake in dem dämmrigen Licht des Öfteren stolperte. Er hielt sich in der Mitte des Gehwegs, beunruhigt durch die vielen dunklen Türen und Fenster, die sich auf beiden Seiten drohend abzeichneten; leicht konnte man sich heimliche Zuschauer vorstellen, die im Schatten lauerten, oder – schlimmer noch – sich ausmalen, dass aus dem Dunkel ein Arm hervorschießen und einen packen könnte. Jake blickte sich um und sah, dass der Bogen schon sehr weit hinter ihnen lag.

Auf halber Strecke kamen die Stufen: Die Gasse neigte sich abrupt tief in die Finsternis, und die Wände rückten von beiden Seiten enger zusammen. Jake tastete nach einem Geländer, aber seine Hände fanden nur feuchte, glitschige Steine. Vor sich konnte er gerade noch das gespenstische Grau von Zoes Fliegeruniform wahrnehmen, und von Zeit zu Zeit sah er ihr weißes Gesicht, wenn sie sich umdrehte, um zu kontrollieren, ob er ihr noch folgte.

Schließlich endeten die Stufen, und sie fanden sich in einem niedrigen steinernen Gang wieder; Jake musste sich bücken, um nicht an die Decke zu stoßen. Ihm war so, als würden die Wände und die Decke des Ganges immer näher rücken, so hatte er es in kindlichen Albträumen oft erlebt, als er sich in einem immer enger werdenden Tunnel eingeschlossen fühlte, bis schließlich nur noch Platz zum Kriechen war und es unmöglich schien umzukehren … Wie weit waren sie inzwischen? Die Dunkelheit hatte sein Zeitgefühl durcheinandergebracht, sodass Jake wirklich keine Ahnung hatte, ob es nur Minuten waren, seit sie das Café verlassen hatten, oder ob schon viel mehr Zeit vergangen war. Panik stieg in ihm auf, als er die Mauer neben sich mit der Hand verfehlte und seitwärts stolperte; sein Oberschenkel stieß gegen die Steinbrüstung, sodass sein Bein taub wurde. Der Raum schien sich zu öffnen, und er nahm an, dass sie auf einen größeren Platz getreten waren. Tief unten, so meinte er, konnte er das Geräusch von fließendem Wasser hören.

Dann wurde der Gang wieder enger, und kurz darauf folgten weitere Stufen, diesmal führten sie spiralförmig aufwärts. Sie stiegen unermüdlich höher, bis Jake das Gefühl hatte, seine Beine wären aus Gummi und würden ihn nicht weiter tragen. Gerade als er das dachte, betraten sie jedoch einen kleinen mondbeleuchteten Innenhof, der von hohen Mauern umgeben war. Ihnen gegenüber stand ein Gebäude von primitiver Einfachheit, ein schlichtes Steinrechteck mit zwei quadratischen Fenstern und einer niedrigen Tür in der Mitte; sowohl der Eingang als auch die Fenster waren in das Mauerwerk versenkt. Das Ganze sah fast aus wie ein Gesicht. Die Steine hatten eine grünliche Färbung, vielleicht von Moos oder Flechten. Alles sah unglaublich alt aus.

Zoe blieb unter dem Türbogen stehen und pochte ein kompliziertes Klopfzeichen; Jake stand hinter ihr und sah, dass über der Tür ein ähnliches Bildnis in den Stein gemeißelt war wie jenes, das er auf dem Eingangsbogen gesehen hatte, ein schnabelbewehrter, gekrönter Kopf mit einem Schlangenleib.

Die Tür wurde geöffnet und Licht fiel in den steinernen Hof. Die Schattengestalt hielt eine altmodische Laterne in die Höhe. Zoe und der Schatten begannen, in einer Sprache zu sprechen, die Jake für Türkisch hielt; er glaubte beim Schattenmann – jedenfalls meinte er, es sei ein Mann – ein gewisses Zögern zu bemerken, sie einzulassen. Die beiden diskutierten, mal barsch, dann milder, bis sich Zoe anscheinend durchgesetzt hatte: Der Schatten drehte sich um und ließ sie mit hoch erhobener Laterne in das Haus. Nach allem, was Jake sehen konnte, war das Innere auf beiden Seiten bis unter das Dach mit altem Trödel gefüllt, wie der Lagerraum eines Geschäfts. Sie gingen durch die enge Passage, die zwischen dem sich türmenden Gerümpel geblieben war, und gelangten über ein paar Stufen hinab in einen anderen Raum.

Auch der war gut gefüllt, aber nicht mit Trödel. Überall, wo Jake hinblickte, sah er in dem warmen, goldenen Licht kleine Kostbarkeiten: schmuckvoll geschnitzte Truhen aus dunklem Holz mit Perlmuttintarsien, wunderbare Pokale mit reichen Emaillearbeiten, herrliche Teppiche mit wunderbaren Mustern in juwelenhaften Farben, rot, blau, grün und purpurn; Glasgefäße, die filigran in Messing oder Silber eingefasst waren und die geschwungene Schnäbel und Mundstücke hatten, von denen er annahm, dass es Wasserpfeifen waren. In dem Sammelsurium stand auf dem Boden ein riesiger, nach hinten geneigter Spiegel, seine Oberfläche zeigte kein Spiegelbild, sondern ein geheimnisvolles, gekräuseltes Unterwassergrün wie das eines Teiches.

Das ist Aladins Höhle, dachte Jake.

Zoe und der Schattenmann stritten sich schon wieder; diesmal schien es um den Spiegel zu gehen. Der Schattenmann hatte seine Laterne abgesetzt, um die Hände frei zu haben, und gestikulierte lebhaft, während er sprach, sodass Jake, selbst ohne die Sprache zu verstehen, doch etwas von dem Inhalt mitbekommen konnte. Er schien sich auf irgendeine höhere Autorität zu berufen, während er Zoes Verlangen abwies. Sein Verhalten deutete darauf hin, dass Zoe, obwohl sie hier eindeutig die Stärkere war, doch mehr verlangte als das, wozu sie berechtigt war. Und der Schattenmann wollte dem nicht nachkommen, ohne die nötige Erlaubnis einzuholen – mehrmals wollte er deshalb den Raum verlassen, aber Zoe hielt ihn jedes Mal zurück, zunächst mit Schmeicheleien und Bitten, dann wurde sie immer ärgerlicher, weil der Schattenmann offenbar stur bei seiner Absicht blieb.

Schließlich gab sie anscheinend auf und wechselte ihre Taktik; sie stellte jetzt eine Frage, die mit der Theke hinter dem Mann zu tun hatte. Jake sah, dass es eine Art Werkbank sein musste, darauf standen ein Mörser und ein Stößel und auf einer Marmorplatte eine empfindliche Waage; dahinter befand sich ein Schrank mit lauter winzigen Schubladen, die alle beschriftet waren. Zoe schien den Mann um Erlaubnis zu bitten, sich etwas zu mischen, sie deutete erst auf die Schubladen, dann auf den Mörser, schließlich auf sich selbst. Doch der Mann neigte seinen Kopf leicht nach hinten und klopfte sich mit der Hand auf die Brust, um zu sagen, dass hier nur er mischen würde. Kurz starrten sie sich trotzig in die Augen, dann gab Zoe nach, machte eine huldvolle Geste und forderte den Mann auf, es zu zeigen.

Der warf den Kopf zur Seite und drehte sich zur Werkbank um, dann krempelte er die Ärmel hoch, während er die Schubladen betrachtete; seine Finger schwebten geradezu, als er schließlich auf eine zugriff – und mit einem einzigen Satz hatte Zoe den Abstand zwischen ihnen überbrückt, sie presste ihre Hand auf den Mund des Mannes, zog ein Messer mit breiter Klinge, und stieß es bis zum Griff in seinen Rücken. Die Hände des Mannes zuckten krampfhaft, klammerten sich dann an die Tischkante, seine Beine gaben nach und er sank zu Boden.

Jake sah starr vor Entsetzen zu, wie Zoe, über dem Toten stehend, sich rasch einen Überblick über die Schubladen verschaffte, zwei öffnete und deren Inhalt auf die Waage schüttete. Sie arbeitete schnell und effektiv, leerte die Waagschale in den Mörser, während sie mit der anderen Hand weiter die Schubladen durchsuchte; was sie fand, wog sie ab, kippte es in den Mörser und begann das Zeugs zu zerstoßen. Als sie fertig war, holte sie einen Beutel aus einer anderen Schublade und schüttete vorsichtig den Inhalt des Mörsers in ihn hinein, wobei sie das Gesicht abwandte, um nichts von dem feinen Pulver einzuatmen. Dann zog sie das Zugband des Beutels fest zu und wandte sich Jake zu, der immer noch auf den Leichnam starrte.

»Verschwende kein Mitleid an ihn«, sagte sie. »Er hätte dir auch keines erwiesen, glaube mir. Wir müssen uns beeilen – Draganu hat bereits Schritte unternommen, um den *Thaumatophanen* an sich zu bringen.«

Sie fasste Jake an die Schultern und lenkte ihn in Richtung Spiegel, bis sie direkt vor ihm standen.

»Halt das mal.« Sie drückte ihm ein kleines Glasfläschchen in die Hand. »Ich möchte, dass du tief Luft holst und sie anhältst, bis ich hiermit fertig bin.«

Vorsichtig öffnete sie das Zugband des Beutels und schüttete ein wenig Pulver in das Fläschchen; wie Rauch stieg eine feine Staubwolke vor ihm auf. Das Umschütten schien eine Ewigkeit zu dauern; Jake konnte spüren, wie sein Herz pochte. Endlich drückte sie den Stopfen fest und Jake atmete tief aus, aber genau in dem Augenblick, als er reflexhaft wieder einatmete, zuckte

Zoe mit der Hand und eine Pulverwolke stieg aus dem in ihrer Hand befindlichen Beutel auf, direkt vor seinem Gesicht, so dass er keine andere Wahl hatte, als sie tief einzuatmen.

Verschiedene Dinge schienen daraufhin gleichzeitig zu passieren, und Jake sah sie auf eine merkwürdige Weise – wie Reflexionen auf der Oberfläche eines Diamanten: Er nahm wahr, wie der Spiegel langsam in eine aufrechte Position schwang; hinter sich merkte er, dass Zoe ihre Hände von seinen Schultern nahm und ihm an den Kopf legte, sodass ihre Fingerspitzen gegen seine Schläfen drückten; seitlich wurde sein Blick von der absurden Tatsache angezogen, dass eine große dekorative Uhr genau diesen Augenblick verrückt spielte: Ihre Zeiger begannen sich plötzlich mit einer lächerlichen Geschwindigkeit auf dem Zifferblatt zu drehen. In seinem Kopf breitete sich der Gedanke aus: Sie hat mich reingelegt! Gleichzeitig hatte er das Gefühl, dass Zoe raubtierartig in seine Gedanken eindrang, und er hatte das verzweifelte Verlangen, ihr zu entkommen – er sah sich selbst als winzige Maus, die hinter einen Vorhang flitzte, um vor einer Nahrung suchenden Katze auszuweichen: Wenn ich mich hier nur zusammenrollen und stillhalten kann, dachte er, dann entdeckt sie mich vielleicht nicht.

Der Spiegel vor ihm stand nun ganz aufrecht, und einen Augenblick lang sah er sich mit einem Mund, der wie ein Überraschungsei geöffnet war, hinter ihm hielt Zoe wie eine Priesterin ihre Hände an seine Schläfen, dann schien sich die Oberfläche des Spiegels in ein schwarzes Loch zu verwandeln, so unendlich wie das Weltall.

In seinem Inneren sah Jake sich wieder als das Mäuschen, das jetzt hinter dem Vorhang hervorkroch; er spürte, dass Zoes katzenhafte Gefahr noch sehr nahe war, aber doch in eine andere Richtung gelenkt wurde … so kroch er weiter.

In einem abgedunkelten Raum erblickte er eine Gestalt, die sich verstohlen bewegte. Das bin ich, dachte er erstaunt. Der kleine Rest seines Denkens, der ihm geblieben war, sagte ihm: Da ist etwas, das du im Spiegel siehst. Die Gestalt bewegte sich gezielt durch den Raum: Sie suchte etwas. Anscheinend war es ein Hotelzimmer; da standen ein großes Bett, in dem niemand geschlafen hatte, und daneben ein Koffer auf dem Boden. Auf einem Tisch lagen ein Stadtplan und ein Blatt Papier mit Notizen, daneben ein rotes zerbeultes Metallkästchen. Jake sah dies alles über der Schulter der Gestalt im Spiegel, zugleich war er noch mehr davon überzeugt, dass er selber diese Gestalt war. Das muss eine Art Probe sein, dachte er, um mir zu zeigen, was ich tun soll. Er war auch davon überzeugt, dass er das eigentlich nicht sehen sollte, und dieser Gedanke machte ihm irgendwie Hoffnung. Sie ist dabei, mich zu programmieren, dachte er, aber ihr ist nicht klar, dass ich noch ganz gut bei Bewusstsein bin.

Die Gestalt hatte nun das Kästchen geöffnet, darin lag in einem Nest aus schwarzem Samt der Kristall. Rasch holte die Person einen gleich aussehenden Kristall aus ihrer Tasche hervor und tauschte ihn gegen den anderen aus, den sie sogleich in die eigene Tasche gleiten ließ; dann schloss sie die Schachtel wieder. Im selben Augenblick zuckte die Gestalt zusammen, so als hätte sie ein unerwartetes Geräusch gehört; sie ging sofort vorsichtig zur Verbindungstür, die sich öffnete und durch die Helen das Zimmer betrat.

Jake empfand ängstliche Freude, als er sie sah. Sie trug ein weißes Nachthemd und schien nicht richtig wach, denn sie rieb sich mit der Hand die Augen. Die Gestalt neben der Tür zog den Korken aus einem Glasfläschchen, schüttete etwas von dessen Inhalt auf die Handfläche und blies dies Helen leicht ins Gesicht, als sie sich erstaunt umdrehte – sie wollte anscheinend gerade etwas sagen, aber dann verdrehte sie die Augen und ließ sich willig in ihr eigenes Zimmer zurückführen. Jake war sich bewusst, dass er eine große Energieleistung hinlegte, denn er wechselte jetzt seinen Standort, sodass er nun nicht mehr irgendwie hinter der Gestalt war, sondern tatsächlich eins mit ihr: Schon konnte er Helens weiche Schultern durch den dünnen Stoff spüren, während er sie durch das Zimmer führte.

Als sie ihr Bett erreicht hatten, zog er die Decke zurück, und ein sanfter Druck auf ihren Ellbogen reichte, dass sie sich gehorsam ins Bett legte wie ein schlafwandelndes Kind; sie hatte einen merkwürdig benommenen Gesichtsausdruck, ein leicht erstauntes Lächeln umspielte ihre Lippen. Die ganze Zeit empfand Jake eine qualvolle Freude, es war paradox, in einem wunderschönen Traum wach zu sein, sodass man jede tolle Einzelheit wahrnimmt, sich gleichzeitig aber auch darüber bewusst zu sein, dass es sich nur um einen Traum handelt. Ein wenig verzweifelt streckte er die Hand aus in der Hoffnung, Helen zu wecken. Doch im gleichen Augenblick merkte er, dass Zoe ihn entdeckt hatte; so verlor er die Kontrolle über seinen Arm, der griff zum Nachttisch und packte dort etwas und hob es hoch: es war einer von Helens Ohrringen.

Dann war er ganz plötzlich wieder nicht mehr er selbst, er sah, wie die Gestalt auf die Knie sank und sich dann erneut hochrappelte. Aber die ganze Szene schien nun zu verschwimmen, die Farben fielen grau in grau zusammen, dann war alles schwarz – und urplötzlich war er wieder wieder völlig wach, stand vor dem Spiegel und starrte auf sein eigenes Spiegelbild.

27

Ein Treffen mit Herrn Haselmaus

Als Helen aufwachte, schien die Sonne in ihr Zimmer, und sie hatte die inzwischen fast vertraute Wahrnehmung, keine Ahnung zu haben, wo sie war. Sie fühlte sich sehr erholt, wie nach einem tiefen Schlaf. Nach und nach kehrte die Erinnerung zurück: Sie war in der Türkei, in einem Hotel mit Blick auf das Schwarze Meer. Und sie hatte einen völlig ungewöhnlichen Traum gehabt, Sophie war darin vorgekommen und ein schwarzes Auto … sie war weit gelaufen und die Füße hatten ihr weh getan … sie taten immer noch weh. Sie streckte die Beine über die Bettkante aus und untersuchte ihre Füße; die waren tatsächlich aufgescheuert und hatten an verschiedenen Stellen Blasen. Also war es kein Traum gewesen.

Weitere Einzelheiten kehrten zurück. Sie war entführt worden, war entkommen, hatte knapp vermeiden können, wieder gefangen zu werden, und war ins Hotel zurückgekehrt, erschöpft und mit schmerzenden Füßen, überrascht, dass es schon kurz nach Mitternacht war. Glücklicherweise hatte sie ihren Schlüssel dabeigehabt. Ihr Vater war nicht da gewesen; sie fragte sich, ob er wohl jetzt da sei.

Sie tappte behutsam zur Verbindungstür und klopfte leise: keine Antwort. Sie betrat das Zimmer ihres Vaters. Es war leer, das Bett war unbenutzt – vielleicht war es auch schon wieder gerichtet worden.

Wie spät war es jetzt eigentlich? Sie konnte ihre Uhr nicht finden. Auf dem Tisch lagen lauter Dinge, an die sie sich erinnerte, darunter ein Stadtplan und eine Geschäftskarte mit dem Namen und der Anschrift von Michael Palaeologlu. Das war der Sammler, der die Apparatur kaufen wollte, ein Freund von Stephen Langton, nahm sie an. Ihr Vater wollte ihn besuchen; vielleicht war er über Nacht dortgeblieben. Helen musste lachen: War es möglich, dass ihr ganzes unglaubliches Abenteuer völlig unbemerkt geblieben war? Es sah fast so aus. Das verstärkte ihre Annahme, dass der ganzen Angelegenheit etwas Irreales anhaftete. Es bereitete ihr Mühe, daran zu glauben, dass sie tatsächlich draußen auf der Straße entführt worden war; vielleicht war sie immer noch in Gefahr?

Sie ging quer durch das Zimmer zum Fenster und suchte die Straße ab. Keine bedrohlichen schwarzen Autos waren am Gehsteig geparkt, es gab keine Herumstehenden oder andere Verdächtige. Nur ein paar offensichtliche Touristen spazierten rum, und ein Straßenkehrer schob eine Mülltonne auf Rädern vor sich her. Autos fuhren in beiden Richtungen vorbei. Jenseits der Straße glitzerte der Sonnenschein im Schwarzen Meer; weiter draußen war Dunst, und sie konnte die Umrisse verschiedener großer Schiffe erkennen.

Es war schwierig, dies alles mit den fantastischen Vorfällen der Nacht in Verbindung zu bringen, und es war schwer, sich selbst klarzumachen, dass sie sich noch in Gefahr befand – sie fühlte sich angenehm träge und entspannt. Abgesehen von den Füßen, dachte sie und verlagerte ihr Gewicht, um den Schmerz zu lindern. Ein heißes Bad wäre angebracht, dann kann ich darüber nachdenken, was ich als Nächstes tue.

Eine Dreiviertelstunde später verließ sie das dampfende Bad, ihre Füße fühlten sich deutlich besser an und sie hatte einen Bärenhunger. Sie bestellte ein Frühstück und dachte über ihre nächsten Schritte nach. Wenn ihr Vater noch immer nicht aufgetaucht wäre, nachdem sie gegessen hatte, würde sie eine Notiz hinterlassen und selbst zu Mr. Palaeologlu gehen. Sie würde wachsam bleiben, ein Auge für mögliche Gefahren haben, obwohl sie nicht glaubte, dass ihr auf dem kurzen Uferweg solche begegnen würden.

Sie frühstückte und zog sich gemächlich an, froh darüber, dass sie ein Paar Sandalen mitgebracht hatte, die so einfach gebaut waren, dass sie unmöglich ihre Füße wundscheuern konnten. Vor dem Hoteleingang zwang sie sich, sorgfältig die Straße auf und ab zu schauen und jede Person in der Nähe zu überprüfen; dabei fand sie das fast so komisch, als wenn ein Kind Geheimagent spielt. Als sie sich vergewissert hatte, dass da nichts war, was auch nur entfernt verdächtig wirkte, überquerte sie die Straße und spazierte den sonnenbeschienenen Gehsteig entlang und blickte dabei hinaus auf das blendend helle Meer.

Was für ein faszinierender Teil der Welt das doch war; seit Menschengedenken haben hier Leute gelebt. Die Geschichte reichte zurück bis hin zu zahlreichen Machthabern und etlichen Mythen und Legenden: Vor den Osmanen hatte das Oströmische Reich beinahe ein Jahrtausend lang den Untergang von Rom überlebt; es hatte hier kein finsteres Mittelalter gegeben. Griechen und Perser hatten um dieses Territorium gekämpft. Kyros der Große hatte das Meer gezüchtigt, weil es die Bootsbrücke zerstört hatte, die er über den Hellespont gebaut hatte. Nur ein wenig weiter südlich an der gegenüberliegenden Küste hatte ihre Namenskusine Helena Krieg über Troja gebracht; über genau die Gewässer, auf die sie jetzt blickte, waren Jason und die Argonauten gesegelt auf der Suche nach dem Goldenen Vlies.

Sie merkte, wie der Wunsch in ihr aufkam, Jake wäre hier, damit er all das auch wahrnehmen konnte – aber welcher Jake, fragte sie sich? Der Jake, an den sie dachte, das war der sorglose Junge, dessen Gesellschaft sie in Florenz genossen hatte, fröhlich, ungezwungen, mit dem es Spaß gemacht hatte, zusammen zu sein. Das lag weniger als ein Jahr zurück, erinnerte sie sich. Warum konnte es nicht wieder so sein? Warum mussten Angst und Trübsal herrschen, warum gab es sehnsüchtige Seufzer, niedergeschlagene Blicke? Warum ließ sich das nicht für später aufheben, falls es denn überhaupt sein muss, warum können wir uns nicht einfach amüsieren? Die Gedanken an Jake weckten auch die Erinnerung daran, dass sie letzte Nacht von ihm geträumt hatte, aber sosehr sie sich auch bemühte, Einzelheiten wollten ihr nicht wieder einfallen.

Als sie aufblickte, stellte sie fest, dass sie inzwischen bei Mr. Palaeologlus Haus angekommen war, einer eleganten Villa am Strand, deren Tür und Fensterläden in einem auffälligen Blauton gestrichen waren. Es sah aus, als wäre sie bis ins Wasser hinein gebaut. Während sie noch die Tür betrachtete, wurde diese geöffnet, und heraus kam ein kleiner alter Herr, ordentlich gekleidet, mit weißem Haar, einem sauber geschnittenen Bart und sehr dunklen Augen; seine Finger waren lang und elegant, die sehr kleinen Füße steckten in glänzenden Lacklederschuhen. Fragend lächtelte er Helen an. Er erinnerte sie an eine Haselmaus.

»Sie wollen zu meinem Neffen, nehme ich an – ich bin leider aus dem Alter heraus, in dem mich schöne junge Damen besuchen kommen.«

»Sind Sie Mr. Palaeologlu?«

»Der bin ich, aber er ja auch.«

»Der Freund von Mr. Langton?«

»Da muss ich Sie wieder enttäuschen, fürchte ich … der Name ist mir wohlbekannt, aber eine Freundschaft zu ihm könnte ich für mich nicht in Anspruch nehmen.«

»Dann, fürchte ich, muss es Ihr Neffe sein, den ich suche«, Helen lächelte.

»Oh je! Sein Gewinn, mein Verlust. Wen darf ich melden?«

»De Havilland: Helen De Havilland.«

Der kleine Mann hätte kaum lebhafter reagiert, wenn er plötzlich einen ungesicherten elektrischen Draht berührt hätte.

»Unmöglich! Unmöglich!«, rief er. »Das kann nicht sein! Sie sind niemals Gerrys Tochter! Er hat mir gesagt, Sie seien noch ein Kind! Lassen Sie sich ansehen! So eine prächtige junge Frau! Sie sind überaus willkommen!«

Zu Helens Überraschung umarmte er sie freudig und küsste sie auf beide Wangen.

»Kommen Sie rein, kommen Sie rein! So früh hab ich Sie wirklich nicht erwartet!«

Helen folgte ihm ins kühle Innere des Hauses, ziemlich erstaunt über den warmen Willkommensgruss. Ihr Vater musste letzte Nacht erheblichen Eindruck gemacht haben, dass es so eine überschwängliche Reaktion gab.

»Ihr Vater ist nicht mit Ihnen gekommen, nehme ich an? Ich hatte auch nicht erwartet, dass er so bald wiederkommen würde.«

»Nein«, sagte Helen, »ich bin allein.«

»Aber es ist so schön, Sie zu sehen! Und wie ich schon sagte, so eine Überraschung! Lassen Sie sich anschauen!«

Aber gern, dachte sie, er ist garantiert so erfreut, weil er die Apparatur des Alchemisten bekommt, deshalb auch ist er den De Havillands so wohlgesonnen. Sammler, wusste sie, betrachteten ihre Erwerbungen mit mehr Liebe, als manche Leute sie ihren Kindern entgegenbringen.

»An einem so wunderbaren Tag kann es kaum zu früh für einen Drink sein!«

Er hantierte an der Anrichte, dann präsentierte er Helen ein hohes Glas mit einer klaren Flüssigkeit, in der Eiswürfel klirrten. Vorsichtig nippte sie daran. Was mag er wohl denken, wie alt ich bin?, fragte sie sich.

»Lassen Sie uns hinaus auf die Terrasse gehen.«

Helen folgte ihm durch hohe mit Läden versehene Türen auf eine schöne Veranda, welche die ganze Länge des Hauses einnahm und direkt zum Bosporus hinausging. Fast schwebend im Dunst, fuhren große Schiffe in alle Richtungen vorbei. Nahebei kreuzten die weißen Segel von Booten hin und her.

»Was für eine schöne Aussicht!«

»Nicht wahr?«, entgegnete Mr. Palaeologlu und seufzte zufrieden.

Eine Weile standen sie einfach nebeneinander und blickten,

die Arme auf dem Geländer, auf das Wasser. Schließlich sagte Mr. Palaeologlu:

»Ihr Vater, meine Liebe, ist auf seine Art so etwas wie ein großer Mann. Es wäre nicht übertrieben zu sagen, dass er auf seinem Gebiet ein Künstler ist.«

Nun, das schießt wohl etwas über das Ziel hinaus, dachte Helen. Immerhin, er hat das Recht, über seine Neuerwerbung erfreut zu sein; wenn er dadurch besser von Dad denkt, umso besser. Sie beobachtete die Fahrt einer Jacht, die anscheinend am Eingang zum Bosporus kreuzte wie ein furchtloser Fußgänger, der über eine belebte Straße rennen will. Das flimmernde Licht erweckte den Anschein, dass sie auf einer See von geschmolzenem Gold segelte.

»Ich habe ihm geraten, ein Buch zu schreiben, die Geschichte all seiner Geschäfte, die er abgeschlossen hat.«

Dad hat offenbar wieder seine Märchen erzählt, dachte Helen. Die Jacht war jetzt auf Kollisionskurs mit einem Küstenmotorschiff. Wer wird ausweichen?, fragte sie sich. Segel vor Motor, ist das nicht die Regel? Aber dann musste man auch erwarten, dass Autos den Fußgängern ein Vorrecht einräumen.

»Und jetzt ist die rechte Zeit, das zu tun, wissen Sie.«

Die Jacht schoss vor dem Bug des Küstenschiffs vorbei. Ich wette, da draußen wird heftig geflucht, dachte sie. Ihr wurde bewusst, dass Mr. Palaeologlu ihr eine Frage gestellt hatte.

»Schließlich wird er kaum seinen letzten Abschluss noch übertreffen können, oder?«

Der kleine Mann strahlte und rieb sich die Hände. Helen hatte sich von der Jacht abgewandt und versuchte, sich auf die Frage zu konzentrieren. Ah, ja, so war es! Nach dem Triumph des

Seglers über das Küstenmotorschiff schien die Jacht jetzt scharf darauf zu sein, einen riesigen Tanker zu rammen; sie lag so hoch im Wasser, dass sie obendrauf zu segeln schien, wie ein Schiff auf einer Kinderzeichnung.

»Bislang ist nur Geld sein Ziel gewesen, aber das jetzt … eine viel edlere Unternehmung, meinen Sie nicht auch?«

Ich habe wirklich nicht den blassesten Schimmer, wovon er redet, aber es ist mir auch egal, dachte Helen, solange ich hier stehen und die Aussicht bewundern kann. Woran liegt das nur? Ich nehme an, weil dieser Apparat nicht mehr unser Problem ist – er ist auf Mr. Palaeologlu übergegangen. Seine Tür wird Draganu als Nächstes aufsuchen. Sie empfand einen Anflug von Schuldbewusstsein, als sie den kleinen Mann betrachtete. Weiß er überhaupt, worauf er sich da eingelassen hat?

Die Jacht hatte eine Wende gemacht und schien nun ein Wettrennen mit dem Tanker aufzunehmen; ihre weißen Segel leuchteten unglaublich vor dem dumpfen Rot seines Rumpfes.

»Deshalb habe ich ihm gesagt: ›Gerry, wenn du dies durchziehen kannst, dann solltest du daran denken, dich zur Ruhe zu setzen.‹«

Draußen auf dem Meer holte die Jacht gegenüber ihrem riesigen Gegner auf. Die kann doch nicht wirklich die Absicht haben, vor dessen Bug zu queren, wie sie das zuvor mit dem Küstenschiff getan hat?, dachte Helen. Sie werden sie gar nicht sehen können, so nahe ist sie dran.

»Und im Vertrauen gesagt, meine Liebe, Sie sollten ihn dazu ermutigen. Ein Mann hat im Leben immer nur eine begrenzte Menge Glück – Ihr Vater hat schon mehr davon gehabt als die meisten Menschen.«

Etwas in der Art, wie er sprach, rief Helens Aufmerksamkeit wach; es hörte sich fast so an, als ob der Mann Dads Karriere studiert hatte, dachte sie und fing an, sich zu fragen, ob sie Mr. Palaeloglu nicht falsch eingeschätzt hatte.

»Mr. Palaeologlu, wie lange genau kennen Sie meinen Vater?«

»Genau? Das ist schwer zu sagen, es ist schon so lange her … jedenfalls waren wir mit Sicherheit beide sehr viel jünger.«

Er lächelte, weil er sich wohl an irgendetwas erinnerte. Plötzlich begann Helen zu verstehen.

»Also sind Sie einer von ›der alten Garde‹?«

»Vielleicht der Älteste!«, sagte er stolz. Dann, als er ihren missbilligenden Blick sah, hob der alte Mann einen mahnenden Finger. »Aber, aber, Miss! Sie dürfen nicht so herablassend sein – wer sonst hätte ihn so kurzfristig mit Draganu in Kontakt bringen können?«

»Mit Draganu!?«

Nun war Palaeologlu an der Reihe, erstaunt zu sein.

»Natürlich, Draganu!«

»Sie haben als Mittelsmann für Draganu fungiert?«

Helens Entsetzen machte ihn völlig ratlos.

»Nun, das war jedenfalls die Absicht … obwohl im Endeffekt, so wie die Dinge sich letzte Nacht entwickelt haben, Ihr Vater hat es vorgezogen, mit ihm direkt zu verhandeln und ihm die Apparatur persönlich zu übergeben …«

»Er hat sie Draganu übergeben?«

»Aber natürlich … als Lösegeld für Sie …«

28

Der Untergrundpalast

Unter anderen Umständen hätte Helen die Fahrt in dem Speedboot wahrscheinlich hinreißend gefunden; es hatte gerade die Geschwindigkeit, die sie daran erinnerte, dass sie lebendig war. Der junge Mr. Palaeologlu, der Neffe also, schien völlig angstfrei zu sein oder vielleicht einfach nur verrückt, aber es bestand kein Zweifel, dass er sich in seinem Element befand, wenn er hier schwingend und hüpfend den Weg durch den schmalen Kanal suchte, das Boot durch unmöglich enge Stellen manövrierte und sich damit einem gemischten Chor warnender Hupsignale von erschrockenen Fahrzeugen aussetzte. Bald erhoben sich beidseits die Gebäude von Istanbul, eindrucksvolle Strandvillen mit prunkvollen Filigranbalkonen auf jedem Stockwerk und gewaltigen, von Bögen umwölbten Höhlen auf Wasserebene, so wie normale Häuser Garagen im Erdgeschoss haben.

Als sie nahe an der Küste waren, konnte Helen sehen, dass die Straßen vom Verkehr verstopft waren. Lass Dad darin feststecken, flehte sie, lass ihn eine Panne haben. Sie stellte sich ein abgewürgtes Taxi vor, aus dem Rauchwolken aufstiegen; wenn sie es sich nur lebhaft genug ausmalte, vielleicht würde es dann auch eintreffen. Lass mich bitte nur vor ihm an Ort und Stelle sein!

Sie glitten unter der majestätisch geformten Bosporus-Brücke hindurch, die zwei Kontinente miteinander verbindet, und nahmen Kurs auf den *Seraglio Point*. Auf dem Stadtplan konnte Helen sehen, dass zwei Straßen durch den *Gulhane*-Park beinahe direkt zum *Yerebatan Sarayi* führten. Sie versuchte, sie auf dem grünen Abhang vor ihnen an Land auszumachen; sie mussten rechts von dem komplexen und eindrucksvollen Durcheinander des *Topkapi Sarayi* entlanglaufen. Auf der Spitze des Hügels zeichneten sich die fantastischen Umrisse der *Hagia Sophia* ab.

»Danke für die Fahrt«, sagte Helen, »das war sehr freundlich von Ihnen.«

Mr. Palaeologlus Neffe winkte wohlwollend mit der Hand, deutete damit an, dass das Vergnügen ganz auf seiner Seite war, und brachte das Boot mit eindrucksvoller Präzision an den Anleger. Helen sprang an Land und lief sofort los.

Sie rannte die Stufen zur weiter oben gelegenen Straße hinauf, lief diese entlang und kam zu einer belebten Straße, auf deren Gegenseite der Eingang zum Park lag. Glücklicherweise war der Verkehr fast zum Stillstand gekommen, so eilte sie hinüber, indem sie sich im Zickzack durch den langsamen Autostrom schlängelte. Im Park drängelte sie sich weiter aufwärts durch die Touristenströme, die zum *Topkapi*-Palast gingen oder von dort zurückkehrten.

Es war eigenartig, so einfach an einem Ort vorbeizulaufen,

von dem sie noch vor Kurzem gedacht hatte, dass sie ihn zusammen mit Jake besuchen müsse. Wie leicht es doch wäre, jetzt seitwärts abzubiegen, sich den anderen Leuten anzuschließen und so ein weiterer Besucher auf Sightseeing-Tour zu werden! Sie fragte sich, wie viele der Touristen, an denen sie vorbeieilte, wohl ziemlich enttäuscht wären, weil sie an einem Ort waren, wo so viele romantische und aufregende Dinge passiert sind, und sie den Wunsch verspürten, dass ihnen etwas der gleichen Art passieren möge … sie dagegen war auf dem Weg zu einem Abenteuer und wünschte sich, sie könnte abbiegen und es auslassen.

Keuchend erreichte sie die Spitze des Hügels und fand einen Ausgang, der zu einem großen Platz führte. Etwas weiter vorn erhob sich die gewaltige Statur der *Hagia Sophia*; Helen wusste, dass der Eingang zum *Yerebatan Sarayi* genau gegenüber lag, an einem Ende des Hippodroms. Sie rannte weiter über den bevölkerten Gehweg, und die *Blaue Moschee* kam in Sicht, erhob sich über den Bäumen wie die jüngere und schönere Schwester der *Hagia Sophia*. Dann sah sie etwas auf der anderen Straßenseite, das sie abrupt stehen bleiben ließ, als wäre eine Figur aus einem Albtraum ins Tageslicht getreten: das schwarze Auto. Groß und bedrohlich stand es da. Es war neben einem niedrigen Haus geparkt, das wie eine öffentliche Bedürfnisanstalt aussah, aber sowie sie es erblickte, wusste Helen, dass das der Eingang zum *Yerebatan Sarayi* sein musste.

Sie rannte hinüber und hatte Glück, dass sie sich einer Gruppe von Touristen anschließen konnte, die gerade hineinging; sie folgte ihr das steile Treppenhaus hinab bis in den Raum darunter. Er war riesig und dunkel. Auf beiden Seiten standen Reihen von Pfeilern wie versteinerte Bäume; die geheimnisvolle Beleuchtung, die vom Wasser auf den Fußboden reflektiert wurde, warf merkwürdige kreisartige Lichtreflexe auf das Ziegelgewölbe hoch über ihnen. Musik und die eigenartige Akustik verliehen dem Raum eine gespenstische, unterirdische Anmutung.

Die Touristengruppe schlurfte ehrfürchtig schweigend den widerhallenden hölzernen Laufsteg entlang, der in dem Labyrinth von Pfeilern kreuz und quer führte. Die Stimme des Reiseführers, der die Wunder des Palastes erklärte, drang zu Helen, durch das hallende Echo bis zur Unverständlichkeit verzerrt. Immer tiefer gingen sie hinein, bis sie zu etwas kamen, das vielleicht einmal ein Brunnen gewesen war. Die Pfeiler hier waren vom Wasser grün gefärbt und wirkten noch grotesker, weil sie auf dem Kopf standen.

Weiter vorn kamen sie zu einem anderen Laufsteg, der im rechten Winkel wegführte; er war mit einer Kette versperrt, an der ein Schild hing, das in verschiedenen Sprachen das Betreten untersagte. Dieser Laufsteg ging im Zickzack zwischen den Pfeilern durch und verlor sich irgendwo im Dunkeln, in einem Stück, wo die Lichter ausgeschaltet waren.

Helen hakte die Kette aus und schlüpfte geräuschlos den Laufsteg entlang. Die Stimme des Führers blieb weit hinter ihr; sie bemerkte, dass von oben mit sanftem Plätschern Wasser tropfte. Sie sah, dass der Steg abrupt mitten im Wasser endete, aber als sie näher kam, konnte sie eine Art Flaschenzug erkennen, der in der Dunkelheit verschwand. Bald konnte sie den Umriss eines Bootes ausmachen. Es war an einer Ziegelmauer festgemacht, die nicht so recht zu dem Rest des Mauerwerks passen wollte. Aufgeregt erinnerte sie sich daran, was Michael Scotus gesagt hatte, dass nämlich ein Viertel des Raumes im neunzehnten Jahrhundert durch eine Mauer abgetrennt worden war – die Folge des Verbots des Buches *Das Geheimnis des Untergrundpalastes*. Dies also musste der Ort sein.

Sie zog an dem Seil. Der Flaschenzug quietschte, während sich das durchhängende Seil straffte. Als es stramm war, zog Helen fester, und plötzlich gab das Ende mit einem Plätschern nach. Sie sah, wie ein Boot aus der Finsternis auf sie zukam. Sah sie auch, dass sich auf der anderen Seite der Mauer, dort wo das Boot gelegen hatte, etwas bewegte. Vielleicht war es auch nur der Schatten des Bootes.

Bei ihr angekommen, sah sie, dass es eher ein Floß oder eine schwimmende Plattform war, die an beiden Enden an dem Flaschenzug befestigt war. Sie kletterte an Bord und zog sich über das Wasser; dabei fürchtete sie, dass der quietschende Flaschenzug sie verraten könnte; aber die Touristengruppe hatte sich anscheinend in einen entfernteren Teil der Zisterne begeben und war folglich außer Hörweite. Als das Floß an einen Unterwasservorsprung stieß, stieg Helen heraus in ein flaches kaltes Wasser.

Am Fuß der Backsteinmauer sah sie eine viereckige Erhöhung, ausreichend breit und tief genug, dass ein Mensch darauf stehen konnte. Darauf stellte sie sich. Rechter Hand fühlte sie rohe Ziegel, links war leerer Raum. Sie holte tief Luft und ging hinein; ihre ausgestreckte Hand fühlte wieder Backstein. Vorsichtig drehte sie sich und stellte fest, dass im rechten Winkel ein Gang abging. Ein paar Schritte tastete sie sich vorwärts, die Wand zu ihrer Rechten ging nicht weiter. Sie konnte ein Licht in der Dunkelheit sehen und die schwachen Umrisse eines Durchgangs erkennen.

Vorsichtig ging sie dorthin. Auf seiner Schwelle erkannte sie den Grund für die Finsternis: Der Raum dahinter bestand aus einem Irrgarten von Pfeilern, durch den das Licht von allen Seiten gefiltert wurde. Nachdem sie alles eine Weile gründlich betrachtet hatte, sah Helen, dass es genau drei Reihen Pfeiler gab, die sich auf beiden Seiten wie Rundbögen voneinander entfernten. Der Eindruck eines Irrgartens wurde durch die mittlere Reihe hervorgerufen, die mit den beiden anderen nicht im rhythmischen Einklang stand, sodass der einzige Weg durch dieses Labyrinth ein Zickzackkurs war. Sie trat auf den Pfeiler direkt vor ihr zu, ging verstohlen um ihn herum, dann sprang sie hinüber zur Rückseite des nächsten. Sie war auf der mittleren Reihe. Auf welcher Seite sollte sie weiterlaufen?

Während sie noch überlegte, sagte eine Stimme:

»Du kannst jetzt herauskommen. Ich weiß, dass du hier bist.«

Helen spürte ein Kribbeln im Magen, das nur teilweise Angst bedeutete; die Stimme war dieselbe wie die, die sie in der vorangegangenen Nacht gehört hatte, die einander überlagernde Doppelstimme von Michael Scotus und Albanus. Sie trat hinter dem Pfeiler hervor. War es eine Täuschung durch das Licht oder vielleicht ihr eigener Schatten, oder sah sie tatsächlich im Augenwinkel eine andere Gestalt, die sich soeben zurückzog, als wollte auch sie der Aufforderung der geheimnisvollen Stimme nachkommen, hätte es sich nun aber anders überlegt?

Die kleine Plattform, auf der sie stand, war kugelförmig; sie verlief um eine Kuppel herum; vor ihren Füßen fiel der Boden steil ab und bildete eine große Mulde. In deren Zentrum stand auf einem Sockel aus Stein eine schmale Säule und auf deren Spitze eine Statue, die sie sofort erkannte: der bronzene Basilisk.

Am Fuße des Sockels gab es auf drei riesigen Dreifüßen flache Schalen, die mit brennendem Öl gefüllt waren. Neben einem von ihnen flankierten zwei stehende Gestalten eine massige Form in einem übergroßen Rollstuhl. Helen fragte sich, wie es ihnen gelungen war, den durch die Kolonnade und die konkave Fläche hinabzumanövrieren.

»Helen!«

Die Stimme sprach wie zuvor aus der Luft zu ihr. Bildete sie sich das nur ein, oder schwang da tatsächlich Überraschung mit über ihr Erscheinen hier?

»Komm herunter!«

Helen ließ sich auf den abschüssigen Boden gleiten und rutschte ein Stückchen hinunter, bis sie wieder festen Grund unter den Füßen hatte. Dann ging sie vorsichtig auf die Mitte zu; dabei hatte sie die höchst ungewöhnliche Empfindung, an zwei Orten gleichzeitig zu sein: Ohne ihre Umgebung aus dem Auge zu verlieren, nahm sie auch wahr, dass sie sich irgendwie im Freien am Abhang eines grasbedeckten Tales befand. Vor ihr stand ein junger Mann, auffällig hager, mit einem Lächeln im Gesicht, das ihn überaus anziehend machte. Sie hörte sich sagen – in einem fremdartigen, schweren Akzent, den sie selbst kaum verstehen konnte –: »Du gehst also fort, Michael? Nach Paris?« Aber sie wusste, die Worte sind nur in jenem Tal gesprochen worden, nicht hier in der Halle. Der junge Mann gab keine Antwort, aber als sie ihm ins Gesicht sah, in diese unglaublich hellen Augen, konnte sie dort die Antwort lesen: Er wird nicht wiederkommen, er ist für mich verloren. Dieser Gedanke rief in ihr einen überwältigenden, schmerzhaften Kummer hervor.

Dann wurde ihr Traumgebilde plötzlich von einem schrecklichen Schrei zerrissen, und sie sah mit Schrecken, wie die klobige Gestalt im Rollstuhl aufstand und auf sie zustolperte, wütend und spuckend, mit um sich schlagenden Armen und mit Fingern, die sich in die Luft krallen wollten. Helen blieb bewegungslos stehen. Die Gestalt hielt nach wenigen wankenden Schritten ebenfalls inne. Dann fiel sie ganz plötzlich in sich zusammen wie eine Marionette, deren Fäden durchgeschnitten wurden, die Gehilfen eilten von hinten herbei und fingen sie im Rollstuhl auf, wo sie unbeweglich zusammensackte. Nach einem Augenblick des Schweigens sprach die Stimme wieder, aber das Idyll des grünen Tals kehrte vor Helens Geist nun nicht zurück; stattdessen hatte die Stimme eine Schärfe, einen boshaften, sarkastischen Ton:

»Du musst Mr. Draganu diese Ausbrüche verzeihen. Er ist immer ein Mann von unberechenbarem Temperament gewesen, selbst in seinen gesunden Zeiten, und nun, wo er dem Tod nahe ist, und nach der zusätzlichen Blamage des Verrats …«

»Des Verrats?«, fragte Helen und fühlte ohnmächtig Angst in sich aufsteigen.

»… durch seine Tochter.«

Helen wurde bleich. Sie hatte das Gefühl, in eine Falle getappt zu sein.

»Er hat ihr vertraut, verstehst du, wie ein Vater einer Tochter vertraut. Er hatte vor, ihr alles zu geben, aber sie wollte sein Erbe nicht antreten …«

Eiskalt klang die Stimme, und sie sprach gar nicht nur zu Helen, sondern zur ganzen Welt, als ob die bezeugen sollte, was sie sprach. Helen stand unbeweglich da, starrte vor sich hin, wollte ihre Furcht abschütteln. Über und hinter Draganus Stuhl gab es ein eigenartiges Muster aus Licht und Schatten, das ihren Blick auf sich zog, vielleicht weil es den Schemen einer menschlichen Gestalt ähnelte. Sie konzentrierte ihren Blick darauf und versuchte, das Bild in verschiedene Teile zu splitten. Dieses Stück war wie ein Arm, aber nur ein bleicher Fleck am Ende einer Hand – dies musste eine Hand sein – deutete dies an, und jenes andere helle Stück war wie die Hälfte eines Gesichts, das durch einen Schatten halbiert wird, der Rest war einfach Dunkelheit.

Dann verwandelte sich entweder das Licht oder Helens Augen passten sich der Beleuchtung besser an, jedenfalls sah sie jetzt, dass es tatsächlich eine menschliche Gestalt war. Sie spürte, wie sich ihre Augen weiteten.

Es war Sophie.

Wie war sie hierhergekommen?

Er weiß, dass sie da ist, dachte sie, seine Tochter, deshalb redet er so. Aber er richtete seine Worte ebenso an sie wie an mich, dachte sie weiter. Die Stimme fuhr unerbittlich fort, jetzt in beängstigend leichtem Ton:

»Aber selbst die liebevollsten Väter erzählen ihren Töchtern nicht alles – wie du sicher weißt –, und es gibt immer mehr als einen Weg, das zu bekommen, was man sucht.«

Helen sah Sophie an, die angespannt und still zwischen den Pfeilern stand. Sie wollte sie mit ihrem Willen dazu bewegen, sich zu entfernen, sich zu verstecken.

»Und, wie heißt es, durch jedes Erlebnis lernt man hinzu, und diese Liebe eines Vaters zu seinen Töchtern kann man sich auch zunutze machen, wie ich gestern Abend herausgefunden habe.«

Sie hörte es ein wisperndes Geräusch, vielleicht ein Kichern.

»Dein eigener Vater war nur zu bereit, du wirst es mit Freuden hören, den *Thaumatophanen* gegen dich einzutauschen, obwohl ich wirklich glaube, dass er eigentlich auf einen Gewinn eher materieller Art gehofft hatte. Aber er kann kaum meinen, dass ihm übel mitgespielt worden sei, wenn er das, was rechtmäßig mir gehört, hergibt für etwas, das rechtmäßig seins ist.«

Helen sah, wie sich die Luft über der Gestalt im Rollstuhl kräuselte, so als ob dort Hitzewellen entstanden, und etwas tanzte und funkelte dort, eine Fülle von winzigen, diamanthellen Lichtern, die immerzu aufblitzten und erloschen. Was immer es war, es war direkt zwischen ihr und Sophie, sodass Helen Sophie nicht länger sehen konnte.

»Und nun kommt dein Vater noch einmal, um dich auszulösen, und bringt das bronzene Herz des Basilisken – es ist ein wertvoller Schatz, aber keineswegs ein zu hoher Preis.«

Mein Gott, dachte Helen, er flirtet ja geradezu mit mir – trotzdem hatte sie die ganze Zeit das Gefühl, das Gesagte richte sich eigentlich an eine andere Person und eben nicht an sie.

»Denk nur, der Kristall war einst eine Morgengabe – könnte er es nicht wieder sein? Was sagst du dazu? Würdest du ein Erbe akzeptieren, das eine andere ausschlägt?«

Helen ging das Herz über: Wie schön dieses Flimmern in der Luft aussah, wie lebendig! Die Umgebung war dunkler geworden oder jedenfalls hinter einem Schleier versunken; sie nahm nur noch sich selbst und diesen tanzenden Geist wahr – sie öffnete den Mund, um etwas zu sagen …

»Helen, wie geht es dir?«

Abrupt in die Wirklichkeit zurückgerissen, sah sie ihren Vater zwischen den Kolonnaden auftauchen; er eilte die abschüssige

Ebene hinab, um sie zu umarmen; seine Hand hielt etwas umklammert.

»Ah, der Kristall!«, dröhnte die Stimme. »Wenn Sie ihn Ihrer Tochter übergeben würden, könnte sie vielleicht das letzte Ritual vollziehen?«

Helens Vater schaute sie ängstlich an; sie nickte, um ihn zu beruhigen, und streckte die Hand aus. Zögernd ließ er den Kristall hineingleiten.

Sie drehte sich um und begann den Sockel hinaufzusteigen.

»Warte!«, rief eine Stimme.

29

Der Augenblick der Wahrheit

Jake brauchte einen Moment, um zu erkennen, wo er war; merkwürdigerweise bemerkte er als Erstes das klangvolle Ticken der Uhr, die anscheinend wieder normal lief. Als Nächstes fiel ihm auf, dass er allein war; Zoe stand nicht mehr hinter ihm. Er drehte sich um und starrte in den dämmrigen Raum – keine Spur von ihr. Hinter der Theke lag noch immer der Leichnam auf dem Boden, der Anblick ließ ihn schaudern. Er erinnerte sich an Zoes plötzliche Bewegung, als sie hinter ihm mit dem Messer aufgetaucht war, und an die mitleidlose und brutale Tötung. Wer immer sie war und was auch immer sie vorhatte, er wollte nichts damit zu tun haben. Sein einziger Wunsch war, so weit wie möglich von hier weg zu sein.

Einen Moment lang stand er nur da und überlegte. Es war ein langer und steiniger Weg, auf dem er Zoe bis hierher gefolgt war, und es hatte lange gedauert, bis sie hier waren – da gab es einfach zu viele dunkle Treppen und Tunnel, um ganz leicht zu entkommen. Er wollte gar nicht daran denken, was passieren würde, wenn er verfolgt würde, das Gleiche galt für all die

Beobachter, die überall gelauert haben konnten, während sie da langgingen, Beobachter, die sich, da war er sich sicher, nur durch Zoes Anwesenheit hatten abschrecken lassen. Es wird doch bestimmt noch einen anderen Weg hinaus geben, dachte er und trat vorsichtig in die Dunkelheit jenseits des Spiegels, wo zwischen all dem im Schatten stehenden Trödel ein Durchgang zu sein schien.

Der Weg führte zu einem Vorhang. Den zog er zur Seite und fand eine Tür. Vorsichtig ergriff er die Klinke, die Tür öffnete sich. Er zögerte, dann trat er ins Dunkle. Als die Tür hinter ihm zuschlug, geriet er in Panik – es war absolut dunkel. Plötzlich senkte sich der Boden unter ihm, und er konnte nur mit Mühe einen Schrei unterdrücken. Glücklicherweise dauerte der Fall nicht lange, er merkte schnell, dass er in einer Art Aufzug sein musste, der auch schon sanft hielt. Sich vortastend, fand er einen Griff. Die Tür öffnete sich, und wieder war da Licht hinter einem Vorhang. Er holte tief Luft und zog ihn zur Seite.

Jetzt befand er sich in einer steinernen Kammer, vollkommen kahl und von mäßiger Größe. An jeder Wand gab es Türen mit Vorhängen davor. Neben einem stand Zoe. Sie hatte ihre Fliegeruniform abgelegt und trug nun einfache weiße Kleidung, die um die Taille von einem Gürtel aus goldenen Ringen zusammengehalten wurde; die schweren Armreifen an ihren nackten Armen verliehen ihr das Aussehen einer heidnischen Gottheit. Neben ihr lag etwas auf dem Fußboden, bedeckt mit dunkelrotem Stoff. Jake starrte sie einen Moment lang an, dann drehte er sich wieder zur Tür, um hinausgehen.

Doch er musste feststellen, dass hinter ihm nur ein dunkler

Schacht war. Er schwankte und konnte sich am Türpfosten festklammern. So hing er an der Tür in der Luft.

»Gegengewichte«, erklärte Zoe nüchtern. »Der Aufzug fährt wieder hinauf, sobald du ihn verlässt.«

Jake stemmte sich zurück in die Kammer und stand keuchend vor Zoe.

»Wir müssen jetzt gehen«, sagte sie. »Der richtige Zeitpunkt ist entscheidend.«

Sie zog an einer Schnur hinter dem Vorhang, und nach ein oder zwei Sekunden begann die ganze Kammer langsam tiefer zu sinken. Jake stand der Mund offen.

»Gegengewichte?«, fragte er schließlich.

Zoe nickte lächelnd.

»Vor fünfzehnhundert Jahren gebaut und funktioniert immer noch perfekt … ein bemerkenswertes Stück Ingenieurskunst.«

Sie sprach ruhig, aber sie schien aufgeregt. Jake war wie betäubt – eingeschüchtert durch ihre Anwesenheit und vollkommen unfähig, sich zu überlegen, was er tun könnte, um sich in Sicherheit zu bringen. Die Kammer kam mit einem Ruck zum Stillstand.

Zoe hob ein Bündel vom Boden auf, zog den Vorhang zur Seite und winkte Jake, ihr zu folgen; ein gewölbter Gang führte zu einem Durchgang zwischen zwei hohen Säulen. Sie führte ihn den Gang entlang, eine Hand in seinem Nacken. Als sie noch ein Stück vom Ende des Korridors entfernt waren, blieb sie stehen. Sie fuhr mit der Hand über sein Gesicht, und er spürte, wie alle seine Muskeln schlaff und schwer wurden: Er war unfähig, sich zu bewegen oder gar zu sprechen.

Zoe schlich vorwärts, wartete im Dunkel des Eingangs und lauschte angestrengt. Jake hörte Stimmen, die von irgendwoher auf der anderen Seite kamen, aber er konnte nicht verstehen, was sie sagten. Er hatte keine Ahnung, wie lange er hier so gestanden hatte, als Zoes gebieterische Geste ihn wieder wachrief und an ihre Seite holte. Wieder legte sie ihre Hand in seinen Nacken, und gemeinsam traten sie in den Raum hinter dem Eingang.

»Warte!«, sagte Zoe gebieterisch.

Helen, die am Fuß des Sockels stand und den Kristall in der Hand hielt, drehte sich um und sah eine große, weiß gekleidete Gestalt, die in der Lücke zwischen zwei Pfeilern stand; in der rechten Hand trug sie ein in rotes Tuch eingeschlagenes Bündel, und neben ihr stand Jake. Helen brauchte einen Augenblick, bevor sie sich erinnerte, wo sie das Gesicht der Frau schon einmal gesehen hatte: in London, in der Wohnung ihres Vaters.

Zoe schritt die Stufen hinab, Jake schob sie vor sich her. Alle Augen waren jetzt auf sie gerichtet. Das Flirren in der Luft über Draganus Kopf war verschwunden, der Koloss im Rollstuhl bewegte sich und erhob sich dann. Zoe hielt auf halber Strecke inne, Jake eine Stufe vor ihr, und wartete, bis Draganu aufrecht stand und sie leicht schwankend anstarrte, den rechten Arm anklagend zu ihr hin gestreckt.

Dann sprach sie: »Vater!«

Vater? Helen schaute wie entgeistert von Draganu zu Zoe und zurück, sie suchte nach Ähnlichkeiten, auch mit Sophie. Ja! Sie musste Sophies Halbschwester sein, dachte Helen. Draganu stand schwankend wie ein Betrunkener da; sein Mund bewegte sich, mühte sich, Wörter zu bilden.

Mit einer schwungvollen Bewegung zog Zoe das dunkelrote Tuch vom Bündel weg: »Ich komme, deinen Willen zu erfüllen!«

In der rechten Hand hielt sie eine silberne Schale, in der linken einen langen Dolch.

»Schau – ich bringe die Opferinstrumente! Ich komme, um mein Erbe zu fordern!«

Helen sah, wie jegliche Farbe aus Jakes Gesicht wich. Zoe streckte Helen ihre Einhalt gebietende Hand entgegen, deutete auf ihren Vater und sprach zu ihm: »Du solltest den Kristall einfügen – es ist nur rechtens.«

Draganu schien darüber nachzudenken, dann wandte er sich schwerfällig Helen zu, machte ungeschickte, steifbeinige Schritte und streckte die Hand aus.

»Gib ihn mir«, befahl er heiser.

Aus der Nähe wirkte er riesig; obwohl Helen eine Stufe höher auf dem Sockel stand, überragte er sie noch. Sie ließ den Kristall in seine ausgestreckte Hand gleiten. Gierig schlossen sich seine Finger darum. Sie trat zurück, aber nicht schnell genug, um seiner Hand auszuweichen, die sich mit wuchtigem Gewicht auf ihre Schulter legte, dabei stemmte er sich zugleich die erste Stufe hoch. Helen bewegte sich rückwärts, als er seine Hand wieder zurückzog. Es war quälend, sein mühevolles Voranschreiten zu beobachten, wie er sich Stufe um Stufe den Sockel emporschleppte. Als er nahe genug an der Säule war, welche die Statue trug, streckte er seinen langen Arm aus, packte die Säule und zog sich hoch. Schwankend stand er nun vor der Statue, stützte sich mit einer Hand auf. In seinem Gesicht war der Ausdruck eines boshaften Triumphes zu sehen. Dann steckte er langsam, fast zärtlich, den Kristall in die Vertiefung und schloss die Klappe. Er warf noch einen letzten Blick in die Halle rundum, dann betätigte er den Schalter.

Außer dem dumpfen Klick, war in dem angespannten Schweigen nichts zu hören.

Nichts passierte.

Kreidebleich starrte Jake Zoe an und sah, dass sie seinen Blick mit einem irritierenden Lächeln erwiderte. Tatsächlich blinzelte sie ihm sogar zu. Jake fingerte nervös in seiner Tasche herum, fand dort etwas und holte es hervor. Es war Helens Ohrring. Er sah Zoe an, deren Augen jetzt auf Draganu gerichtet waren, der immer noch boshaft dreinblickte; Zoe hatte die Schale beiseitegestellt und suchte in den Taschen ihres Gewandes nach irgendetwas.

Draganu stand da und starrte mit offenem Mund auf den machtlosen Basilisk, er wirkte bestürzt und verwirrt. Dann stieß er mehrere Flüche aus, packte die Figur mit beiden Händen und versuchte, sie von der Säule herunterzureißen – aber durch die Anstrengung verlor er sein Gleichgewicht, wild wirbelte er mit den Armen in der Luft, um es wiederzufinden, und für einen Wimpernschlag wurde er nur durch seinen Griff um die Statue gehalten, dann konnten die Finger sein massiges Gewicht nicht mehr halten, und er stürzte mit einem verzweifelten Schrei kopfüber hinab, rutschte über die Stufen und blieb am Fuß des Sockels zusammengekrümmt liegen.

Seine zwei Gehilfen wollten hinzueilen, hielten jedoch inne, als Zoe gebieterisch den Arm hob. Ihre Hand glühte rot von einem in der Faust verborgenen Licht; gleichzeitig ertönte ein extremer Donner in der Halle, es war ein so tiefer Klang, dass man ihn eher fühlte als hörte.

Sie öffnete die Hand und enthüllte ein pulsierendes Licht: den wahren Kristall des *Thaumatophanen*.

Spöttisch hielt sie ihn Draganu hin, der sich auf dem Boden wand und hilflos mit seiner erhobenen Hand danach greifen wollte. Die Klangwellen ließen die Halle vibrieren und nahmen an Intensität zu.

Es war wie ein Gemälde: Zoe hielt den pulsierenden Kristall in die Höhe, Draganu lag ausgestreckt zu ihren Füßen, die anderen schauten zu – dann kam Sophie Petrescu die Stufen herabgestürzt und warf sich wie ein wildes Tier in den Rücken ihrer Halbschwester.

Zoe stolperte und prallte gegen Jake; der Kristall fiel ihr aus der Hand, er schien einen Moment in der Luft zu verharren, dann fiel er in Richtung Draganu, aber Jake taumelte vorwärts und streckte blitzschnell eine Hand aus und fing ihn so genial auf wie einen Kricketball.

Er ist kalt, dachte Jake. Ich hatte erwartet, dass er heiß ist und fast brennt.

Er starrte auf seine Hand, die jetzt rot aussah, dann öffnete er langsam die Finger. Der Kristall funkelte und vibrierte wie ein lebendiges Wesen; fasziniert betrachtete er ihn.

»Jake! Pass auf!«, schrie Helen.

Er drehte sich zu ihr um. Gleichzeitig fühlte er einen schweren Schlag gegen seine Beine, Draganu hatte sich in letzter Verzweiflung gegen ihn geworfen, um den Kristall doch noch zu kriegen. Jake fiel hin, weil Draganus Arme an ihm zerrten und ihm das Gleichgewicht nahmen.

»Zu mir!«, schrie Helen. Jake, noch immer von Draganu bedrängt, konnte sich nicht lösen, konnte aber den Kristall durch die Luft werfen. Das Geschoss bewegte sich anscheinend auf Helen zu, aber während sie den Kristall mit ihren Augen verfolgte, machte er im Flug eine Drehung und schien jetzt auf den Basilisken zuzufliegen. Helen behielt ihn fest im Blick, sprang die Stufen hinauf, spürte, wie die Säule bebte, als sie sich Halt suchend an sie klammerte, dann reckte sie den Arm in die Höhe, und der Kristall flog wie ein Vögelchen in ihre Hand.

Sofort spürte Helen, wie Energie in ihrem Arm hindurchströmte und durch ihren ganzen Körper in die Statue unter ihrer Hand floss; die Klappe auf dem Basilisken sprang auf, und der falsche Kristall wurde wie ein Stein herausgeschleudert, fiel auf die Stufen und zersplitterte.

Die festen Mauern verwandelten sich in Lichtsäulen.

Helen konnte mit einem Male nicht nur den Raum, sondern auch die Zeit sehen: Es war, als hätte sich ihr Geist geweitet, um das Universum in seiner Gänze zu erfassen, als wäre die ganze Schöpfungsgeschichte von ihrem Ursprung an für sie in einem präsent.

In der Halle sah sie jetzt keine Menschen, sondern Formen bewegten Lichts; ihre Augen konnten die Materie durchdringen und dahinter das Leben selbst erkennen. Das musste ihr Vater sein, und dort war Jake; die beiden ineinander Verschlungenen waren Sophie und diese Frau – alle waren dort, wo eben noch ihre Körper gewesen waren, und tatsächlich konnte sie schwach auch diese Körper sehen wie durchsichtige Hüllen. Nur Draganu schien eine tote Masse zu sein – über allem schwebten tänzelnde diamantene Lichtpunkte wie Geister.

Alles schien jetzt auf sie zu warten.

Sie hielt den Kristall hoch wie eine Trophäe, spürte, wie die Energie ihren Arm hinabströmte, durch sie hindurchfloss und hinein in die schlanke Metallsäule, welche die Statue trug. Der glockengleiche dröhnende Klang war nun nur noch ein nachhaltiges Summen, das die ganze Halle erfüllte. Die Sache war klar, dachte Helen: Steck ihn in die Statue! Sie sah den Bronzebasilisk, und sie sah in seinem saphirblauen Licht jede Einzelheit wie durch ein Vergrößerungsglas. Er wirkte außerirdisch. Sie konnte jedes kleinste Detail des inneren Mechanismus erkennen. Unten sah sie die einzelnen Kettenteile und eine merkwürdige schmale Nadel.

Tu es jetzt!, sagte sie sich erneut, diesmal noch nachdrücklicher. Das diamantene Licht leuchtete über der Statue intensiver denn je, der Kristall wurde enorm schwer, die Statue schien ihn förmlich nach unten zu ziehen.

Helen hatte das Gefühl, eine heilige Handlung auszuführen, als sie den Arm senkte und den Kristall in die Mulde legte.

Der glockengleiche summende Ton verstummte, und es schien ein großer Seufzer in der Luft zu liegen. Das pulsierende Licht des Kristalls verwandelte sich in ein stetiges Leuchten. Helen konnte wieder alles normal sehen. Sie fühlte, wie sich alle Gedanken verflüchtigten, außer jenem an ihre Aufgabe: Ich bin eine Dienerin, sagte sie sich. Ihre Finger strichen leicht und zärtlich über die Klappe, sie spürte die unebene Oberfläche – dies wäre jetzt der letzte Augenblick, in dem ich mich noch abwenden könnte, dachte sie, dies ist mein Moment im Garten Eden, da mir die Frucht vom Baum angeboten wird. Was soll ich tun?

Sanft, fast zärtlich, drückte sie die Klappe zu.

Die schloss sich mit einem feinen Klicken.

Helen schob den kleinen Hebel nach vorn.

Auf einmal wurde der Raum von einem gewaltigen Ruck erschüttert, es war wie ein Erdbeben, alles wurde begleitet von einem enormen, donnernden Getöse. Im Inneren der Statue begann es zu surren und zu summen, als ob etwas immer schneller zu rotieren begann, und aus dem offenen Schnabel des Basilisken schoss ein dünner intensiver Lichtstrahl, der genau die gegenüberliegende Wand traf. Als der Lichtstrahl breiter und dicker wurde, schien sich die Halle dort, wo sie beleuchtet wurde, in Nichts aufzulösen. Das Surren wurde stärker und klang höher. Helen, deren Hände noch auf der Statue lagen, fühlte, wie diese vor gewaltiger Energie bebte. Während sie den immer weiter anwachsenden Lichtschein beobachtete, wurde sie von Ehrfurcht überwältigt. Was habe ich getan?, fragte sie sich. Sie spürte, dass es gleich eine Enthüllung geben würde. Gleich wird etwas passieren, dachte sie, etwas Wundervolles und Schreckliches.

Jetzt ist es so weit.

Sie spürte, wie sich die Statue unter ihren Händen bewegte, als wolle sie der Drehung in ihrem Inneren folgen, dann gab etwas in ihr mit einem Schnappen nach. Der Kopf der Sicherungsnadel schoss mit der ganzen Länge an seiner Kette heraus. Der Basilisk drehte sich auf seiner Säule, und Helen wurde mit ihm herumgerissen und sah, wie der Lichtstrahl einen weiten Bogen durch die Halle machte und wie sich alles vor ihm in nichts auflöste … dann wurde sie durch die Luft geschleudert, und alles um sie herum schien im gleißenden Licht zu explodieren …

ENDE

(für den Augenblick)

Die Trilogie »Das Schicksal des Kristalls«

Was davor geschah:

Band 1:
Das Geheimnis
des Alchimisten
ISBN 978-3-8339-3665-4

Was danach geschah:

Band 2:
Die Stadt der Qualen
ISBN 978-3-8339-3667-8

Inhalt